U0135094

CHENG CHUNG
BOOK CO.,LTD.

CHENG CHUNG
BOOK CO.,LTD.

CHENG CHUNG
BOOK CO.,LTD.

CHENG CHUNG
BOOK CO., LTD.

新版

實用視聽華語 Vol. 1

PRACTICAL
AUDIO-VISUAL
CHINESE
3RD EDITION

內含MP3

正中書局

　　本套教材初版名為《實用視聽華語》，包含三冊，由國立臺灣師範大學編輯委員會針對母語非華語的人士所編纂，1994 年 8 月由教育部出版。這套教材自發行以來，深受海內外華語教學界肯定，也持續收到各地師生的寶貴建言。至 2007 年，教育部邀請原作者及專家學者進行改編，以《新版實用視聽華語》的新面貌重新出版。新版擴增為五冊，每冊都包含課本、教師手冊及學生作業簿各三本，同時附有語音輔助教材。

　　當年《新版實用視聽華語》的改編主要達成兩個目的。一是根據美國外語教學協會（ACTFL）制定的外語教育五大準則調整內容，使教材能達到溝通 (Communication)、文化 (Cultures)、連結 (Connections)、比較 (Comparisons)、社區 (Communities) 之 5C 目標。二是廣徵各方使用者的意見，改善課文內容、詞彙用法、練習題型等編排方式。改編後，全套教材結構完整，由淺入深，適合作為各級華語課程規劃之主軸。自此，本教材的發行量逐年成長，海外銷售點多達一百二十餘，以美國與日本為主要據點，而臺灣的華語教學單位亦廣為採用。因此，《新版實用視聽華語》在華語教學領域佔有舉足輕重的地位，成為一套具歷史性與指標性之系列教材。

　　時至今日，因為社會發展快速變遷，《新版實用視聽華語》已不再契合教學現場的最新需求，坊間也出現眾多重修本套教材的聲音。有鑑於此，教育部再度啟動編修計畫。編修之前先透過市場調查，蒐集臺灣各大學華語教師與學生的回饋意見。接著遴聘專家學者，組成編修委員會，含主編一人，顧問二人，編修委員十七人。該編修委員會針對整套教材之教學方法、主題選擇、語言知識、活動設計、分量配置、體例格式等細節，共同研商編修方向與編修幅度。達成共識後，經過分組編修及跨組協調，完成各冊之最新版本，即《新版實用視聽華語》第三版。

　　第三版的編修原則是在《新版實用視聽華語》五冊教材的既有基礎之上，改進缺點及強化優點，編修重點包括四個面向。第一，加強各冊與各課之間的銜接與連貫，呈現設計理念的完整性與一致性。第二，在每冊明示各課的教學目標，突顯課程脈絡的結構性與功能性。第三，將課文內容調整得更為生活化與現代化，使教學內容兼具實務性與專業性。第四，增加練習活動的形式與解答，使學習方式達到多元性與互動性。另外，本次特別針對原版第五冊難度偏高的問題，大幅度編修該冊內容，一方面調整各課的長度與深度，使其能與第四冊銜接；另一方面增補具體的用法說明與練習活動，同時提高前四冊詞彙與句型在本冊的重現頻率，達到溫故知新的效果。

　　本套教材將第一冊與第二冊定位為初級程度，著重「組詞成句」能力的養成；第三冊與第四冊屬於中級程度，延伸至「組句成段」能力的訓練；第五冊屬於高級程度，進一步促進「組段成篇」能力的發展。在每冊中，每課的架構都是由課文、生詞及例句、注釋、語法練習、課室活動、短文閱讀等單元所組成，教學內容皆涵蓋語音、語彙、語法、語用、文化、漢字等各層面的知識。各冊的教學目標如下。

第一冊共十二課，教學目標是建構初學華語者聽、說、讀、寫所需的基礎能力，使其能成句表達與理解，達成日常生活中基本的溝通目的。本冊共有生詞 461 個，語法 49 則。

　　第二冊共十三課，教學目標是延續第一冊的內容，介紹更多實用的語言形式及語言功能，使初級學習者能夠更準確、流利地進行日常溝通。本冊共有生詞 469 個，語法 41 則。

　　第三冊共十四課，教學目標是訓練中級學習者恰當地成段表達與理解的能力。本冊的課文內容環繞幾位學生在臺灣的日常及校園活動，讓學習者在擴展語言知識的同時，也能增強語境意識，掌握人物、場景等外在因素的影響。每課也提供不同形式之手寫短文，幫助學生熟悉漢字形體，並了解語體特徵。本冊共有生詞 559 個，語法 141 則。

　　第四冊共十四課，教學目標是擴增第三冊的角色與情境，以提升中級教學的深度與廣度。本冊同樣提供手寫短文的單元，而且除了微觀的語言知識之外，也關注宏觀知識的拓展，如臺灣的社會、文化、歷史、地理知識等。本冊共有生詞 640 個，語法 121 則。

　　第五冊共十四課，教學目標是鞏固高級學習者的成篇溝通能力，使其能以完整的語篇、清楚的邏輯及正式的語體，談論廣泛的話題。本冊課文以記敘文與議論文為主，主題富含社會意義，如節慶、教育、運動、保健、休閒、環保、生肖、文字、茶藝等。語法單元引導學習者熟悉具語篇功能的句型，而成語及俗語的單元則補充文化概念。本冊共有生詞 1004 個，語法 70 則。

　　各冊之編修委員如下。第一冊為王淑美、竺靜華、盧翠英三位老師。第二冊為盧翠英、王淑美、許敏淑三位老師。第三冊為劉秀芝、孫懿芬、陳懷萱、廖淑慧四位老師。第四冊為劉秀芝、李家豪、林翠雲、陳怡慧四位老師。第五冊由黃桂英、李明懿、張金蘭、彭妮絲、歐德芬五位老師分課編修，再由李家豪和吳欣儒兩位老師進行全冊內容之增補、統整與編修。第一、二冊英文編譯者為 William Patrick Rocha；第三、四冊為 Sophia Kor；第五冊為黃元鵬與 Daniel Rodabaugh。

　　本教材編修之前教育部曾邀請中國文化大學、國立台北教育大學、淡江大學、逢甲大學、慈濟大學、輔仁大學的華語教師共三十四位提供編修意見，全套編修完成後，經過曹逢甫教授與葉德明教授兩位顧問，以及王淑美、黃桂英、劉秀芝、盧翠英四位委員悉心審閱，後經教育部聘請方麗娜、陳純音、范美媛、張盈堃四位專家審查，反覆修訂後定稿。

　　《新版實用視聽華語》的改版作業歷經一年多的時間完成。感謝每位委員及夥伴投注時間與心力於繁重的編修與審閱工作。也感謝正中書局李清課、王育涵兩位主編耐心協助各項事務，使教材得以順利出版。各位先進及同行在使用教材過程中如有任何建議，懇請不吝賜教。

主編 謝佳玲

2017 年 8 月

CONTENTS 目錄

課程重點表

課次 Lesson	主題 Topic	功能 Function
Pronunciation	Pronunciation	介紹聲母、韻母發音部位和聲調、拼法；也練習五組日常基本對話 Introduce initials, vowels, pronunciation, positions, tones, and spelling, as well as introduce five sets of basic everyday conversations.
Lesson 1	您貴姓？ What is your name?	介紹「姓氏＋稱謂」的中文特點，及貴姓的禮貌說法 Introduce the "last name + title" form of address, as well as the polite way to ask for someone's last name.
Lesson 2	早，您好 Hello, good morning	練習最普通的招呼用語及稱謂 Practice the most popular greetings and titles.
Lesson 3	我喜歡看電影 I like to watch movies	介紹「看、要、買、喜歡」的基本用法，練習在商店、餐廳的簡單對話 Introduce the basic uses of the verbs "see, want, buy, and like," and simple conversations for students at the store or in a restaurant.
Lesson 4	這枝筆多少錢？ How much is this pen？	介紹零至九十九的數字，練習購物詢價 Introduce the numbers 0 to 99 and practice asking for the prices of things.
Lesson 5	我家有五個人 There are five members in my family	介紹家庭及對家人的稱呼 Introduce family terms and titles.
Lesson 6	我想買一個照相機 I'm thinking about buying a new camera	介紹百以上大數字，方便購物 Introduce numbers greater than or equal to 100 for convenient shopping.

語法 **Grammar**	文化 **Culture**	漢字 **Characters**
Everyday language Classroom phrases	華人生活的簡單應對 Simple replies in everyday life.	介紹漢字結構:六書、基本部首及部件形式 Introduction to the construction of Chinese characters: the six categories of Chinese characters, basic radicals, and the arrangement of character components.
Ⅰ. Sentences with verbs 姓, 叫, or 是 Ⅱ. Simple type of questions with the particle 嗎 Ⅲ. Questions with a question word Ⅳ. Abbreviated questions with the partical 呢	初次見面的應對 Responses used the first time meeting someone.	學生作業簿提供生詞部首和筆順 The homework workbook illustrates radicals and character stroke order.
Ⅰ. Simple sentences with stative verbs Ⅱ. Stative verb -not- stative verb questions	禮貌招呼和如何介紹雙方認識 Polite ways to greet and introduce one another.	學生作業簿提供生詞部首和筆順 The homework workbook illustrates radicals and character stroke order.
Ⅰ. S.-V.-O. sentences Ⅱ. V.-not-V. questions Ⅲ. Sentences with the AV. Ⅳ. Transposed objects	互相詢問愛好的交談 Discussing one another's interests.	學生作業簿提供生詞部首和筆順 The homework workbook illustrates radicals and character stroke order.
Ⅰ. Quantified nouns Ⅱ. Sums of money Ⅲ. Specified and numbered nouns Ⅳ. Prices per unit Ⅴ. Sentences with direct object and Indirect object	買賣雙方溝通 Communication between buyer and seller.	學生作業簿提供生詞部首和筆順 The homework workbook illustrates radicals and character stroke order.
Ⅰ. Specified nouns modified by nouns or pronouns Ⅱ. Nouns modified by other nouns indicating possession Ⅲ. The whole before the part	家庭長幼有序觀念 Respect for seniority in the family.	學生作業簿提供生詞部首和筆順 The homework workbook illustrates radicals and character stroke order.
Ⅰ. Large numbers Ⅱ. 多 as an indefinite number Ⅲ. Nouns modified by SVs	購物方式和習慣 Shopping methods and related customs.	學生作業簿提供生詞部首和筆順 The homework workbook illustrates radicals and character stroke order.

語法 **Grammar**	文化 **Culture**	漢字 **Characters**
Ⅰ. V.O. compounds Ⅱ. Progressive aspect Ⅲ. V.O. as the topic Ⅳ. 好 and 難 as adverbial prefixes Ⅴ. Predicative complements	禮貌讚美表達欣賞 Polite praise and expressions of appreciation.	學生作業簿提供生詞部首和筆順 The homework workbook illustrates radicals and character stroke order.
Ⅰ. Nouns modified by clauses with 的 Ⅱ. Specified nouns modified by clauses wth 的 Ⅲ. Clausal expressions which have become independent nouns Ⅳ. Conjunction 因為……所以…… used as correlative conjunctions	人際間閒聊方式 Styles of leisurely conversation between people.	學生作業簿提供生詞部首和筆順 The homework workbook illustrates radicals and character stroke order.
Ⅰ. Place words Ⅱ. 在 as main verb (with complement place word) indicating "Y is located at X" Ⅲ. Existence in a place Ⅳ. 在 as a coverb of location Ⅴ. Nouns modified by place expressions Ⅵ. Distance with coverb 離	描繪環境空間及如何婉拒賣方 Portraying surroundings and spaces; tactfully declining a seller.	學生作業簿提供生詞部首和筆順 The homework workbook illustrates radicals and character stroke order.
Ⅰ. Coming and going Ⅱ. The particle 了 indicating the completion of the action or of the predicate Ⅲ. Negation of completed action with 沒（有） Ⅳ. Negated and not yet completed action with 還沒（有）……（呢） Ⅴ. Types of questions of completed action Ⅵ. 是……的 construction stressing circumstances connected with the action of the main verb	關心交通、旅遊的哪些要件 Concerned with the requirements for transportation and travel.	學生作業簿提供生詞部首和筆順 The homework workbook illustrates radicals and character stroke order.
Ⅰ. Time expressions by the clock Ⅱ. Time when precedes the verb Ⅲ. Time span stands after the verb Ⅳ. SV.了 O. as a dependent clause	邀約情境的應對 Responses in situations involving invitations and appointments.	學生作業簿提供生詞部首和筆順 The homework workbook illustrates radicals and character stroke order.
Ⅰ. Time expressions with year, month, day, and week Ⅱ. Single and double 了 with quantified objects Ⅲ. Single and double 了 with time span	表示關心及安慰方式 Expressing concern and consolation.	學生作業簿提供生詞部首和筆順 The homework workbook illustrates radicals and character stroke order.

PRONUNCIATION

The land of China is vast, and the population is large. Although many dialects exist in this part of the world, the official language of both mainland China and Taiwan is Mandarin Chinese, which is derived mainly from the Peiping (Peking) dialect. This book uses traditional Mandarin as the basis for pronunciation of its vocabulary. In this way, the authors hope that students will be able to communicate with ethnic Chinese all over the world and not be limited to any one region. Presently in Chinese courses taught around the world, apart from Mandarin Phonetic Symbols (MPS) 〔ㄅ，ㄆ，ㄇ，ㄈ，......〕, other systems such as the Pinyin system, the Taiwan

Initials		Finals			
MPS	**Pinyin**	**MPS**	**Pinyin**	**MPS**	**Pinyin**
ㄅ	b	ㄚ	a	ㄧㄚ	ya, -ia
ㄆ	p	ㄛ	o	ㄧㄛ	yo
ㄇ	m	ㄜ	e	ㄧㄝ	ye, -ie
ㄈ	f	ㄝ	ê	ㄧㄞ	
ㄉ	d	ㄞ	ai	ㄧㄠ	yao, -iao
ㄊ	t	ㄟ	ei	ㄧㄡ	you, -iu
ㄋ	n	ㄠ	ao	ㄧㄢ	yan, -ian
ㄌ	l	ㄡ	ou	ㄧㄣ	yin, -in
ㄍ	g	ㄢ	an	ㄧㄤ	yang, -iang
ㄎ	k	ㄣ	en	ㄧㄥ	ying, -ing
ㄏ	h	ㄤ	ang	ㄨㄚ	wa, -ua
ㄐ	j	ㄥ	eng	ㄨㄛ	wo, -uo
ㄑ	q	ㄦ	er	ㄨㄞ	wai, -uai
ㄒ	x	ㄧ	yi, -i	ㄨㄟ	wei, -ui
ㄓ	zh(i)	ㄨ	wu, -u	ㄨㄢ	wan, -uan
ㄔ	ch(i)	ㄩ	yu, -u/ü	ㄨㄣ	wen, -un
ㄕ	sh(i)			ㄨㄤ	wang, -uang
ㄖ	r(i)			ㄨㄥ	weng, -ong
ㄗ	z(i)			ㄩㄝ	yue, -üe
ㄘ	c(i)			ㄩㄢ	yuan, -üan
ㄙ	s(i)			ㄩㄣ	yun, -ün
				ㄩㄥ	yong, -iong

Tongyong Romanization system, and the Yale Romanization system are still used.

This book is adapted to the needs of foreign students, and, as such, the systems of MPS, Pinyin, and Taiwan Tongyong Romanization are used. The pronunciation section is divided into six parts, each concentrating on practical usage. The student should practice the text at the laboratory intensively in order to master the basic materials.

The initials and finals used in MPS, Pinyin, and Taiwan Tongyong Romanization are as follows.

Initials		Finals			
MPS	Tongyong	MPS	Tongyong	MPS	Tongyong
ㄅ	b	ㄚ	a	ㄧㄚ	ya, -ia
ㄆ	p	ㄛ	o	ㄧㄛ	yo
ㄇ	m	ㄜ	e	ㄧㄝ	ye, -ie
ㄈ	f	ㄝ	e	ㄧㄞ	
ㄉ	d	ㄞ	ai	ㄧㄠ	yao, -iao
ㄊ	t	ㄟ	ei	ㄧㄡ	you, -iou
ㄋ	n	ㄠ	ao	ㄧㄢ	yan, -ian
ㄌ	l	ㄡ	ou	ㄧㄣ	yin, -in
ㄍ	g	ㄢ	an	ㄧㄤ	yang, -iang
ㄎ	k	ㄣ	en	ㄧㄥ	ying, -ing
ㄏ	h	ㄤ	ang	ㄨㄚ	wa, -ua
ㄐ	ji	ㄥ	eng	ㄨㄛ	wo, -uo
ㄑ	c	ㄦ	er	ㄨㄞ	wai, -uai
ㄒ	s	ㄧ	yi, -i	ㄨㄟ	wei, -uei
ㄓ	jh(i)	ㄨ	wu, -u	ㄨㄢ	wan, -uan
ㄔ	ch(i)	ㄩ	yu, -yu	ㄨㄣ	wun, -un
ㄕ	sh(i)			ㄨㄤ	wang, -uang
ㄖ	r(i)			ㄨㄥ	wong, -ong
ㄗ	z(i)			ㄩㄝ	yue, -yue
ㄘ	c(i)			ㄩㄢ	yuan, -yuan
ㄙ	s(i)			ㄩㄣ	yun, -yun
				ㄩㄥ	yong, -yong

One of the features of the Chinese language is its tonality. The same syllable with different tones yields different meanings. Therefore it is crucial to pay close attention to tonal variations while learning Chinese.

There are four tones in Chinese plus a fifth neutral tone, as indicated below.

The Tones

Tone	Tone Marks		Description	Pitch	Tone-graph
	MPS	Pinyin			
1st tone		ˉ	high level	55:	˥
2nd tone	ˊ	ˊ	high rising	35:	˧˥
3nd tone	ˇ	ˇ	falling and rising	214:	˨˩˦
4th tone	ˋ	ˋ	falling (from high to low)	51:	˥˩
Neutral tone	˙		no set pitch*		

* The neutral tone has no set pitch. The actual pitch of a neutral syllable depends on the tone preceding it.

TONE GRAPH

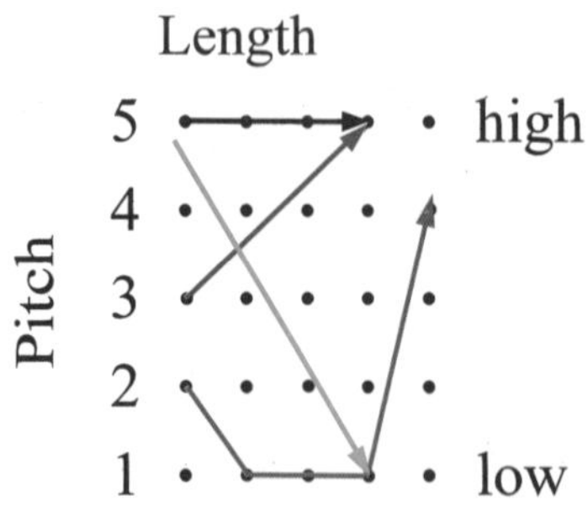

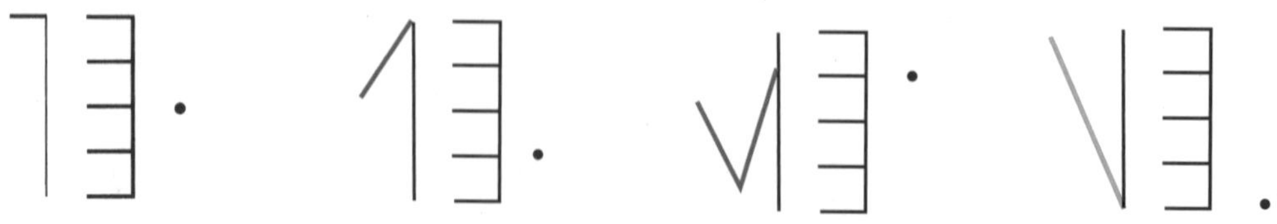

ㄏㄟ˙ㄉㄜ hēide　ㄏㄨㄥˊ˙ㄉㄜ hóngde　ㄗˇ˙ㄉㄜ zǐde　ㄌㄩˋ˙ㄉㄜ lǜde

（以上資料參考《國音學》，正中書局出版。）

DRILLS 1   EVERYDAY LANGUAGE AND PRONUNCIATION

ㄗㄠˇ。(Good morning.)
Zǎo.
ㄗㄠˇ。(Good morning.)
Zǎo.

(Name)，ㄗㄠˇ。(_____ , Good morning.)
(Name), zǎo.
ㄗㄠˇ，(name)。(Good morning, _____ .)
Zǎo, (name).

DRILLS

1   Tones

ㄚ	ā	ㄚˊ	á	ㄚˇ	ǎ	ㄚˋ	à
ㄧ	yī	ㄧˊ	yí	ㄧˇ	yǐ	ㄧˋ	yì
ㄨ	wū	ㄨˊ	wú	ㄨˇ	wǔ	ㄨˋ	wù
ㄞ	āi	ㄞˊ	ái	ㄞˇ	ǎi	ㄞˋ	ài
ㄟ	ēi	ㄟˊ	éi	ㄟˇ	ěi	ㄟˋ	èi
ㄠ	āo	ㄠˊ	áo	ㄠˇ	ǎo	ㄠˋ	ào
ㄡ	ōu	ㄡˊ	óu	ㄡˇ	ǒu	ㄡˋ	òu

ㄇㄚ mā (mother)	ㄇㄚˇ mǎ (horse)	ㄇㄠ māo (cat)	ㄇㄠˊ máo (feather)

2 Spelling

ㄚ	ā	ㄧ	yī, -ī	ㄨ	wū, -ū	ㄞ	āi
ㄌㄚ	lā	ㄋㄧˇ	nǐ	ㄎㄨ	kū	ㄊㄞˋ	tài
ㄆㄚˋ	pà	ㄅㄧˇ	bǐ	ㄌㄨˋ	lù	ㄇㄞˇ	mǎi
ㄋㄚˊ	ná	ㄌㄧˇ	lǐ	ㄅㄨˋ	bù	ㄌㄞˊ	lái
ㄟ	ēi	ㄠ	āo	ㄡ	ōu	ㄜ	ē
ㄅㄟˇ	běi	ㄍㄠ	gāo	ㄉㄡ	dōu	ㄌㄜˋ	lè
ㄈㄟ	fēi	ㄎㄠˇ	kǎo	ㄍㄡˇ	gǒu	ㄍㄜ	gē
ㄍㄟˇ	gěi	ㄆㄠˇ	pǎo	ㄊㄡˊ	tóu	ㄏㄜˊ	hé
ㄣ	ēn	ㄢ	ān	ㄥ	ēng	ㄤ	āng
ㄅㄣˇ	běn	ㄉㄢˋ	dàn	ㄌㄥˇ	lěng	ㄆㄤˋ	pàng
ㄇㄣˊ	mén	ㄍㄢ	gān	ㄋㄥˊ	néng	ㄎㄤ	kāng
ㄈㄣ	fēn	ㄇㄢˋ	màn	ㄉㄥˇ	děng	ㄌㄤˋ	làng
ㄗ	z-	ㄘ	c-	ㄙ	s-		
ㄗㄠˇ	zǎo	ㄘㄚ	cā	ㄙㄞˋ	sài		
ㄗㄡˇ	zǒu	ㄘㄨˋ	cù	ㄙㄚˇ	sǎ		
ㄗㄞˋ	zài	ㄘㄨㄥˊ	cóng	ㄙㄨㄥˋ	sòng		

ㄊㄤˊ táng (candy)	ㄍㄡˇ gǒu (dog)	ㄅㄠˋ bào (newspaper)	ㄅㄧˇ bǐ (pen)
ㄅㄚˋ ㄌㄡˊ dàlóu (storied building)	ㄎㄜˇ ㄌㄜˋ kělè (cola)	ㄎㄚ ㄈㄟ kāfēi (coffee)	ㄅㄧˋ ㄊㄨˊ dìtú (map)

3 Change of the Third Tone

Ⅰ. **A third tone has its full contour often when it is followed by a pause.**

ㄍㄨㄥ ㄒㄧˇ   gōngxǐ
ㄌㄠˇ ㄕ ㄗㄠˇ   lǎoshī zǎo

Before any other tone, it is pronounced as a low tone without its final rise in pitch – in this sense, the full third tone changes to a half third tone.

ㄇㄚˇ ㄔㄜ   mǎchē ˩ ˉ
ㄌㄥˇ ㄆㄢˊ   lěngpán ˩ ˊ
ㄐㄧㄥˇ ㄍㄠˋ   jǐnggào ˩ ˋ

Ⅱ. If two syllables in succession both use the third tone, the first syllable changes to the second tone, while the second syllable keeps the third tone.

ㄏㄣˇㄏㄠˇ hěn hǎo ➡ ㄏㄣˊㄏㄠˇ hén hǎo　　ㄋㄧˇㄏㄠˇ nǐ hǎo ➡ ㄋㄧˊㄏㄠˇ ní hǎo

ㄏㄣˇㄌㄢˇ hěn lǎn ➡ ㄏㄣˊㄌㄢˇ hén lǎn　　ㄋㄧˇㄌㄢˇ nǐ lǎn ➡ ㄋㄧˊㄌㄢˇ ní lǎn

ㄏㄣˇㄗㄠˇ hěn zǎo ➡ ㄏㄣˊㄗㄠˇ hén zǎo　　ㄋㄧˇㄗㄠˇ nǐ zǎo ➡ ㄋㄧˊㄗㄠˇ ní zǎo

Ⅲ. If more than two syllables of the third tone are used in succession, the tone changes according to context.

ㄋㄧˇㄏㄣˇㄏㄠˇ nǐ hěn hǎo ➡ ㄋㄧˊㄏㄣˊㄏㄠˇ ní hén hǎo / ㄋㄧˇㄏㄣˊㄏㄠˇ nǐ hén hǎo

ㄋㄧˇㄏㄣˇㄌㄢˇ nǐ hěn lǎn ➡ ㄋㄧˊㄏㄣˊㄌㄢˇ ní hén lǎn / ㄋㄧˇㄏㄣˊㄌㄢˇ nǐ hén lǎn

ㄋㄧˇㄏㄣˇㄗㄠˇ nǐ hěn zǎo ➡ ㄋㄧˊㄏㄣˊㄗㄠˇ ní hén zǎo / ㄋㄧˇㄏㄣˊㄗㄠˇ nǐ hén zǎo

DRILLS 2　EVERYDAY LANGUAGE AND PRONUNCIATION

ㄒㄧㄝˋ·ㄒㄧㄝ。* (Thank you.)
Xièxie.
Sièsie.

ㄅㄨˊㄎㄜˋㄑㄧˋ。(You're welcome.)
Búkèqì.
Búkèci.

* ㄒㄧㄝˋ·ㄒㄧㄝ	▶▶ MPS
Xièxie	▶▶ Pinyin
Sièsie	▶▶ Tongyong Romanization

ㄉㄨㄟˋ ㄅㄨˋ ㄑㄧˇ 。(I'm sorry.)
Duìbùqǐ.
Duèibùcǐ.
ㄇㄟˊ ㄍㄨㄢ ˙ㄒㄧ 。(It's all right. / It doesn't matter./ Never mind.)
Méiguānxi.
Méiguānsi.

ㄌㄠˇ ㄕ ㄗㄞˋ ㄐㄧㄢˋ 。(Good-bye, teacher.)
Lǎoshī zàijiàn.
Lǎoshīh zàijiàn.
ㄗㄞˋ ㄐㄧㄢˋ 。(Good-bye.)
Zàijiàn.

DRILLS

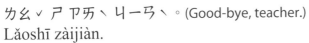

1   Spelling

ㄨ	wū, -ū	ㄨㄚ	wā, -uā	ㄨㄛ	wō, -uō	ㄨㄞ	wāi, -uāi	ㄨㄟ	wēi, -uī / wēi, -uēi
ㄨˇ	wǔ	ㄏㄨㄚ	huā	ㄉㄨㄛˇ	duǒ	ㄎㄨㄞˋ	kuài	ㄉㄨㄟˋ	duì / duèi
ㄨㄣˋ	wèn / wùn	ㄍㄨㄚ	guā	ㄘㄨㄛˋ	cuò	ㄏㄨㄞˊ	huái	ㄏㄨㄟˊ	huí / huéi
ㄨㄥ	wēng / wōng	ㄏㄨㄚˋ	huà	ㄌㄨㄛˊ	luó	ㄍㄨㄞˋ	guài	ㄗㄨㄟˇ	zuǐ / zuěi

ㄨㄢ	wān, -uān	ㄨㄣ	wēn, -ūn / wūn, -ūn	ㄨㄤ	wāng, -uāng	ㄨㄥ	wēng, -ōng / wōng, -ōng
ㄍㄨㄢ	guān	ㄘㄨㄣˇ	cǔn	ㄏㄨㄤˊ	huáng	ㄉㄨㄥ	dōng
ㄙㄨㄢ	suān	ㄊㄨㄣ	tūn	ㄍㄨㄤˇ	guǎng	ㄊㄨㄥˇ	tǒng
ㄏㄨㄢˋ	huàn	ㄉㄨㄣˋ	dùn	ㄎㄨㄤˋ	kuàng	ㄋㄨㄥˋ	nòng

17

ㄖ	r-	ㄓ	zh- jh-	ㄔ	ch-	ㄕ	sh-
ㄖˋ	rì rìh	ㄓˋ	zhì jhìh	ㄔˋ	chì chìh	ㄕˋ	shì shìh
ㄖㄡˋ	ròu	ㄓㄤ	zhāng jhāng	ㄔㄨㄢˊ	chuán	ㄕㄨ	shū
ㄖㄣˊ	rén	ㄓㄜˋ	zhè jhè	ㄔㄞ	chāi	ㄕㄨㄛ	shuō
ㄖㄤˋ	ràng	ㄓㄠˇ	zhǎo jhǎo	ㄔㄨㄣ	chūn	ㄕㄟˊ	shéi

ㄕㄨ
shū
(book)

ㄕㄨˋ
shù
(tree)

ㄕㄢ
shān
(mountain)

ㄖㄣˊ
rén
(person)

ㄨㄢˇ
wǎn
(bowl)

ㄕㄨㄟˇ ㄍㄨㄛˇ
shuǐguǒ / shuěiguǒ
(fruit)

ㄊㄤ ㄔˊ
tāngchí / tāngchíh
(spoon)

ㄏㄨㄥˊ ㄔㄚˊ
hóngchá
(black tea)

ㄍㄨㄛˇ ㄓ
guǒzhī / guǒjhīh
(juice)

ㄧ	yī, -ī	ㄧㄚ	yā, -iā	ㄧㄝ	yē, -iē	ㄧㄠ	yāo, -iāo	ㄧㄡ	yōu, -iū yōu, -iōu
ㄋㄧˇ	nǐ	ㄌㄧㄚˇ	liǎ	ㄅㄧㄝˊ	bié	ㄋㄧㄠˇ	niǎo	ㄉㄧㄡ	diū diōu
ㄉㄧˋ	dì	ㄧㄚˊ	yá	ㄇㄧㄝˋ	miè	ㄆㄧㄠˋ	piào	ㄌㄧㄡˇ	liǔ liǒu
ㄅㄧˇ	bǐ	ㄧㄚˋ	yà	ㄊㄧㄝˇ	tiě	ㄌㄧㄠˇ	liǎo	ㄋㄧㄡˊ	niú nióu

ㄧㄢ	yān, -iān	ㄧㄤ	yāng, -iāng	ㄧㄣ	yīn, -īn	ㄧㄥ	yīng, -īng
ㄇㄧㄢˋ	miàn	ㄋㄧㄤˊ	niáng	ㄋㄧㄣˊ	nín	ㄅㄧㄥ	bīng
ㄊㄧㄢ	tiān	ㄌㄧㄤˇ	liǎng	ㄇㄧㄣˇ	mǐn	ㄉㄧㄥˇ	dǐng
ㄅㄧㄢˇ	biǎn	ㄋㄧㄤˋ	niàng	ㄌㄧㄣˊ	lín	ㄇㄧㄥˋ	mìng

ㄐ	j-	ㄑ	q- c-	ㄒ	x- s-
ㄐㄧ	jī	ㄑㄧˋ	qì cì	ㄒㄧˇ	xǐ sǐ
ㄐㄧㄚ	jiā	ㄑㄧㄡˊ	qiú cióu	ㄒㄧㄠˋ	xiào siào
ㄐㄧㄡˋ	jiù jiòu	ㄑㄧㄢˊ	qián cián	ㄒㄧㄤˇ	xiǎng siǎng

ㄐㄧ jī (chicken)	ㄋㄧㄠˇ niǎo (bird)	ㄑㄧㄢˊ qián / cián (money)	ㄅㄧㄠˇ biǎo (watch)
ㄇㄧㄢˋ ㄅㄠ miànbāo (bread)	ㄒㄧ ㄍㄨㄚ xīguā / sīguā (watermelon)	ㄆㄧㄥˊ ㄍㄨㄛˇ píngguǒ (apple)	ㄔㄜ chē (car)

19

2 The Neutral (Light) Tone

ㄇㄚ·ㄇㄚ	māma	ㄓㄨㄛ·ㄗ	zhuōzi / jhuōzih
ㄌㄞˊ·ㄌㄜ	láile	ㄈㄤˊ·ㄗ	fángzi / fángzih
ㄐㄧㄝˇ·ㄐㄧㄝ	jiějie	ㄅㄣˇ·ㄗ	běnzi / běnzih
ㄅㄚˋ·ㄅㄚ	bàba	ㄆㄤˋ·ㄗ	pàngzi / pàngzih
ㄊㄚ·ㄇㄣ	tāmen	ㄊㄚ·ㄉㄜ	tāde
ㄆㄢˊ·ㄗ	pánzi / pánzih	ㄋㄢˊ·ㄉㄜ	nánde
ㄋㄧˇ·ㄇㄣ	nǐmen	ㄎㄨˇ·ㄉㄜ	kǔde
ㄎㄢˋ·ㄌㄜ	kànle	ㄌㄚˋ·ㄉㄜ	làde

ㄓㄨㄛ·ㄗ zhuōzi / jhuōzih (table)	ㄧˇ·ㄗ yǐzi / yǐzih (chair)	ㄅㄟ·ㄗ bēizi / bēizih (cup)	ㄆㄢˊ·ㄗ pánzi / pánzih (plate)

ㄎㄨㄞˋ·ㄗ kuàizi / kuàizih (chopsticks)	ㄆㄨˊ·ㄊㄠ pútao (grapes)	ㄏㄞˊ·ㄗ háizi / háizih (child)	ㄈㄤˊ·ㄗ fángzi / fángzih (house)

DRILLS 3 EVERYDAY LANGUAGE AND PRONUNCIATION

ㄊㄚ ㄗㄞˋ ㄋㄚˇ ㄌㄧˇ ? (Where is he / she?)
Tā zài nǎlǐ ?

ㄊㄚ ㄗㄞˋ _____ 。 (He / she is at / in _____ .)
Tā zài _____ .

ㄒㄩㄝˊ ㄒㄧㄠˋ	xuéxiào / syuésiào	(school)
ㄊㄨˊ ㄕㄨ ㄍㄨㄢˇ	túshūguǎn	(library)
ㄙㄨˋ ㄕㄜˋ	sùshè	(dormitory)
ㄊㄧˇ ㄩˋ ㄍㄨㄢˇ	tǐyùguǎn	(gymnasium)
ㄐㄧㄠˋ ㄕˋ	jiàoshì / jiàoshìh	(classroom)
ㄘㄢ ㄊㄧㄥ	cāntīng	(cafeteria)
ㄐㄧㄚ	jiā	(home)
ㄐㄧㄝˊ ㄩㄣˋ ㄓㄢˋ	jiéyùnzhàn / jiéyùnjhàn	(subway station, RTS station)
ㄅㄧㄢˋ ㄌㄧˋ ㄕㄤ ㄉㄧㄢˋ	biànlì shāngdiàn	(convenience store)

ㄋㄧˇ ㄉㄠˋ ㄋㄚˇ ㄌㄧˇ ㄑㄩˋ ? (Where are you going?)
Nǐ dào nǎlǐ qù?

Nǐ dào nǎlǐ cyù?

ㄨㄛˇ ㄉㄠˋ _____ ㄑㄩˋ 。 (I'm going to _____ .)
Wǒ dào _____ qù.

Wǒ dào _____ cyù.

DRILLS

1 Spelling

ㄩ yū/-ū/-ǖ yū/-yū	ㄩㄝ yuē/-uē yuē/-yuē	ㄩㄣ yūn/-ūn yūn/-yūn	ㄩㄢ yuān/-uān yuān/-yuān	ㄩㄥ yōng/-iōng yōng/-yōng
ㄐㄩˊ jú jyú	ㄐㄩㄝˊ jué jyué	ㄐㄩㄣ jūn jyūn	ㄐㄩㄢ juān jyuān	ㄐㄩㄥˇ jiǒng jyǒng
ㄑㄩˋ qù cyù	ㄑㄩㄝ quē cyuē	ㄑㄩㄣˊ qún cyún	ㄑㄩㄢˊ quán cyuán	ㄑㄩㄥˊ qióng cyóng
ㄒㄩ xū syū	ㄒㄩㄝˇ xuě syuě	ㄒㄩㄣˋ xùn syùn	ㄒㄩㄢˇ xuǎn syuǎn	ㄒㄩㄥ xiōng syōng
ㄌㄩˋ lǜ lyù				
ㄋㄩˇ nǚ nyǔ				

ㄩˊ
yú
(fish)

ㄩㄣˊ
yún
(cloud)

ㄐㄩˊ・ㄗ
júzi / jyúzih
(tangerine)

ㄩㄝˋㄌㄧㄤˋ
yuèliàng
(moon)

2 The Retroflex Ending "-r"

ㄍㄜ gē+ㄦ -r ➡ ㄍㄜㄦ gēr

ㄏㄨㄛˇ huǒ+ㄦ -r ➡ ㄏㄨㄛˇㄦ huǒr

ㄕㄠˊ sháo+ㄦ -r ➡ ㄕㄠˊㄦ sháor

ㄏㄡˊ hóu+ㄦ -r ➡ ㄏㄡˊㄦ hóur

ㄏㄨㄚ huā+ㄦ -r ➡ ㄏㄨㄚㄦ huār

ㄈㄥ fēng / fōng+ㄦ -r ➡ ㄈㄥㄦ fēngr / fōngr

ㄌㄧㄥˊ líng+ㄦ -r ➡ ㄌㄧㄥˊㄦ língr

ㄏㄨㄤˊ huáng＋ㄦ -r ➡ ㄏㄨㄤˊㄦ huángr
ㄑㄧˊ qí / cí＋ㄦ -r ➡ ㄑㄧㄜˊㄦ qíer / cíer
ㄩˊ yú＋ㄦ -r ➡ ㄩㄜˊㄦ yúer

ㄆㄞˊ pái＋ㄦ -r ➡ ㄆㄚˊㄦ pár
ㄒㄧㄣ xīn / sīn＋ㄦ -r ➡ ㄒㄧㄜ ㄦ xīer / sīer
ㄇㄣˊ mén＋ㄦ -r ➡ ㄇㄜˊㄦ mér
ㄉㄢˇ dǎn＋ㄦ -r ➡ ㄉㄚˇㄦ dǎr
ㄊㄨㄟˇ tuǐ / tuěi＋ㄦ -r ➡ ㄊㄨㄜˇㄦ tuěr / tuěr
ㄏㄨㄣˊ hún＋ㄦ -r ➡ ㄏㄨㄜˊㄦ húer

ㄒㄧㄠˇㄕㄨㄛ xiǎoshuō / siǎoshuō＋ㄦ -r ➡ ㄒㄧㄠˇㄕㄨㄛㄦ xiǎoshuōr / siǎoshuōr
ㄒㄧㄠˇㄇㄠˋ xiǎomào / siǎomào＋ㄦ -r ➡ ㄒㄧㄠˇㄇㄠˋㄦ xiǎomàor / siǎomàor

ㄆㄤˊㄅㄧㄢ pángbiān＋ㄦ -r ➡ ㄆㄤˊㄅㄧㄚㄦ pángbiār
ㄒㄧㄠˇㄐㄧ xiǎojī / siǎojī＋ㄦ -r ➡ ㄒㄧㄠˇㄐㄧㄜ ㄦ xiǎojīer / siǎojīer
ㄕㄨˋㄧㄝˋ shùyè＋ㄦ -r ➡ ㄕㄨˋㄧㄜˋㄦ shùyèr
ㄧˋㄏㄨㄟˇ yìhuǐ / yìhuěi＋ㄦ -r ➡ ㄧˋㄏㄨㄜˇㄦ yìhuěr / yìhuěr
ㄧˋㄉㄧㄢˇ yìdiǎn＋ㄦ -r ➡ ㄧˋㄅㄧㄚˇㄦ yìdiǎr
ㄧˊㄎㄨㄞˋ yíkuài＋ㄦ -r ➡ ㄧˊㄎㄨㄚˋㄦ yíkuàr

ㄒㄧㄠˇㄋㄧㄠˇㄦ
xiǎoniǎor / siǎoniǎor

(little bird)

ㄒㄧㄠˇㄍㄡˇㄦ
xiǎogǒur / siǎogǒur

(puppy)

ㄒㄧㄠˇㄏㄚˊㄦ
xiǎohár / siǎohár

(children)

ㄏㄨㄚˋㄦ
huàr

(painting)

The phonetic transcription chart for MPS and Pinyin is as follows:

Finals / Ini-	ㄚ a	ㄛ o	ㄜ e	ㄝ ê	ㄞ ai	ㄟ ei	ㄠ ao	ㄡ ou	ㄢ an	ㄣ en	ㄤ ang	ㄥ eng	ㄦ er
ㄅ b-	ㄅㄚ ba	ㄅㄛ bo			ㄅㄞ bai	ㄅㄟ bei	ㄅㄠ bao		ㄅㄢ ban	ㄅㄣ ben	ㄅㄤ bang	ㄅㄥ beng	
ㄆ p-	ㄆㄚ pa	ㄆㄛ po			ㄆㄞ pai	ㄆㄟ pei	ㄆㄠ pao	ㄆㄡ pou	ㄆㄢ pan	ㄆㄣ pen	ㄆㄤ pang	ㄆㄥ peng	
ㄇ m-	ㄇㄚ ma	ㄇㄛ mo	ㄇㄜ me		ㄇㄞ mai	ㄇㄟ mei	ㄇㄠ mao	ㄇㄡ mou	ㄇㄢ man	ㄇㄣ men	ㄇㄤ mang	ㄇㄥ meng	
ㄈ f-	ㄈㄚ fa	ㄈㄛ fo				ㄈㄟ fei		ㄈㄡ fou	ㄈㄢ fan	ㄈㄣ fen	ㄈㄤ fang	ㄈㄥ feng	
ㄉ d-	ㄉㄚ da		ㄉㄜ de		ㄉㄞ dai	ㄉㄟ dei	ㄉㄠ dao	ㄉㄡ dou	ㄉㄢ dan		ㄉㄤ dang	ㄉㄥ deng	
ㄊ t-	ㄊㄚ ta		ㄊㄜ te		ㄊㄞ tai		ㄊㄠ tao	ㄊㄡ tou	ㄊㄢ tan		ㄊㄤ tang	ㄊㄥ teng	
ㄋ n-	ㄋㄚ na		ㄋㄜ ne		ㄋㄞ nai	ㄋㄟ nei	ㄋㄠ nao	ㄋㄡ nou	ㄋㄢ nan	ㄋㄣ nen	ㄋㄤ nang	ㄋㄥ neng	
ㄌ l-	ㄌㄚ la		ㄌㄜ le		ㄌㄞ lai	ㄌㄟ lei	ㄌㄠ lao	ㄌㄡ lou	ㄌㄢ lan		ㄌㄤ lang	ㄌㄥ leng	
ㄍ g-	ㄍㄚ ga		ㄍㄜ ge		ㄍㄞ gai	ㄍㄟ gei	ㄍㄠ gao	ㄍㄡ gou	ㄍㄢ gan	ㄍㄣ gen	ㄍㄤ gang	ㄍㄥ geng	
ㄎ k-	ㄎㄚ ka		ㄎㄜ ke		ㄎㄞ kai		ㄎㄠ kao	ㄎㄡ kou	ㄎㄢ kan	ㄎㄣ ken	ㄎㄤ kang	ㄎㄥ keng	
ㄏ h-	ㄏㄚ ha		ㄏㄜ he		ㄏㄞ hai	ㄏㄟ hei	ㄏㄠ hao	ㄏㄡ hou	ㄏㄢ han	ㄏㄣ hen	ㄏㄤ hang	ㄏㄥ heng	
ㄐ j-													
ㄑ q-													
ㄒ x-													
ㄓ zhi/zh-	ㄓㄚ zha		ㄓㄜ zhe		ㄓㄞ zhai	ㄓㄟ zhei	ㄓㄠ zhao	ㄓㄡ zhou	ㄓㄢ zhan	ㄓㄣ zhen	ㄓㄤ zhang	ㄓㄥ zheng	
ㄔ chi/ch-	ㄔㄚ cha		ㄔㄜ che		ㄔㄞ chai		ㄔㄠ chao	ㄔㄡ chou	ㄔㄢ chan	ㄔㄣ chen	ㄔㄤ chang	ㄔㄥ cheng	
ㄕ shi/sh-	ㄕㄚ sha		ㄕㄜ she		ㄕㄞ shai	ㄕㄟ shei	ㄕㄠ shao	ㄕㄡ shou	ㄕㄢ shan	ㄕㄣ shen	ㄕㄤ shang	ㄕㄥ sheng	
ㄖ ri/r-			ㄖㄜ re				ㄖㄠ rao	ㄖㄡ rou	ㄖㄢ ran	ㄖㄣ ren	ㄖㄤ rang	ㄖㄥ reng	
ㄗ zi/z-	ㄗㄚ za		ㄗㄜ ze		ㄗㄞ zai	ㄗㄟ zei	ㄗㄠ zao	ㄗㄡ zou	ㄗㄢ zan	ㄗㄣ zen	ㄗㄤ zang	ㄗㄥ zeng	
ㄘ ci/c-	ㄘㄚ ca		ㄘㄜ ce		ㄘㄞ cai		ㄘㄠ cao	ㄘㄡ cou	ㄘㄢ can	ㄘㄣ cen	ㄘㄤ cang	ㄘㄥ ceng	
ㄙ si/s-	ㄙㄚ sa		ㄙㄜ se		ㄙㄞ sai		ㄙㄠ sao	ㄙㄡ sou	ㄙㄢ san	ㄙㄣ sen	ㄙㄤ sang	ㄙㄥ seng	

Finals / Initials	ㄧ yi/-i	ㄧㄚ yia/-ia	ㄧㄛ yo	ㄧㄝ ye/-ie	ㄧㄞ	ㄧㄠ yao/-iao	ㄧㄡ you/-iu	ㄧㄢ yan/-ian	ㄧㄣ yin/-in	ㄧㄤ yang/-iang	ㄧㄥ ying/-ing
ㄅ b-	ㄅㄧ bi			ㄅㄧㄝ bie		ㄅㄧㄠ biao		ㄅㄧㄢ bian	ㄅㄧㄣ bin		ㄅㄧㄥ bing
ㄆ p-	ㄆㄧ pi			ㄆㄧㄝ pie		ㄆㄧㄠ piao		ㄆㄧㄢ pian	ㄆㄧㄣ pin		ㄆㄧㄥ ping
ㄇ m-	ㄇㄧ mi			ㄇㄧㄝ mie		ㄇㄧㄠ miao	ㄇㄧㄡ miu	ㄇㄧㄢ mian	ㄇㄧㄣ min		ㄇㄧㄥ ming
ㄈ f-											
ㄉ d-	ㄉㄧ di			ㄉㄧㄝ die		ㄉㄧㄠ diao	ㄉㄧㄡ diu	ㄉㄧㄢ dian			ㄉㄧㄥ ding
ㄊ t-	ㄊㄧ ti			ㄊㄧㄝ tie		ㄊㄧㄠ tiao		ㄊㄧㄢ tian			ㄊㄧㄥ ting
ㄋ n-	ㄋㄧ ni			ㄋㄧㄝ nie		ㄋㄧㄠ niao	ㄋㄧㄡ niu	ㄋㄧㄢ nian	ㄋㄧㄣ nin	ㄋㄧㄤ niang	ㄋㄧㄥ ning
ㄌ l-	ㄌㄧ li	ㄌㄧㄚ lia		ㄌㄧㄝ lie		ㄌㄧㄠ liao	ㄌㄧㄡ liu	ㄌㄧㄢ lian	ㄌㄧㄣ lin	ㄌㄧㄤ liang	ㄌㄧㄥ ling
ㄍ g-											
ㄎ k-											
ㄏ h-											
ㄐ j-	ㄐㄧ ji	ㄐㄧㄚ jia		ㄐㄧㄝ jie		ㄐㄧㄠ jiao	ㄐㄧㄡ jiu	ㄐㄧㄢ jian	ㄐㄧㄣ jin	ㄐㄧㄤ jiang	ㄐㄧㄥ jing
ㄑ q-	ㄑㄧ qi	ㄑㄧㄚ qia		ㄑㄧㄝ qie		ㄑㄧㄠ qiao	ㄑㄧㄡ qiu	ㄑㄧㄢ qian	ㄑㄧㄣ qin	ㄑㄧㄤ qiang	ㄑㄧㄥ qing
ㄒ x-	ㄒㄧ xi	ㄒㄧㄚ xia		ㄒㄧㄝ xie		ㄒㄧㄠ xiao	ㄒㄧㄡ xiu	ㄒㄧㄢ xian	ㄒㄧㄣ xin	ㄒㄧㄤ xiang	ㄒㄧㄥ xing
ㄓ zhi/zh-											
ㄔ chi/ch-											
ㄕ shi/sh-											
ㄖ ri/r-											
ㄗ zi/z-											
ㄘ ci/c-											
ㄙ si/s-											

Finals / Initials	ㄨ wu/-u	ㄨㄚ wa/-ua	ㄨㄛ wo/-uo	ㄨㄞ wai/-uai	ㄨㄟ wei/-ui	ㄨㄢ wan/-uan	ㄨㄣ wen/-un	ㄨㄤ wang/-uang	ㄨㄥ weng/-ong
ㄅ b-	ㄅㄨ bu								
ㄆ p-	ㄆㄨ pu								
ㄇ m-	ㄇㄨ mu								
ㄈ f-	ㄈㄨ fu								
ㄉ d-	ㄉㄨ du		ㄉㄨㄛ duo		ㄉㄨㄟ dui	ㄉㄨㄢ duan	ㄉㄨㄣ dun		ㄉㄨㄥ dong
ㄊ t-	ㄊㄨ tu		ㄊㄨㄛ tuo		ㄊㄨㄟ tui	ㄊㄨㄢ tuan	ㄊㄨㄣ tun		ㄊㄨㄥ tong
ㄋ n-	ㄋㄨ nu		ㄋㄨㄛ nuo			ㄋㄨㄢ nuan			ㄋㄨㄥ nong
ㄌ l-	ㄌㄨ lu		ㄌㄨㄛ luo			ㄌㄨㄢ luan	ㄌㄨㄣ lun		ㄌㄨㄥ long
ㄍ g-	ㄍㄨ gu	ㄍㄨㄚ gua	ㄍㄨㄛ guo	ㄍㄨㄞ guai	ㄍㄨㄟ gui	ㄍㄨㄢ guan	ㄍㄨㄣ gun	ㄍㄨㄤ guang	ㄍㄨㄥ gong
ㄎ k-	ㄎㄨ ku	ㄎㄨㄚ kua	ㄎㄨㄛ kuo	ㄎㄨㄞ kuai	ㄎㄨㄟ kui	ㄎㄨㄢ kuan	ㄎㄨㄣ kun	ㄎㄨㄤ kuang	ㄎㄨㄥ kong
ㄏ h-	ㄏㄨ hu	ㄏㄨㄚ hua	ㄏㄨㄛ huo	ㄏㄨㄞ huai	ㄏㄨㄟ hui	ㄏㄨㄢ huan	ㄏㄨㄣ hun	ㄏㄨㄤ huang	ㄏㄨㄥ hong
ㄐ j-									
ㄑ q-									
ㄒ x-									
ㄓ zhi/zh-	ㄓㄨ zhu	ㄓㄨㄚ zhua	ㄓㄨㄛ zhuo	ㄓㄨㄞ zhuai	ㄓㄨㄟ zhui	ㄓㄨㄢ zhuan	ㄓㄨㄣ zhun	ㄓㄨㄤ zhuang	ㄓㄨㄥ zhong
ㄔ chi/ch-	ㄔㄨ chu		ㄔㄨㄛ chuo	ㄔㄨㄞ chuai	ㄔㄨㄟ chui	ㄔㄨㄢ chuan	ㄔㄨㄣ chun	ㄔㄨㄤ chuang	ㄔㄨㄥ chong
ㄕ shi/sh-	ㄕㄨ shu	ㄕㄨㄚ shua	ㄕㄨㄛ shuo	ㄕㄨㄞ shuai	ㄕㄨㄟ shui	ㄕㄨㄢ shuan	ㄕㄨㄣ shun	ㄕㄨㄤ shuang	
ㄖ ri/r-	ㄖㄨ ru		ㄖㄨㄛ ruo		ㄖㄨㄟ rui	ㄖㄨㄢ ruan	ㄖㄨㄣ run		ㄖㄨㄥ rong
ㄗ zi/z-	ㄗㄨ zu		ㄗㄨㄛ zuo		ㄗㄨㄟ zui	ㄗㄨㄢ zuan	ㄗㄨㄣ zun		ㄗㄨㄥ zong
ㄘ ci/c-	ㄘㄨ cu		ㄘㄨㄛ cuo		ㄘㄨㄟ cui	ㄘㄨㄢ cuan	ㄘㄨㄣ cun		ㄘㄨㄥ cong
ㄙ si/s-	ㄙㄨ su		ㄙㄨㄛ suo		ㄙㄨㄟ sui	ㄙㄨㄢ suan	ㄙㄨㄣ sun		ㄙㄨㄥ song

Finals / Initials	ㄩ yu/-ü	ㄩㄝ yue/-üe	ㄩㄢ yuan/-üan	ㄩㄣ yun/-ün	ㄩㄥ yong/-iong
ㄅ b-					
ㄆ p-					
ㄇ m-					
ㄈ f-					
ㄉ d-					
ㄊ t-					
ㄋ n-	ㄋㄩ nü	ㄋㄩㄝ nüe			
ㄌ l-	ㄌㄩ lü	ㄌㄩㄝ lüe	ㄌㄩㄢ lüan	ㄌㄩㄣ lün	
ㄍ g-					
ㄎ k-					
ㄏ h-					
ㄐ j-	ㄐㄩ ju	ㄐㄩㄝ jue	ㄐㄩㄢ juan	ㄐㄩㄣ jun	ㄐㄩㄥ jiong
ㄑ q-	ㄑㄩ qu	ㄑㄩㄝ que	ㄑㄩㄢ quan	ㄑㄩㄣ qun	ㄑㄩㄥ qiong
ㄒ x-	ㄒㄩ xu	ㄒㄩㄝ xue	ㄒㄩㄢ xuan	ㄒㄩㄣ xun	ㄒㄩㄥ xiong
ㄓ zhi/zh-					
ㄔ chi/ch-					
ㄕ shi/sh-					
ㄖ ri/r-					
ㄗ zi/z-					
ㄘ ci/c-					
ㄙ si/s-					

27

The phonetic transcription chart for MPS and Tongyong Romanization is as follows:

Finals / Ini-	ㄚ a	ㄛ o	ㄜ e	ㄝ ê	ㄞ ai	ㄟ ei	ㄠ ao	ㄡ ou	ㄢ an	ㄣ en	ㄤ ang	ㄥ eng	ㄦ er
ㄅ b-	ㄅㄚ ba	ㄅㄛ bo			ㄅㄞ bai	ㄅㄟ bei	ㄅㄠ bao		ㄅㄢ ban	ㄅㄣ ben	ㄅㄤ bang	ㄅㄥ beng	
ㄆ p-	ㄆㄚ pa	ㄆㄛ po			ㄆㄞ pai	ㄆㄟ pei	ㄆㄠ pao	ㄆㄡ pou	ㄆㄢ pan	ㄆㄣ pen	ㄆㄤ pang	ㄆㄥ peng	
ㄇ m-	ㄇㄚ ma	ㄇㄛ mo	ㄇㄜ me		ㄇㄞ mai	ㄇㄟ mei	ㄇㄠ mao	ㄇㄡ mou	ㄇㄢ man	ㄇㄣ men	ㄇㄤ mang	ㄇㄥ meng	
ㄈ f-	ㄈㄚ fa	ㄈㄛ fo				ㄈㄟ fei		ㄈㄡ fou	ㄈㄢ fan	ㄈㄣ fen	ㄈㄤ fang	ㄈㄥ fong	
ㄉ d-	ㄉㄚ da		ㄉㄜ de		ㄉㄞ dai	ㄉㄟ dei	ㄉㄠ dao	ㄉㄡ dou	ㄉㄢ dan		ㄉㄤ dang	ㄉㄥ deng	
ㄊ t-	ㄊㄚ ta		ㄊㄜ te		ㄊㄞ tai		ㄊㄠ tao	ㄊㄡ tou	ㄊㄢ tan		ㄊㄤ tang	ㄊㄥ teng	
ㄋ n-	ㄋㄚ na		ㄋㄜ ne		ㄋㄞ nai	ㄋㄟ nei	ㄋㄠ nao	ㄋㄡ nou	ㄋㄢ nan	ㄋㄣ nen	ㄋㄤ nang	ㄋㄥ neng	
ㄌ l-	ㄌㄚ la		ㄌㄜ le		ㄌㄞ lai	ㄌㄟ lei	ㄌㄠ lao	ㄌㄡ lou	ㄌㄢ lan		ㄌㄤ lang	ㄌㄥ leng	
ㄍ g-	ㄍㄚ ga		ㄍㄜ ge		ㄍㄞ gai	ㄍㄟ gei	ㄍㄠ gao	ㄍㄡ gou	ㄍㄢ gan	ㄍㄣ gen	ㄍㄤ gang	ㄍㄥ geng	
ㄎ k-	ㄎㄚ ka		ㄎㄜ ke		ㄎㄞ kai		ㄎㄠ kao	ㄎㄡ kou	ㄎㄢ kan	ㄎㄣ ken	ㄎㄤ kang	ㄎㄥ keng	
ㄏ h-	ㄏㄚ ha		ㄏㄜ he		ㄏㄞ hai	ㄏㄟ hei	ㄏㄠ hao	ㄏㄡ hou	ㄏㄢ han	ㄏㄣ hen	ㄏㄤ hang	ㄏㄥ heng	
ㄐ j-													
ㄑ c-													
ㄒ s-													
ㄓ jhih/jh-	ㄓㄚ jha		ㄓㄜ jhe		ㄓㄞ jhai	ㄓㄟ jhei	ㄓㄠ jhao	ㄓㄡ jhou	ㄓㄢ jhan	ㄓㄣ jhen	ㄓㄤ jhang	ㄓㄥ jheng	
ㄔ chih/ch-	ㄔㄚ cha		ㄔㄜ che		ㄔㄞ chai		ㄔㄠ chao	ㄔㄡ chou	ㄔㄢ chan	ㄔㄣ chen	ㄔㄤ chang	ㄔㄥ cheng	
ㄕ shih/sh-	ㄕㄚ sha		ㄕㄜ she		ㄕㄞ shai	ㄕㄟ shei	ㄕㄠ shao	ㄕㄡ shou	ㄕㄢ shan	ㄕㄣ shen	ㄕㄤ shang	ㄕㄥ sheng	
ㄖ rih/r-			ㄖㄜ re				ㄖㄠ rao	ㄖㄡ rou	ㄖㄢ ran	ㄖㄣ ren	ㄖㄤ rang	ㄖㄥ reng	
ㄗ zih/z-	ㄗㄚ za		ㄗㄜ ze		ㄗㄞ zai	ㄗㄟ zei	ㄗㄠ zao	ㄗㄡ zou	ㄗㄢ zan	ㄗㄣ zen	ㄗㄤ zang	ㄗㄥ zeng	
ㄘ cih/c-	ㄘㄚ ca		ㄘㄜ ce		ㄘㄞ cai		ㄘㄠ cao	ㄘㄡ cou	ㄘㄢ can	ㄘㄣ cen	ㄘㄤ cang	ㄘㄥ ceng	
ㄙ sih/s-	ㄙㄚ sa		ㄙㄜ se		ㄙㄞ sai		ㄙㄠ sao	ㄙㄡ sou	ㄙㄢ san	ㄙㄣ sen	ㄙㄤ sang	ㄙㄥ seng	

Finals / Initials	一 yi/-i	一ㄚ yia/-ia	一ㄛ yo	一ㄝ ye/-ie	一ㄞ	一ㄠ yao/-iao	一ㄡ you/-iou	一ㄢ yan/-ian	一ㄣ yin/-in	一ㄤ yang/-iang	一ㄥ ying/-ing
ㄅ b-	ㄅ一 bi			ㄅ一ㄝ bie		ㄅ一ㄠ biao		ㄅ一ㄢ bian	ㄅ一ㄣ bin		ㄅ一ㄥ bing
ㄆ p-	ㄆ一 pi			ㄆ一ㄝ pie		ㄆ一ㄠ piao		ㄆ一ㄢ pian	ㄆ一ㄣ pin		ㄆ一ㄥ ping
ㄇ m-	ㄇ一 mi			ㄇ一ㄝ mie		ㄇ一ㄠ miao	ㄇ一ㄡ miou	ㄇ一ㄢ mian	ㄇ一ㄣ min		ㄇ一ㄥ ming
ㄈ f-											
ㄉ d-	ㄉ一 di			ㄉ一ㄝ die		ㄉ一ㄠ diao	ㄉ一ㄡ diou	ㄉ一ㄢ dian			ㄉ一ㄥ ding
ㄊ t-	ㄊ一 ti			ㄊ一ㄝ tie		ㄊ一ㄠ tiao		ㄊ一ㄢ tian			ㄊ一ㄥ ting
ㄋ n-	ㄋ一 ni			ㄋ一ㄝ nie		ㄋ一ㄠ niao	ㄋ一ㄡ niou	ㄋ一ㄢ nian	ㄋ一ㄣ nin	ㄋ一ㄤ niang	ㄋ一ㄥ ning
ㄌ l-	ㄌ一 li	ㄌ一ㄚ lia		ㄌ一ㄝ lie		ㄌ一ㄠ liao	ㄌ一ㄡ liou	ㄌ一ㄢ lian	ㄌ一ㄣ lin	ㄌ一ㄤ liang	ㄌ一ㄥ ling
ㄍ g-											
ㄎ k-											
ㄏ h-											
ㄐ j-	ㄐ一 ji	ㄐ一ㄚ jia		ㄐ一ㄝ jie		ㄐ一ㄠ jiao	ㄐ一ㄡ jiou	ㄐ一ㄢ jian	ㄐ一ㄣ jin	ㄐ一ㄤ jiang	ㄐ一ㄥ jing
ㄑ c-	ㄑ一 ci	ㄑ一ㄚ cia		ㄑ一ㄝ cie		ㄑ一ㄠ ciao	ㄑ一ㄡ ciou	ㄑ一ㄢ cian	ㄑ一ㄣ cin	ㄑ一ㄤ ciang	ㄑ一ㄥ cing
ㄒ s-	ㄒ一 si	ㄒ一ㄚ sia		ㄒ一ㄝ sie		ㄒ一ㄠ siao	ㄒ一ㄡ siou	ㄒ一ㄢ sian	ㄒ一ㄣ sin	ㄒ一ㄤ siang	ㄒ一ㄥ sing
ㄓ jhih/jh-											
ㄔ chih/ch-											
ㄕ shih/sh-											
ㄖ rih/r-											
ㄗ zih/z-											
ㄘ cih/c-											
ㄙ sih/s-											

29

Finals Initials	ㄨ wu/-u	ㄨㄚ wa/-ua	ㄨㄛ wo/-uo	ㄨㄞ wai/-uai	ㄨㄟ wei/-uei	ㄨㄢ wan/-uan	ㄨㄣ wun/-un	ㄨㄤ wang/-uang	ㄨㄥ wong/-ong
ㄅ b-	ㄅㄨ bu								
ㄆ p-	ㄆㄨ pu								
ㄇ m-	ㄇㄨ mu								
ㄈ f-	ㄈㄨ fu								
ㄉ d-	ㄉㄨ du		ㄉㄨㄛ duo		ㄉㄨㄟ duei	ㄉㄨㄢ duan	ㄉㄨㄣ dun		ㄉㄨㄥ dong
ㄊ t-	ㄊㄨ tu		ㄊㄨㄛ tuo		ㄊㄨㄟ tuei	ㄊㄨㄢ tuan	ㄊㄨㄣ tun		ㄊㄨㄥ tong
ㄋ n-	ㄋㄨ nu		ㄋㄨㄛ nuo			ㄋㄨㄢ nuan			ㄋㄨㄥ nong
ㄌ l-	ㄌㄨ lu		ㄌㄨㄛ luo			ㄌㄨㄢ luan	ㄌㄨㄣ lun		ㄌㄨㄥ long
ㄍ g-	ㄍㄨ gu	ㄍㄨㄚ gua	ㄍㄨㄛ guo	ㄍㄨㄞ guai	ㄍㄨㄟ guei	ㄍㄨㄢ guan	ㄍㄨㄣ gun	ㄍㄨㄤ guang	ㄍㄨㄥ gong
ㄎ k-	ㄎㄨ ku	ㄎㄨㄚ kua	ㄎㄨㄛ kuo	ㄎㄨㄞ kuai	ㄎㄨㄟ kuei	ㄎㄨㄢ kuan	ㄎㄨㄣ kun	ㄎㄨㄤ kuang	ㄎㄨㄥ kong
ㄏ h-	ㄏㄨ hu	ㄏㄨㄚ hua	ㄏㄨㄛ huo	ㄏㄨㄞ huai	ㄏㄨㄟ huei	ㄏㄨㄢ huan	ㄏㄨㄣ hun	ㄏㄨㄤ huang	ㄏㄨㄥ hong
ㄐ j-									
ㄑ c-									
ㄒ s-									
ㄓ jhih/jh-	ㄓㄨ jhu	ㄓㄨㄚ jhua	ㄓㄨㄛ jhuo	ㄓㄨㄞ jhuai	ㄓㄨㄟ jhuei	ㄓㄨㄢ jhuan	ㄓㄨㄣ jhun	ㄓㄨㄤ jhuang	ㄓㄨㄥ jhong
ㄔ chih/ch-	ㄔㄨ chu		ㄔㄨㄛ chuo	ㄔㄨㄞ chuai	ㄔㄨㄟ chuei	ㄔㄨㄢ chuan	ㄔㄨㄣ chun	ㄔㄨㄤ chuang	ㄔㄨㄥ chong
ㄕ shi/sh-	ㄕㄨ shu	ㄕㄨㄚ shua	ㄕㄨㄛ shuo	ㄕㄨㄞ shuai	ㄕㄨㄟ shuei	ㄕㄨㄢ shuan	ㄕㄨㄣ shun	ㄕㄨㄤ shuang	
ㄖ rih/r-	ㄖㄨ ru		ㄖㄨㄛ ruo		ㄖㄨㄟ ruei	ㄖㄨㄢ ruan	ㄖㄨㄣ run		ㄖㄨㄥ rong
ㄗ zih/z-	ㄗㄨ zu		ㄗㄨㄛ zuo		ㄗㄨㄟ zuei	ㄗㄨㄢ zuan	ㄗㄨㄣ zun		ㄗㄨㄥ zong
ㄘ cih/c-	ㄘㄨ cu		ㄘㄨㄛ cuo		ㄘㄨㄟ cuei	ㄘㄨㄢ cuan	ㄘㄨㄣ cun		ㄘㄨㄥ cong
ㄙ sih/s-	ㄙㄨ su		ㄙㄨㄛ suo		ㄙㄨㄟ suei	ㄙㄨㄢ suan	ㄙㄨㄣ sun		ㄙㄨㄥ song

Finals / Initials	ㄩ yu/-yu	ㄩㄝ yue/-yue	ㄩㄢ yuan/-yuan	ㄩㄣ yun/-yun	ㄩㄥ yong/-yong
ㄅ b-					
ㄆ p-					
ㄇ m-					
ㄈ f-					
ㄉ d-					
ㄊ t-					
ㄋ n-	ㄋㄩ nyu	ㄋㄩㄝ nyue			
ㄌ l-	ㄌㄩ lyu	ㄌㄩㄝ lyue	ㄌㄩㄢ lyuan	ㄌㄩㄣ lyun	
ㄍ g-					
ㄎ k-					
ㄏ h-					
ㄐ j-	ㄐㄩ jyu	ㄐㄩㄝ jyue	ㄐㄩㄢ jyuan	ㄐㄩㄣ jyun	ㄐㄩㄥ jyong
ㄑ c-	ㄑㄩ cyu	ㄑㄩㄝ cyue	ㄑㄩㄢ cyuan	ㄑㄩㄣ cyun	ㄑㄩㄥ cyong
ㄒ s-	ㄒㄩ syu	ㄒㄩㄝ syue	ㄒㄩㄢ syuan	ㄒㄩㄣ syun	ㄒㄩㄥ syong
ㄓ zhih/zh-					
ㄔ chih/ch-					
ㄕ shih/sh-					
ㄖ rih/r-					
ㄗ zih/z-					
ㄘ cih/c-					
ㄙ sih/s-					

31

DRILLS 4 — EVERYDAY LANGUAGE

ㄉㄨㄛ ㄕㄠˇ ? (What's the number?)
Duōshǎo?

1	**2**	**3**	**4**	**5**
ㄧ yī	ㄦˋ èr	ㄙㄢ sān	ㄙˋ sì / sìh	ㄨˇ wǔ
6	**7**	**8**	**9**	**10**
ㄌㄧㄡˋ liù / liòu	ㄑㄧ qī / cī	ㄅㄚ bā	ㄐㄧㄡˇ jiǔ / jiǒu	ㄕˊ shí / shíh
11	**12**	**20**	**30**	**45**
ㄕˊㄧ shíyī / shíhyī	ㄕˊㄦˋ shíèr / shíhèr	ㄦˋㄕˊ èrshí / èrshíh	ㄙㄢㄕˊ sānshí / sānshíh	ㄙˋㄕˊㄨˇ sìshíwǔ / sìhshíhwǔ

1 ㄉㄨㄛ ㄕㄠˇ ㄑㄧㄢˊ ? (How much is it?)
Duōshǎo qián?
Duōshǎo cián?

_____ㄎㄨㄞˋ kuài _____ㄇㄠˊ máo _____ㄈㄣ fēn
(_____ dollar _____ dime _____ cent)

ㄧˊ ㄎㄨㄞˋ
yíkuài
(NT$1.00)

ㄨˇ ㄎㄨㄞˋ
wǔkuài
(NT$5.00)

ㄕˊ ㄎㄨㄞˋ
shíkuài / shíhkuài
(NT$10.00)

ㄨˇ ㄕˊ ㄎㄨㄞˋ
wǔshíkuài / wǔshíhkuài

(NT$50.00)

ㄧˋ ㄅㄞˇ ㄎㄨㄞˋ
yìbǎikuài

(NT$100.00)

ㄨˇ ㄅㄞˇ ㄎㄨㄞˋ
wǔbǎikuài

(NT$500.00)

ㄧˋ ㄑㄧㄢ ㄎㄨㄞˋ
yìqiānkuài / yìciānkuài

(NT$1000.00)

ㄧˊ ㄎㄨㄞˋ
yíkuài

($1.00)

ㄨˇ ㄈㄣ
wǔfēn

(¢5)

ㄨˇ ㄇㄠˊ
wǔmáo

(¢50)

ㄌㄧㄤˇ ㄇㄠˊ ㄨˇ ㄈㄣ
liǎngmáo wǔfēn

(¢25)

ㄧˋ ㄇㄠˊ
yìmáo

(¢10)

33

2 ㄐㄧˇ ㄉㄧㄢˇ ㄓㄨㄥ？ (What time?)
Jǐ diǎnzhōng?
Jǐ diǎnjhōng?

_____ ㄉㄧㄢˇ diǎn _____ ㄈㄣ fēn
〔_____(o'clock)_____(minute)〕

ㄌㄧˇ ㄅㄞˋ ㄐㄧˇ？ / ㄒㄧㄥ ㄑㄧˊ ㄐㄧˇ？
Lǐbài jǐ? / Xīngqí jǐ? (What day of the week?)
　　　　　Sīngcí jǐ

ㄌㄧˇ ㄅㄞˋ ㄊㄧㄢ / ㄒㄧㄥ ㄑㄧˊ ㄊㄧㄢ
Lǐbàitiān / Xīngqítiān (Sunday)
　　　　　Sīngcítiān

ㄌㄧˇ ㄅㄞˋ ㄧ / ㄒㄧㄥ ㄑㄧˊ ㄧ
Lǐbàiyī / Xīngqíyī (Monday)
　　　　　Sīngcíyī

ㄌㄧˇ ㄅㄞˋ ㄦˋ / ㄒㄧㄥ ㄑㄧˊ ㄦˋ
Lǐbàièr / Xīngqíèr (Tuesday)
　　　　　Sīngcíèr

ㄌㄧˇ ㄅㄞˋ ㄙㄢ / ㄒㄧㄥ ㄑㄧˊ ㄙㄢ
Lǐbàisān / Xīngqísān (Wednesday)
　　　　　Sīngcísān

ㄌㄧˇ ㄅㄞˋ ㄙˋ / ㄒㄧㄥ ㄑㄧˊ ㄙˋ
Lǐbàisì / Xīngqísì (Thursday)
Lǐbàisìh　Sīngcísìh

ㄌㄧˇ ㄅㄞˋ ㄨˇ / ㄒㄧㄥ ㄑㄧˊ ㄨˇ
Lǐbàiwǔ / Xīngqíwǔ (Friday)
　　　　　Sīngcíwǔ

ㄌㄧˇ ㄅㄞˋ ㄌㄧㄡˋ / ㄒㄧㄥ ㄑㄧˊ ㄌㄧㄡˋ
Lǐbàiliù / Xīngqíliù (Saturday)
Lǐbàiliòu　Sīngcíliòu

ㄕㄣˊ ·ㄇㄜ ㄕˊ ㄏㄡˋ？ (When?)
Shénme shíhòu?
Shénme shíhhòu?

ㄗㄨㄛˊ ㄊㄧㄢ
zuótiān
(yesterday)

ㄐㄧㄣ ㄊㄧㄢ
jīntiān
(today)

ㄇㄧㄥˊ ㄊㄧㄢ
míngtiān
(tomorrow)

ㄒㄧㄢˋ ㄗㄞˋ
xiànzài / siànzài
(now)

ㄗㄠˇ ㄕㄤˋ
zǎoshàng
(morning)

ㄓㄨㄥ ㄨˇ
zhōngwǔ / jhōngwǔ
(noon)

ㄒㄧㄚˋ ㄨˇ
xiàwǔ / siàwǔ
(afternoon)

ㄨㄢˇ ㄕㄤˋ
wǎnshàng
(evening)

DRILLS 5   EVERYDAY LANGUAGE

I.

ㄓㄜˋ / ㄋㄚˋ ㄕˋ ㄕㄣˊ ·ㄇㄜ？ (What is this / that?)
Zhè / Nà shì shénme?
Jhè / Nà shìh shénme?

ㄓㄜˋ / ㄋㄚˋ ㄕˋ _____ 。 (This / That is _____.)
Zhè / Nà shì_____?
Jhè / Nà shìh_____?

Ⅱ.

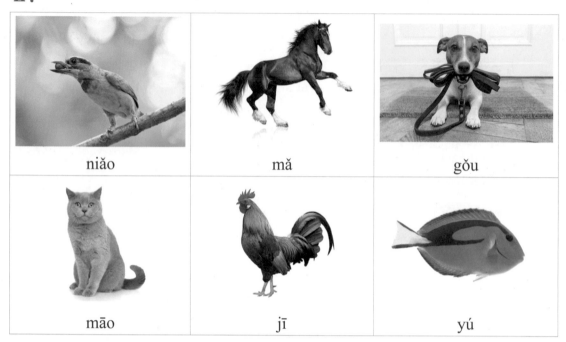

| niǎo | mǎ | gǒu |
| māo | jī | yú |

ㄓㄜˋ / ㄋㄚˋ ㄐㄧㄠˋ ㄕㄣˊ ·ㄇㄜ？(What is this / that called?)
Zhè / Nà jiào shénme?
Jhè / Nà jiào shénme?

ㄓㄜˋ / ㄋㄚˋ ㄐㄧㄠˋ＿＿＿＿＿＿＿。(This / That is called ＿＿＿＿＿＿.)
Zhè / Nà jiào＿＿＿＿＿＿.
Jhè / Nà jiào＿＿＿＿＿＿.

DRILLS 6 EVERYDAY LANGUAGE

1 ㄋㄧˇ ㄧㄡˇ＿＿＿＿＿＿ ·ㄇㄚ？(Do you have ＿＿＿＿＿＿？)
Nǐ yǒu＿＿＿＿＿＿ma?

píngguǒ

ㄨㄛˇ ㄧㄡˇ / ㄇㄟˊ ㄧㄡˇ＿＿＿＿＿＿。(I have / don't have ＿＿＿＿＿＿.)
Wǒ yǒu / méi yǒu＿＿＿＿＿＿.

2 ㄕㄟˊ ㄧㄡˇ _____ ? (Who has _____?)
Shéi yǒu_____?

_____ ㄧㄡˇ。(_____ have / has.)
_____ yǒu.

xīguā / sīguā

3 ㄋㄧˇ ㄧㄠˋ ㄅㄨˊ ㄧㄠˋ _____ ? (Do you want _____?)
Nǐ yào bú yào_____?

ㄨㄛˇ ㄧㄠˋ / ㄅㄨˊ ㄧㄠˋ _____ 。(I want / don't want _____.)
Wǒ yào / bú yào_____.

pútáo

4 ㄋㄧˇ ㄧㄠˋ ㄕㄣˊ ˙ㄇㄜ ? (What do you want?)
Nǐ yào shénme?

ㄨㄛˇ ㄧㄠˋ _____ 。(I want _____.)
Wǒ yào_____.

júzi / jyúzih

5 ㄋㄧˇ ㄧㄠˋ ㄏㄜ ㄕㄣˊ ˙ㄇㄜ ? (What would you like to drink?)
Nǐ yào hē shénme?

ㄨㄛˇ ㄧㄠˋ ㄏㄜ _____ 。(I would like to drink _____.)
Wǒ yào hē_____.

kāfēi

6 ㄋㄧˇ ㄒㄧ ㄏㄨㄢ ㄔ ㄕㄣˊ ˙ㄇㄜ ? (What do you like to eat?)
Nǐ xǐhuān chī shénme?
Nǐ sǐhuān chīh shénme?

ㄨㄛˇ ㄒㄧ ㄏㄨㄢ ㄔ _____ 。(I like to eat _____.)
Wǒ xǐhuān chī_____.
Wǒ sǐhuān chīh_____.

kělè

guǒzhī /guǒjhīh

CLASSROOM PHRASES

1. ㄑㄧㄥˇ ㄎㄢˋ ㄨㄛˇ。
   Qǐng kàn wǒ.
   Cǐng kàn wǒ.

   Please look at me.

2. ㄊㄧㄥ ㄨㄛˇ ㄕㄨㄛ。
   Tīng wǒ shuō.

   Listen to me speak.

3. ㄍㄣ ㄨㄛˇ ㄕㄨㄛ。
   Gēn wǒ shuō.

   Say (it) with me.

4. ㄉㄨㄟˋ。
   Duì.
   Duèi.

   Right. / Correct.

5. ㄅㄨˊ ㄉㄨㄟˋ。
   Búduì.
   Búduèi.

   Wrong. / Incorrect.

6. ㄑㄧㄥˇ ㄗㄞˋ ㄕㄨㄛ ㄧˊ ㄘˋ。
   Qǐng zài shuō yícì.
   Cǐng zài shuō yícìh.

   Please say it again.

7. ㄑㄧㄥˇ ㄉㄚˋ ㄕㄥ ㄧˋ ㄉㄧㄢˇ (ㄦ)。
   Qǐng dà shēng yìdiǎn / yìdiǎr.
   Cǐng dà shēng yìdiǎn / yìdiǎr.

   A little louder please.

8. ㄧ ㄕㄥ
   Yīshēng

   First tone

9. ㄦˋ ㄕㄥ
   Èrshēng

   Second tone

10. ㄙㄢ ㄕㄥ
    Sānshēng

    Third tone

11. ㄙㄟˋ ㄕㄥ
Sìshēng
Sìhshēng

Fourth tone

12. ㄑㄧㄥ ㄕㄥ
Qīngshēng
Cīngshēng

Neutral tone

13. ㄐㄧˇ ㄕㄥ?
Jǐshēng?

Which tone?

14. ㄕㄟˊ ㄓ ㄉㄠˋ?
Shéi zhīdào?
Shéi jhīhdào?

Who knows (the answer)?

15. ㄉㄨㄥˇ ㄅㄨˋ ㄉㄨㄥˇ?
Dǒng bùdǒng?

Understand?

16. ㄉㄚˇ ㄎㄞ ㄕㄨ。
Dǎ kāi shū.

Open your book.

17. ㄉㄧˋ＿＿＿＿＿＿＿ㄧㄝˋ
Dì＿＿＿＿＿＿＿yè

Page ＿＿＿＿＿＿＿

18. ㄏㄜˊ ㄕㄤˋ ㄕㄨ。
Héshàng shū.

Close your book.

19. ㄏㄨㄟˊ ㄉㄚˊ ㄨㄛˇ ˙ㄉㄜ ㄨㄣˋ ㄊㄧˊ。
Huídá wǒde wèntí.
Huéidá wǒde wùntí.

Answer my question.

20. ㄧㄡˇ ㄇㄟˊ ㄧㄡˇ ㄨㄣˋ ㄊㄧˊ?
Yǒu méiyǒu wèntí?
Yǒu méiyǒu wùntí?

Any questions?

21. ㄓㄜˋ ㄕˋ ㄕㄣˊ ˙ㄇㄜ ㄧˋ ˙ㄙ?
Zhè shì shénme yìsi?
Jhè shìh shénme yìsih?

What does it mean?

INTRODUCTION TO CHINESE CHARACTERS

I. Types of Characters

Classification of Chinese Characters

In traditional etymology, Chinese characters are classified into six different methods of character composition and use. These six categories are called 六書 Liù Shū.

The Liu Shu categories are:

(1) Pictographs (象形 xiàngxíng), which are stylized drawings of the objects they represent.

Example:

山 shān "mountain."

木 mù "tree" or "wood."

(2) Ideographs (指事 zhǐshì), which express an abstract idea through an iconic form, including iconic modification of pictographic characters.

Example:

本 běn "root" – a tree (木 mù) with the base indicated by an extra stroke.

末 mò "apex" – the reverse of 本 (běn), a tree with the top highlighted by an extra stroke.

上 shàng "on", "above", 下 xià "below", "under". Originally, a dot or shorter line was placed either above or below the horizontal boundary line to indicate the concepts of "above" and "below".

(3) Compound ideographs (會意 huìyì), which are compounds of two or more pictographic or ideographic characters suggesting the meaning of the word to be represented.

Example:

林 lín "grove," composed of two trees.

森 sēn "forest," composed of three trees.

(4) Compounds with both phonetic and meaning elements (形聲 xíng shēng), which suggest both part of the meaning and the character's pronunciation. Typically, the radical, which conveys the meaning, is on one side of the character (often the left), while the phonetic element is on the other side (often the right).

Example:

沐 = 氵 "water" + 木 mù.

　　This is a verb meaning "to wash oneself," and it is pronounced mù. Although difficult to draw, it happens to sound the same as the word mù "tree," which is written with the simple pictograph 木.

(5) Characters which are assigned a new written form to better reflect a changed pronunciation (轉注 zhuǎnzhù).

Example:

考 kǎo "to verify" and 老 lǎo "old," which had similar pronunciations in old Chinese.

(6) Characters used to represent a homophone or near-homophone that are unrelated in meaning to the new word they present (假借 jiǎjiè).

Example:

來 lái was originally a pictogram of a wheat plant and meant "wheat." As this was pronounced similarly to the old Chinese word 來 lái "to come," 來 was also used to write this verb.

II. **Common Chinese Radicals**

Every Chinese character has a radical (部首bùshǒu), a component that indicates or hints at the meaning of that character. A radical may be located at the top, bottom, left, right, inside, or outside part of a character. Radicals are useful for classifying characters with similar or related meanings – characters in Chinese dictionaries are typically grouped according to the radicals they share.

Radical	Meaning	Examples
人（亻）	person	你、他、信、今、來
女	woman	她、姓、好、姐、婆
日	sun	早、星、是、明、昨
口	mouth	吃、吧、嗎、叫、問
囗	enclosure	四、回、因、國、園
心（忄）	heart	忙、快、思、忘、忽
手（扌）	hand	打、找、指、把、拿
目	eye	看、相、直、真、眼
月	moon	有、朋、服、期、望
言	speech	誰、話、語、說、謝
食	eat	飯、館、飽、餓、餅
土	earth	在、地、坐、報、城
水（氵）	water	汽、沒、河、洗、法
火（灬）	fire	照、熱、炒、煩、灰
木	wood	李、本、果、棵、東
貝	shell	貴、貨、買、賣、財
草（艸）	grass	英、花、菜、茶、華
竹（⺮）	bamboo	筆、第、算、等、節
金	metal	錢、銀、鐘、錶、錯
玉（王）	jade	王、玩、現、球、琴

Ⅲ. Typical Character Structures

Learning to write Chinese is not an easy task; however, the task can be simplified by demonstrating Chinese characters through the following 12 structures.

1. ☐ ex. 山

2. ⊟ ex. 要

3. ⊟ ex. 你

4. ⌐ ex. 這

5. ⌐ ex. 可

6. ⌐ ex. 麼

7. ▢ ex. 回

8. ⊟ ex. 等

9. ⊟ ex. 謝

10. ⌐ ex. 開

11. ⌐ ex. 區

12. ⊔ ex. 凶

第 1 課

您①貴②姓？

DIALOGUE

I

李③先生④：先生，您貴姓？

王⑤先生：我姓王，您貴姓⑥？

李先生：我姓李，叫大⑦衛(Dàwèi)*。

王先生：李先生，您好⑧。

李先生：您好。您是⑨美國人⑩嗎⑪？

王先生：不是⑫，我是英國人⑬。

* 大衛 (Dàwèi)：David

II

李愛美：你好。^⑭

王珍妮：你好。

李愛美：我叫李愛ㄞˋ美ㄇㄟˇ(Àiměi)[*]。你叫什麼名字^⑮？^⑯

王珍妮：我叫王珍ㄓㄣ妮ㄋㄧˊ(Zhēnní / Jhēnní)[*]。

李愛美：珍妮，你是哪國人^⑰？

王珍妮：我是美國人，你呢^⑱？

李愛美：我是臺灣人^⑲。

[*]
愛ㄞˋ美ㄇㄟˇ (Àiměi)：Amy
珍ㄓㄣ妮ㄋㄧˊ (Zhēnní / Jhēnní)：Jenny

ㄉㄧˋ ㄧ ㄎㄜˋ 　 ㄋㄧㄣˊ ㄍㄨㄟˋ ㄒㄧㄥˋ ？

I

ㄌㄧˇ ㄒㄧㄢ ㄕㄥ ： ㄒㄧㄢ ㄕㄥ ， ㄋㄧㄣˊ ㄍㄨㄟˋ ㄒㄧㄥˋ ？

ㄨㄤˊ ㄒㄧㄢ ㄕㄥ ： ㄨㄛˇ ㄒㄧㄥˋ ㄨㄤˊ ， ㄋㄧㄣˊ ㄍㄨㄟˋ ㄒㄧㄥˋ ？

ㄌㄧˇ ㄒㄧㄢ ㄕㄥ ： ㄨㄛˇ ㄒㄧㄥˋ ㄌㄧˇ ， ㄐㄧㄠˋ ㄅㄚˊ ㄨㄟˊ 。

ㄨㄤˊ ㄒㄧㄢ ㄕㄥ ： ㄌㄧˇ ㄒㄧㄢ ㄕㄥ ， ㄋㄧㄣˊ ㄏㄠˇ 。

ㄌㄧˇ ㄒㄧㄢ ㄕㄥ ： ㄋㄧㄣˊ ㄏㄠˇ 。 ㄋㄧㄣˊ ㄕˋ ㄇㄟˇ ㄍㄨㄛˊ ㄖㄣˊ ㄇㄚ˙ ？

ㄨㄤˊ ㄒㄧㄢ ㄕㄥ ： ㄅㄨˊ ㄕˋ ， ㄨㄛˇ ㄕˋ ㄧ ㄍㄨㄛˊ ㄖㄣˊ 。

II

ㄌㄧˇ ㄉㄞˋ ㄇㄟˋ ： ㄋㄧˇ ㄏㄠˇ 。

ㄨㄤˊ ㄓㄣ ㄋㄧ ： ㄋㄧˇ ㄏㄠˇ 。

ㄌㄧˇ ㄉㄞˋ ㄇㄟˋ ： ㄨㄛˇ ㄐㄧㄠˋ ㄌㄧˇ ㄉㄞˋ ㄇㄟˋ 。 ㄋㄧˇ ㄐㄧㄠˋ ㄕㄣˊ ㄇㄜ˙ ㄇㄧㄥˊ ㄗ˙ ？

ㄨㄤˊ ㄓㄣ ㄋㄧ ： ㄨㄛˇ ㄐㄧㄠˋ ㄨㄤˊ ㄓㄣ ㄋㄧ 。

ㄌㄧˇ ㄉㄞˋ ㄇㄟˋ ： ㄓㄣ ㄋㄧ ， ㄋㄧˇ ㄕˋ ㄋㄚˇ ㄍㄨㄛˊ ㄖㄣˊ ？

ㄨㄤˊ ㄓㄣ ㄋㄧ ： ㄨㄛˇ ㄕˋ ㄇㄟˇ ㄍㄨㄛˊ ㄖㄣˊ ， ㄋㄧˇ ㄋㄜ˙ ？

ㄌㄧˇ ㄉㄞˋ ㄇㄟˋ ： ㄨㄛˇ ㄕˋ ㄊㄞˊ ㄨㄢ ㄖㄣˊ 。

Dì Yī Kè 　 Nín Guìxìng?

(Pinyin)

I

Lǐ Xiānshēng 　　 : Xiānshēng, nín guìxìng?

Wáng Xiānshēng : Wǒ xìng Wáng. Nín guìxìng?

Lǐ Xiānshēng	: Wǒ xìng Lǐ, jiào Dàwèi.
Wáng Xiānshēng	: Lǐ Xiānshēng, nín hǎo.
Lǐ Xiānshēng	: Nín hǎo. Nín shì Měiguó rén ma?
Wáng Xiānshēng	: Búshì, wǒ shì Yīngguó rén.

II

Lǐ Àiměi	: Nǐ hǎo.
Wáng Zhēnní	: Nǐ hǎo.
Lǐ Àiměi	: Wǒ jiào Lǐ Àiměi. Nǐ jiào shénme míngzi?
Wáng Zhēnní	: Wǒ jiào Wáng Zhēnní.
Lǐ Àiměi	: Zhēnní, nǐ shì něiguó rén?
Wáng Zhēnní	: Wǒ shì Měiguó rén, nǐ ne?
Lǐ Àiměi	: Wǒ shì Táiwān rén.

 Dì Yī Kè　　　　　Nín Guèisìng?

(Tongyong)

 I

Lǐ Siānshēng	: Siānshēng, nín guèisìng?
Wáng Siānshēng	: Wǒ sìng Wáng. Nín guèisìng?
Lǐ Siānshēng	: Wǒ sìng Lǐ, jiào Dàwèi.
Wáng Siānshēng	: Lǐ Siānshēng, nín hǎo.
Lǐ Siānshēng	: Nín hǎo. Nín shìh Měiguó rén ma?
Wáng Siānshēng	: Búshìh, wǒ shìh Yīngguó rén.

II

Lǐ Àiměi	: Nǐ hǎo.
Wáng Jhēnní	: Nǐ hǎo.
Lǐ Àiměi	: Wǒ jiào Lǐ Àiměi. Nǐ jiào shénme míngzih?
Wáng Jhēnní	: Wǒ jiào Wáng Jhēnní.

Lǐ Àiměi   : Jhēnní, nǐ shìh něiguó rén?

Wáng Jhēnní : Wǒ shìh Měiguó rén, nǐ ne?

Lǐ Àiměi   : Wǒ shìh Táiwān rén.

LESSON 1 WHAT IS YOUR NAME?

 I

Mr. Li   : Sir, may I know your family name?

Mr. Wang : My last name is Wang, and you?

Mr. Li   : My last name is Li, and my first name is David.

Mr. Wang : Hello, Mr. Li.

Mr. Li   : Hello, are you American?

Mr. Wang : I am not (American). I am British.

 II

Amy Li   : Hello.

Jenny Wang : Hello.

Amy Li   : My name is Amy Li. What is your name?

Jenny Wang : My name is Jenny Wang.

Amy Li   : Hi, Jenny, where are you from?

Jenny Wang : I am American, and you?

Amy Li   : I am Taiwanese.

VOCABULARY

1 您 (nín) ▸▸ PN: you (a formal and respective form)

例 您好！
Nín hǎo!
Hello!

2 貴姓 (guìxìng / guèising) ▸▸ IE: May I know your last name?

例 您貴姓？
Nín guìxìng?
Nín guèising?
May I know your last name?

姓 (xìng / sìng) ▸▸ V/N: surname, family name, last name

例 我姓王。
Wǒ xìng Wáng.
Wǒ sìng Wáng.
My last name is Wang.

3 李 (Lǐ) ▸▸ N: a common Chinese surname

4 先生 / 生 (xiānshēng, xiānsheng / siānshēng, siānsheng)
▸▸ N: Mr., Sir, gentleman, husband

例 李先生好！
Lǐ Xiānshēng hǎo.
Lǐ Siānshēng hǎo.
Hello, Mr. Li.

5 王 (Wáng) ▸▸ N: a common Chinese surname

6 我 (wǒ) ▸▸ PN: I, me

例 我姓李。

Wǒ xìng Lǐ.

Wǒ sìng Lǐ.

My last name is Li.

7 叫 (jiào) ▸▸ V: to be called (by the name of), to call

例 他叫大衛。

Tā jiào Dàwèi.

His name is David.

8 好 (hǎo) ▸▸ SV: to be good / well

例 王先生，您好！

Wáng Xiānshēng, nín hǎo.

Wáng Siānshēng, nín hǎo.

Hello, Mr. Wang.

9 是 (shì / shìh) ▸▸ V: to be (am, are, is)

例 他是哪國人？

Tā shì něiguó rén?

Tā shìh něiguó rén?

Which country does he come from?

10 美國人 (Měiguórén) ▸▸ N: American

例 李先生不是中國人，是美國人。

Lǐ Xiānshēng búshì Zhōngguó rén, shì Měiguó rén.

Lǐ Siānshēng búshìh Jhōngguó rén, shìh Měiguó rén.

Mr. Li is not Chinese. He is American.

美國 (Měiguó) ▸▸ N: U.S.A., America

國 (guó) ▸▸ N: country, nation

人 (rén) ▸▸ N: person

11 嗎 (ma) ▸ P: a question particle

例 她是華人嗎？

Tā shì Huárén ma?

Tā shìh Huárén ma?

Is she Chinese?

12 不 / (bù / bú) ▸ ADV: not

例 A：他姓王嗎？

B：不，他不姓王。

A：Tā xìng Wáng ma?

B：Bù, tā bú xìng Wáng.

A：Tā sìng Wáng ma?

B：Bù, tā bú sìng Wáng.

A：Is his last name Wang?

B：No, his last name isn't Wang.

13 英國 (Yīngguó) ▸ N: England, Britain

例 他不是英國人。

Tā búshì Yīngguó rén.

Tā búshìh Yīngguó rén.

He is not British.

14 你 (nǐ) ▸ PN: you

例 你是李愛美嗎？

Nǐ shì Lǐ Àiměi ma?

Nǐ shìh Lǐ Àiměi ma?

Are you Amy Li?

15 什麼 (shénme) ▸ QW: what

例 他姓什麼？

Tā xìng shénme?

Tā sìng shénme?

What is his surname?

16 名ㄇㄧㄥˊ字ㄗˋ / ˙ㄗ (míngzì, míngzi / míngzìh, míngzih)

   ▸▸ N: full name, first name, given name

  例 A：她ㄊㄚ叫ㄐㄧㄠˋ什ㄕㄣˊ麼˙ㄇㄜ名ㄇㄧㄥˊ字ㄗˋ？
      B：她ㄊㄚ叫ㄐㄧㄠˋ李ㄌㄧˇ愛ㄞˋ美ㄇㄟˇ。

      A : Tā jiào shénme míngzi?

      B : Tā jiào Lǐ Àiměi.

      A : Tā jiào shénme míngzih?

      B : Tā jiào Lǐ Àiměi.

      A : What is her name?

      B : Her name is Amy Li.

17 哪ㄋㄚˇ / ㄋㄟˇ (nǎ / něi) ▸▸ QW: which

  例 他ㄊㄚ是ㄕˋ哪ㄋㄟˇ國ㄍㄨㄛˊ人ㄖㄣˊ？

    Tā shì něiguó rén?

    Tā shìh něiguó rén?

    Which country is he from?

18 呢˙ㄋㄜ (ne) ▸▸ P: a question particle

  例 我ㄨㄛˇ姓ㄒㄧㄥˋ王ㄨㄤˊ，你ㄋㄧˇ呢˙ㄋㄜ？

    Wǒ xìng Wáng, nǐ ne?

    Wǒ sìng Wáng, nǐ ne?

    My last name is Wang, and you?

19 臺ㄊㄞˊ / 台ㄊㄞˊ灣ㄨㄢ (Táiwān) ▸▸ N: Taiwan

  例 我ㄨㄛˇ是ㄕˋ台ㄊㄞˊ灣ㄨㄢ人ㄖㄣˊ。

    Wǒ shì Táiwān rén.

    Wǒ shìh Táiwān rén.

    I am Taiwanese.

SUPPLEMENTARY VOCABULARY

20 他 (tā) ▸▸ PN: he, him; she, her

例 他不叫大衛。

Tā bújiào Dàwèi.

He is not David.

21 中國 (Zhōngguó / Jhōngguó) ▸▸ N: China, Chinese

例 他是中國人。

Tā shì Zhōngguó rén.

Tā shìh Jhōngguó rén.

He is Chinese.

22 她 (tā) ▸▸ PN: she, her

例 她叫珍妮。

Tā jiào Zhēnní.

Tā jiào Jhēnní.

She is called Jenny.

23 誰 (shéi) ▸▸ QW: who, whom

例 誰是王先生？

Shéi shì Wáng Xiānshēng?

Shéi shìh Wáng Siānshēng?

Who is Mr. Wang?

24 華人 (Huárén)

▸▸ N: Ethnic Chinese, overseas Chinese, citizen of Chinese origin

SYNTAX PRACTICE

1 Sentences with Verbs 姓，叫 or 是

姓，叫 and 是 are used as verbs to introduce someone's name. 姓 is followed only by a family name (surname). But 叫 is used with either a full name or a given name. When together with titles, such as Mr. or Mrs., only 是 can be used.

N/PN	(Neg-)V	N

> 我　　　姓　　　　王。
> My last name is Wang.
>
> 他　　　叫　　　　（李）大ㄨ衛ㄟ (Dàwèi)。
> He is called David (Li).
>
> 李先生　是　　　　台灣人。
> Mr. Li is Taiwanese.

1. 我姓王，不姓李。

2. 她叫李愛ㄞ美ㄟ (Àiměi)。

3. 她是李愛ㄞ美ㄟ (Àiměi)，不是王珍ㄓㄣ妮ㄋ (Zhēnní / Jhēnní)。

4. 他是李大ㄨ衛ㄟ (Dàwèi) 先生。

Look at the pictures and complete the sentences below.

王美美

Suzuki Yoshiko

Michael Wilson

1 王美美是＿＿＿＿＿＿＿＿人。

2 ＿＿＿＿＿＿＿＿是日ㄖ本ㄅ (Rìběn / Rìhběn)* 人。

3 Michael Wilson 是＿＿＿＿＿人，不是＿＿＿＿＿人。

4 王小ㄒㄧㄠ姐ㄐㄧㄝ (xiǎojiě / siǎojiě)* 叫＿＿＿＿＿＿＿＿。

5 Yoshiko 小姐姓＿＿＿＿＿＿＿。

2 **Simple Type of Questions with the Particle 嗎**

Statement 嗎

你是李先生　嗎？
Are you Mr. Li?

1. 您是王老ㄌㄠ師ㄕ (lǎoshī / lǎoshīh)* 嗎？
　　我是王老師。

2. 你姓李嗎？
　　我不姓李，我姓王。

3. 王先生不是美國人嗎？
　　不是，他是英國人。

---

*
日ㄖ本ㄅ (Rìběn / Rìhběn)：Japan
小ㄒㄧㄠ姐ㄐㄧㄝ (xiǎojiě / siǎojiě)：Miss
老ㄌㄠ師ㄕ (lǎoshī / lǎoshīh)：teacher

Look at the pictures and complete the sentences below.

王美美   Suzuki Yoshiko   Michael Wilson

1 王小姐 (xiǎojiě / siǎojiě) 是中國人嗎？

2 Yoshiko 姓王嗎？

3 Michael Wilson 不是英國人嗎？

---

3 Questions with a Question Word (QW)

The word order of this type of questions is the same as the word order of its answer in Chinese.

N/PN/QW	(Neg-)V	N/QW
誰	是	王先生？
Who is Mr. Wang?		
他	姓	什麼？
What's his last name?		
王先生	是	哪國人？
What country is Mr. Wang from?		

1. 老師 (lǎoshī / lǎoshīh) 姓什麼？

   老師姓李。

2. 你叫什麼名字？

我叫王珍ㄓㄣ妮ㄋㄧ (Zhēnní / Jhēnní)。

3. 誰叫李愛ㄞ美ㄇㄟ (Àiměi)？

　　她叫李愛ㄞ美ㄇㄟ (Àiměi)。

4. 珍妮是哪國小ㄒㄧㄠ姐ㄐㄧㄝ (xiǎojiě / siǎojiě)？

　　她是美國小ㄒㄧㄠ姐ㄐㄧㄝ (xiǎojiě / siǎojiě)。

Look at the pictures and complete the sentences below.

王美美

Suzuki Yoshiko

Michael Wilson

1 誰是美國人？

2 Suzuki 小ㄒㄧㄠ姐ㄐㄧㄝ (xiǎojiě / siǎojiě) 是哪國人？

3 王小ㄒㄧㄠ姐ㄐㄧㄝ (xiǎojiě / siǎojiě) 叫什麼名字？

4 Michael 姓什麼？

4 Abbreviated Questions with the Particle 呢

Statement,	N/PN	呢？
我是華人，	你	呢？

I'm Ethnic Chinese, how about you?

1. 我姓王，你呢？

　　我姓李。

2. 珍ㅂ妮ㄋ (Zhēnní / Jhēnní) 是美國人，愛ㄞ美ㄇ (Àiměi) 呢？

愛美是中國人。

3. 我是老ㄌ師ㄕ (lǎoshī / lǎoshīh)，你呢？

我不是老師。

Look at the pictures and complete the sentences below.

　　王美美　　　Suzuki Yoshiko

1 王美美是台灣小ㄒ姐ㄐ (xiǎojiě / siǎojiě)，Suzuki Yoshiko 呢？

2 日ㄖ本ㄅ (Rìběn / Rìhběn) 小ㄒ姐ㄐ (xiǎojiě / siǎojiě) 姓 Suzuki，台灣小姐呢？

3 Yoshiko 是日ㄖ本ㄅ (Rìběn / Rìhběn) 名字，美美呢？

4 台灣小ㄒ姐ㄐ (xiǎojiě / siǎojiě) 叫王美美，日本小姐呢？

 APPLICATION ACTIVITIES

1 **Self Introduction**

我姓＿＿＿＿＿＿＿。

我叫＿＿＿＿＿＿＿。

我是＿＿＿＿＿＿＿人。

2 Do you know your classmates' names? Give it a try.

3 Situations

1. An American man and a Chinese woman meet for the first time.

2. Two students meet in the school cafeteria for the first time.

NOTES

1
This book is adapted to the needs of foreign students. Three systems are used: MPS (Mandarin Phonetic Symbols), Pinyin, and Taiwan Tongyong Romanization.

e.g.　　　MPS ⌐　　⌐ Pinyin
　　　　　姓ㄒㄧㄥ (xìng / sing)
　　　　　　　　　└ Tongyong Romanization

If Pinyin and Tongyong Romanizaiton are written the same way, we only display one form.

2
Surnames precede titles in Chinese.

e.g. 李先生　　　　Mr. Li.

3
您 is the polite form of 你 and is used when addressing older people or in more formal situations.

4
A noun can be placed before another noun as a modifier.

e.g. 中國人　　　Chinese

美國先生　　American gentleman

5
Tones on 不：The negative particle 不 is pronounced in the fourth tone except when it is followed by another fourth tone, in which case it changes into a second tone.

e.g. 不好 (bùhǎo)　　　　not good / well

不是 (búshì / búshìh)　be not

6 "Ethnic Chinese" 〔華_{ㄏㄨㄚˊ}人_{ㄖㄣˊ} (Huárén)〕 is a term which generally refers to overseas Chinese.

7 哪_{ㄋㄚˇ} (nǎ) sometimes reads as 哪_{ㄋㄟˇ} (něi). 哪_{ㄋㄚˇ} (nǎ) means "which", while 哪_{ㄋㄟˇ} (něi) means "which one." When 哪_{ㄋㄚˇ} (nǎ) is combined with "one" 〔一_ㄧ (yī)〕, we pronounce it as 哪_{ㄋㄟˇ} (něi). nǎ + yī = něi

第 2 課

早，您好①

DIALOGUE

I

趙小姐②③：張先生④，您早。

張先生：早，趙小姐，好久不見⑤，你好啊⑥！

趙小姐：很好⑦，謝謝⑧。您好嗎？

張先生：我也很好⑨。這是我太太⑩。淑ㄕㄨˊ芳ㄈㄤ(Shúfāng)*，這是趙小姐⑪。

趙小姐：張太太，您好。

張太太：您好，趙小姐。

*
淑ㄕㄨˊ芳ㄈㄤ(Shúfāng)：a Chinese given name

Ⅱ

李愛美：珍妮、大衛(Dàwèi)，你們好。

王珍妮：你好，愛美。

李愛美：天氣好熱啊！

張大衛：是啊！

李愛美：你們很忙嗎？

王珍妮：很忙。你呢？忙不忙？

李愛美：我不太忙。你們去上課嗎？

王珍妮、張大衛：是啊，再見。

李愛美：再見。

ㄅ、ㄦ、ㄎ ＞ ㄗㄠˇ，ㄋㄧˊ ㄏㄠˇ
ㄧ　ㄝ

I

ㄓㄠ ㄒㄧㄠˇ ㄐㄧㄝ： ㄓㄤ ㄒㄧㄢ ㄕㄥ，ㄋㄧˊ ㄗㄠˇ。

ㄓㄤ ㄒㄧㄢ ㄕㄥ： ㄗㄠˇ，ㄓㄠ ㄒㄧㄠˇ ㄐㄧㄝˇ，ㄏㄠˇ ㄐㄧㄡˇ ㄅㄨˋ ㄐㄧㄢˋ，ㄋㄧˊ ㄏㄠˇ ˙ㄚ！

ㄓㄠ ㄒㄧㄠˇ ㄐㄧㄝ： ㄏㄣˇ ㄏㄠˇ，ㄒㄧㄝˋ ˙ㄒㄧㄝ。ㄋㄧˊ ㄏㄠˇ ˙ㄇㄚ？

ㄓㄤ ㄒㄧㄢ ㄕㄥ： ㄨㄛˇ ㄧㄝˇ ㄏㄣˇ ㄏㄠˇ。ㄓㄜ ㄕ ㄨㄛˇ ㄊㄞˋ ㄊㄞˋ。ㄨㄤˋ ㄈㄨˊ，ㄓㄜ ㄕˋ ㄓㄠ ㄒㄧㄠˇ ㄐㄧㄝ。

ㄓㄠ ㄒㄧㄠˇ ㄐㄧㄝ： ㄓㄤ ㄊㄞˋ ˙ㄊㄞ，ㄋㄧˊ ㄏㄠˇ。

ㄓㄤ ㄊㄞˋ ㄊㄞˋ： ㄋㄧˊ ㄏㄠˇ，ㄓㄠ ㄒㄧㄠˇ ㄐㄧㄝ。

II

ㄌㄧˇ ㄞˋ ㄇㄟˊ： ㄓㄣ ㄋㄧˋ ㄅㄧ ㄨˋ，ㄋㄧˊ ˙ㄇㄣ ㄏㄠˇ。

ㄨㄤˊ ㄓㄣ ㄋㄧ： ㄋㄧˊ ㄏㄠˇ，ㄞˋ ㄇㄟˊ。

ㄌㄧˇ ㄞˋ ㄇㄟˊ： ㄊㄢ ㄑㄧ ㄏㄠˋ ㄖˋ ˙ㄚ！

ㄓㄤ ㄅㄚ ㄨㄟ： ㄕˋ ˙ㄚ！

ㄌㄧˇ ㄞˋ ㄇㄟˊ： ㄋㄧˊ ˙ㄇㄣ ㄏㄣˇ ㄇㄤ ˙ㄚ？

ㄨㄤˊ ㄓㄣ ㄋㄧ： ㄏㄣˇ ㄇㄤ。ㄋㄧˊ ˙ㄋㄜ？ㄇㄤ ㄅㄨ ㄇㄤ？

ㄌㄧˇ ㄞˋ ㄇㄟˊ： ㄨㄛˇ ㄅㄨˋ ㄊㄞˋ ㄇㄤ。ㄋㄧˊ ˙ㄇㄣ ㄑㄧˋ ㄕㄤ ㄎㄜˋ ˙ㄚ？

ㄨㄤˊ ㄓㄣ ㄋㄧ、ㄓㄤ ㄅㄚ ㄨㄟ： ㄕˋ ˙ㄚ，ㄗㄞˋ ㄐㄧㄢˋ。

ㄌㄧˇ ㄞˋ ㄇㄟˊ： ㄗㄞˋ ㄐㄧㄢˋ。

Dì èr Kè — Zǎo, Nín Hǎo

(Pinyin)

 I

Zhào Xiǎojiě : Zhāng Xiānshēng, nín zǎo.

Zhāng Xiānshēng : Zǎo Zhào Xiǎojiě, Hǎo jiǔ bújiàn, nǐ hǎo a!

Zhào Xiǎojiě : Hěn hǎo, xièxie. Nín hǎo ma?

Zhāng Xiānshēng : Wǒ yě hěn hǎo. Zhè shì wǒ tàitai. Shúfāng, zhè shì Zhào Xiǎojiě.

Zhào Xiǎojiě : Zhāng Tàitai, nín hǎo.

Zhāng Tàitai : Nín hǎo, Zhào Xiǎojiě.

 II

Lǐ Àiměi : Zhēnní, Dàwèi, nǐmen hǎo.

Wáng Zhēnní : Nǐ hǎo, Àiměi.

Lǐ Àiměi : Tiānqì hǎo rè a!

Zhāng Dàwèi : Shì a!

Lǐ Àiměi : Nǐmen hěn máng ma?

Wáng Zhēnní : Hěn máng. Nǐ ne? Máng bùmáng?

Lǐ Àiměi : Wǒ bútài máng. Nǐmen qù shàngkè ma?

Wáng Zhēnní, Zhāng Dàwèi : Shì a, Zàijiàn.

Lǐ Àiměi : Zàijiàn.

Dì èr Kè — Zǎo, Nín Hǎo

(Tongyong)

 I

Jhào Siǎojiě : Jhāng Siānshēng, nín zǎo.

Jhāng Siānshēng : Zǎo Zhào Siǎojiě, Hǎo jiǒu bújiàn, nǐ hǎo a!

Jhào Siǎojiě	: Hěn hǎo, sièsie. Nín hǎo ma?
Jhāng Siānshēng	: Wǒ yě hěn hǎo. Jhè shìh wǒ tàitai. Shúfāng, jhè shìh Jhào Siǎojiě.
Jhào Siǎojiě	: Jhāng Tàitai, nín hǎo.
Jhāng Tàitai	: Nín hǎo, Jhào Siǎojiě.

Lǐ Àiměi	: Jhēnní, Dàwèi, nǐmen hǎo.
Wáng Jhēnní	: Nǐ hǎo, Àiměi.
Lǐ Àiměi	: Tiāncì hǎo rè a!
Jhāng Dàwèi	: Shìh a!
Lǐ Àiměi	: Nǐmen hěn máng ma?
Wáng Jhēnní	: Hěn máng. Nǐ ne? Máng bùmáng?
Lǐ Àiměi	: Wǒ bútài máng. Nǐmen cyù shàngkè ma?
Wáng Jhēnní, Jhāng Dàwèi	: Shìh a, Zàijiàn.
Lǐ Àiměi	: Zàijiàn.

 LESSON 2   HELLO, GOOD MORNING

Miss Zhao	: Good Morning, Mr. Zhang.
Mr. Zhang	: Good Morning, Miss Zhao. Long time no see? How are you?
Miss Zhao	: I am fine, thank you. How about you?
Mr. Zhang	: I am fine, too. This is my wife. And Shufang, this is Miss Zhao.
Miss Zhao	: Hello, Mrs. Zhang, good to see you.
Mr. Zhang	: Hello, Miss Zhao, good to see you, too.

II

Amy Li	:	Hi, Jenny, David.
Jenny Wang	:	Hello, Amy.
Amy Li	:	The weather is really hot!
David Zhang	:	Yes, it is!
Amy Li	:	Are you two very busy?
Jenny Wang	:	Quite busy, and you?
Amy Li	:	I'm not too busy. Are you headed to class?
Jenny Wang and David Zhang	:	We are! Good-bye.
Amy Li	:	Good-bye.

VOCABULARY

1 早 (zǎo) ▸ IE/SV: Good morning / to be early

例 李先生，早。
Lǐ Xiānshēng, zǎo.
Lǐ Siānshēng, zǎo.
Good morning, Mr. Li.

2 趙 (Zhào / Jhào) ▸ N: a common Chinese surname

3 小姐 (xiǎojiě / siǎojiě) ▸ N: Miss

例 趙小姐，您好。
Zhào Xiǎojiě, nín hǎo.
Jhào Siǎojiě, nín hǎo.
Hello, Miss Zhao.

4 張 (Zhāng / Jhāng) ▸ N: a common Chinese surname

例 誰是張先生？
Shéi shì Zhāng Xiānshēng?
Shéi shìh Jhāng Siānshēng?
Who is Mr. Zhang?

5 好久不見 (hǎojiǔbújiàn / hǎojiǒubújiàn) ▸ IE: Long time no see.

例 王小姐，好久不見。
Wáng Xiǎojiě, hǎojiǔbújiàn.
Wáng Siǎojiě, hǎojiǒubújiàn.
Miss Wang, long time no see.

好 (hǎo) ▸ ADV: very, quite, so

例 我好忙啊！
Wǒ hǎo máng a!

I am so busy!

久ㄐㄧㄡˇ (jiǔ / jiǒu) ▸▸ SV: to be a long time

見ㄐㄧㄢˋ (jiàn) ▸▸ V: to see, to meet

6 啊ㄚ˙ (a) ▸▸ P: a phrase final particle, indicating affirmation, exclamation, etc; an interrogative final particle, used when the answer is assumed.

例 天ㄊㄧㄢ氣ㄑㄧˋ好ㄏㄠˇ冷ㄌㄥˇ啊ㄚ！
Tiānqì hǎo lěng a!
Tiāncì hǎo lěng a!
The weather is so cold!

例 王ㄨㄤˊ先ㄒㄧㄢ生ㄕㄥ，您ㄋㄧㄣˊ是ㄕˋ英ㄧㄥ國ㄍㄨㄛˊ人ㄖㄣˊ啊ㄚ？
Wáng Xiānshēng, nín shì Yīngguó rén a?
Wáng Siānshēng, nín shìh Yīngguó rén a?
Mr. Wang, are you British?

例 是ㄕˋ啊ㄚ，我ㄨㄛˇ是ㄕˋ英ㄧㄥ國ㄍㄨㄛˊ人ㄖㄣˊ。
Shì a, wǒ shì Yīngguó rén.
Shìh a, wǒ shìh Yīngguó rén.
Yes, I am British.

7 很ㄏㄣˇ (hěn) ▸▸ ADV: very

例 你ㄋㄧˇ很ㄏㄣˇ忙ㄇㄤˊ嗎ㄇㄚ？
Nǐ hěn máng ma?
Are you very busy?

8 謝ㄒㄧㄝˋ謝ㄒㄧㄝ˙ (xièxie / sièsie) ▸▸ V: to thank, to thank you

例 A：好ㄏㄠˇ久ㄐㄧㄡˇ不ㄅㄨˋ見ㄐㄧㄢˋ，你ㄋㄧˇ好ㄏㄠˇ嗎ㄇㄚ？
B：我ㄨㄛˇ很ㄏㄣˇ好ㄏㄠˇ，謝ㄒㄧㄝˋ謝ㄒㄧㄝ˙。
A：Hǎojiǔbújiàn, nǐ hǎo ma?
B：Wǒ hěn hǎo, xièxie.
A：Hǎojiǒubújiàn, nǐ hǎo ma?
B：Wǒ hěn hǎo, sièsie.

A ： Long time no see. How are you?

B ： I am well, thanks.

9 也 (yě) ▸▸ ADV: also

例 張先生很忙，張太太也很忙。

Zhāng Xiānshēng hěn máng, Zhāng Tàitai yě hěn máng.

Jhāng Siānshēng hěn máng, Jhāng Tàitai yě hěn máng.

Mr. Zhang is very busy, and Mrs. Zhang is very busy, too.

10 這 / (zhè, zhèi / jhè, jhèi) ▸▸ DEM: this

例 這是什麼？

Zhè shì shénme ?

Jhè shìh shénme ?

What is this?

11 太太 (tàitai) ▸▸ N: Mrs., wife

例 她是我太太。

Tā shì wǒ tàitai.

Tā shìh wǒ tàitai.

She is my wife.

12 你們 (nǐmen) ▸▸ PN: you (plural)

例 你們好嗎？

Nǐmen hǎo ma?

How are you (pl)?

們 (men) ▸▸ BF: used after pronouns 我，你，他 or certain nouns denoting a
group of persons

我們 (wǒmen) ▸▸ PN: we, us

他們 (tāmen) ▸▸ PN: they, them

13 天氣 (tiānqì / tiāncì) ▸▸ N: weather

例 天氣好熱啊！
Tiānqì hǎo rè a!
Tiāncì hǎo rè a!
The weather is so hot!

14 熱 (rè) ▸▸ SV: to be hot

例 你熱不熱？
Nǐ rè búrè?
Are you feeling hot?

15 忙 (máng) ▸▸ SV: to be busy

例 我不太忙。
Wǒ bútài máng.
I am not too busy.

16 太 (tài) ▸▸ ADV: too

例 天氣太熱！
Tiānqì tài rè!
Tiāncì tài rè!
The weather is too hot.

17 去 (qù / cyù) ▸▸ V: to go

18 上課 (shàngkè) ▸▸ VO: to go to class, to attend class

例 A：你去上課啊？
B：是啊。
A : Nǐ qù shàngkè a?
B : Shì a.
A : Nǐ cyù shàngkè a?
B : Shìh a.

A ： Are you going to class?

B ： Yes.

19 再ㄗㄞˋ見ㄐㄧㄢˋ (zàijiàn) ▸▸ IE: Good-bye. (lit. See you again.)

例 李ㄌㄧˇ小ㄒㄧㄠˇ姐ㄐㄧㄝˇ，再ㄗㄞˋ見ㄐㄧㄢˋ！

Lǐ Xiǎojiě, zàijiàn!

Lǐ Siǎojiě, zàijiàn!

Good-bye, Miss Li.

SUPPLEMENTARY VOCABULARY

20 冷ㄌㄥˇ (lěng) ▸▸ SV: to be cold

例 你ㄋㄧˇ冷ㄌㄥˇ不ㄅㄨˋ冷ㄌㄥˇ？

Nǐ lěng bùlěng?

Are you feeling cold?

SYNTAX PRACTICE

1 Simple Sentences with Stative Verbs (SV)

I.

N/PN	ADV/Neg-	SV
我	很	忙。
I'm very busy.		
我	不	忙。
I'm not busy.		

1. 趙先生很高〈〈（gāo）*，趙太太不高。

2. 他們很熱，我們不熱。

II.

N/PN	(Neg-)	ADV	SV
張先生	不	太	忙。

Mr. Zhang is not very busy.

1. 我很熱，你不熱嗎？

   我不太熱。

2. 王小姐很高〈〈（gāo），我不太高。

III.

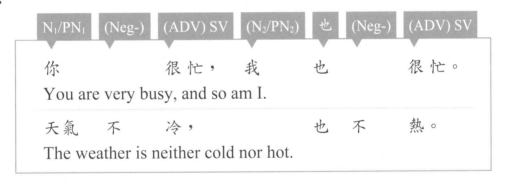

N₁/PN₁	(Neg-)	(ADV) SV	(N₂/PN₂)	也	(Neg-)	(ADV) SV
你		很 忙，	我	也		很 忙。

You are very busy, and so am I.

| 天氣 | 不 | 冷， | | 也 | 不 | 熱。 |

The weather is neither cold nor hot.

1. 他不熱，我也不熱。

2. 他很忙，也很累〈〈（lèi）*。

*

高〈〈（gāo）：to be tall

累〈〈（lèi）：to be tired

Look at the pictures and complete the sentences below.

張先生　　　　李小姐　　　　王先生　　　　王太太

1 張先生很高《(gāo)，李小姐呢？

2 王太太很熱嗎？

3 王太太很熱，李小姐也很熱嗎？

4 李小姐很冷嗎？

5 張先生很高，王先生呢？

2 Stative Verb-not-Stative Verb Questions

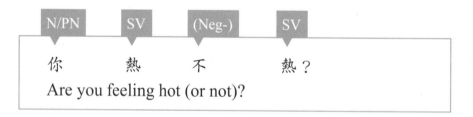

N/PN	SV	(Neg-)	SV
你	熱	不	熱？

Are you feeling hot (or not)?

1. 李小姐累《(lèi) 不累？
　李小姐不太累。

2. 趙先生忙不忙？
　趙先生很忙。

3. 您好不好？

　我很好，您呢？

Answer the questions below.

 你忙不忙？

2 你累ㄌㄟˋ (lèi) 不累？

3 你熱不熱？

4 你餓ㄜˋ (è)* 不餓？

5 你渴ㄎㄜˇ (kě)* 不渴？

APPLICATION ACTIVITIES

1 **Please describe the people in the pictures.**

*
餓ㄜˋ (è)：to be hungry
渴ㄎㄜˇ (kě)：to be thirsty

2 **Situations**

1. **A Student and his friend** 朋友 (péngyǒu)* **run into a teacher on campus one morning.**

2. **Two classmates meet again after a long time.**

 **NOTES**

1 A greeting such as "你好啊！" and "你好！" (How are you?) is more commonly used than "你好嗎？" (How are you?) and expects an affirmative answer (that the person asked is well); the expectation is stronger and may indicate more concern on the part of the speaker.

*
朋友 (péngyǒu)：friend

2 A stative verb is a verbal expression which describes the quality or condition of the subject. It therefore is static in the sense that no action is involved. Stative verbs are normally translated into English as the verb "to be" followed by an adjective.

e.g. 李小姐很忙。 Miss Li is very busy.

3 "天氣好熱啊！" In this sentence, "好" is an adverb meaning "very," "so," "what a...," or "such a..." It has an exclamatory tone.

e.g. 天氣好冷啊！ The weather is so cold!

他好忙啊！ He's so busy!

4 "是啊！" is an agreement, or an affirmative, response to a person's question.

e.g. 你很忙嗎？ Are you very busy?

是啊！ Yes, I am.

5 Adverbs are used to modify verbs and other adverbs. In every case they come before the verb.

e.g. 我忙，他也忙。 (Correct) I am busy, so is he.

我忙，也他忙。 (Incorrect)

6 The "不" as in "SV - 不 - SV" is usually unstressed.

7 這 (zhè) sometimes reads as 這 (zhèi)。這 (zhè) means "this" and 這 (zhèi) means "this one.", When 這 (zhè) is combined with "one" 〔一 (yī)〕, we pronounce it as 這 (zhèi). zhè + yī = zhèi

第 **3** 課

我喜歡①看②電影③

DIALOGUE

I

A：你喜歡看電影嗎？

B：很喜歡，你呢？

A：電影、電視④，我都⑤喜歡看。

B：你喜歡看什麼電影？

A：我喜歡看美國電影，你呢？

B：美國電影、中國電影，我都喜歡。

A：你也喜歡看電視嗎？

B：電視，我不太喜歡看。

* 電影院(diànyǐngyuàn)：
movie theater

II

A：你有汽車⑥沒有⑦？

B：沒有。

A：你要不要⑧買汽車⑨？

B：我要買⑩。

A：你喜歡哪國車？

B：我喜歡美國車。

A：英國車很好看⑪，你不喜歡嗎？

B：我也喜歡⑫，可是英國車太貴⑬。

🔊 ㄉㄧˋ ㄙㄢ ㄎㄜˋ ▶ ㄨㄛˇ ㄒㄧ ㄏㄨㄢ ㄎㄢˋ ㄉㄧㄢˋ ㄧㄥˇ

I

A：ㄋㄧˇ ㄒㄧˇ ㄏㄨㄢ ㄎㄢˋ ㄉㄧㄢˋ ㄧㄥˇ ㄇㄚ˙？

B：ㄏㄣˇ ㄒㄧˇ ㄏㄨㄢ，ㄋㄧ ㄋㄜ˙？

A：ㄉㄧㄢˋ ㄧㄥˇ、ㄉㄧㄢˋ ㄕˋ，ㄨㄛˇ ㄉㄡ ㄒㄧˇ ㄏㄨㄢ ㄎㄢˋ。

B：ㄋㄧˇ ㄒㄧˇ ㄏㄨㄢ ㄎㄢˋ ㄕㄣˊ ㄇㄜ˙ ㄉㄧㄢˋ ㄧㄥˇ？

A：ㄨㄛˇ ㄒㄧˇ ㄏㄨㄢ ㄎㄢˋ ㄇㄟˇ ㄍㄨㄛˊ ㄉㄧㄢˋ ㄧㄥˇ，ㄋㄧ ㄋㄜ˙？

B：ㄇㄟˇ ㄍㄨㄛˊ ㄉㄧㄢˋ ㄧㄥˇ、ㄓㄨㄥ ㄍㄨㄛˊ ㄉㄧㄢˋ ㄧㄥˇ，ㄨㄛˇ ㄉㄡ ㄒㄧˇ ㄏㄨㄢ。

A：ㄋㄧˇ ㄧㄝˇ ㄒㄧˇ ㄏㄨㄢ ㄎㄢˋ ㄉㄧㄢˋ ㄕˋ ㄇㄚ˙？

B：ㄅㄨˋ ㄕˋ，ㄨㄛˇ ㄅㄨˋ ㄊㄞˋ ㄒㄧˇ ㄏㄨㄢ ㄎㄢˋ。

II

A：ㄋㄧˇ ㄧㄡˇ ㄑㄧ ㄔㄜ ㄇㄟˊ ㄧㄡˇ？

B：ㄇㄟˊ ㄧㄡˇ。

A：ㄋㄧˇ ㄧㄠˋ ㄅㄨ ㄧㄠˋ ㄇㄞˇ ㄑㄧ ㄔㄜ？

B：ㄨㄛˇ ㄧㄠˋ ㄇㄞˇ。

A：ㄋㄧˇ ㄒㄧˇ ㄏㄨㄢ ㄋㄚˇ ㄍㄨㄛˊ ㄔㄜ？

B：ㄨㄛˇ ㄒㄧˇ ㄏㄨㄢ ㄇㄟˇ ㄍㄨㄛˊ ㄔㄜ。

A：ㄧㄥ ㄍㄨㄛˊ ㄔㄜ ㄏㄣˇ ㄏㄠˇ ㄎㄢˋ，ㄋㄧˇ ㄅㄨˋ ㄒㄧˇ ㄏㄨㄢ ㄇㄚ˙？

B：ㄨㄛˇ ㄧㄝˇ ㄒㄧˇ ㄏㄨㄢ，ㄎㄜˇ ㄕˋ ㄧˋ ㄍㄨㄛˊ ㄔㄜ ㄊㄞˋ ㄍㄨㄟˋ。

Dì Sān Kè   Wǒ Xǐhuān Kàn Diànyǐng

(Pinyin)

 I

A : Nǐ xǐhuān kàn diànyǐng ma?

B : Hěn xǐhuān, nǐ ne?

A : Diànyǐng, diànshì, wǒ dōu xǐhuān kàn.

B : Nǐ xǐhuān kàn shénme diànyǐng?

A : Wǒ xǐhuān kàn Měiguó diànyǐng, nǐ ne?

B : Měiguó diànyǐng, Zhōngguó diànyǐng, wǒ dōu xǐhuān.

A : Nǐ yě xǐhuān kàn diànshì ma?

B : Diànshì, wǒ bútài xǐhuān kàn.

 II

A : Nǐ yǒu qìchē méiyǒu?

B : Méiyǒu.

A : Nǐ yàobúyào mǎi qìchē?

B : Wǒ yào mǎi.

A : Nǐ xǐhuān něiguó chē?

B : Wǒ xǐhuān Měiguó chē.

A : Yīngguó chē hěn hǎokàn, nǐ bù xǐhuān ma?

B : Wǒ yě xǐhuān, kěshì Yīngguó chē tàiguì.

 Dì Sān Kè   Wǒ Sǐhuān Kàn Diànyǐng

(Tongyong)

 I

A : Nǐ sǐhuān kàn diànyǐng ma?

B : Hěn sǐhuān, nǐ ne?

A : Diànyǐng, diànshìh, wǒ dōu sǐhuān kàn.

B : Nǐ sǐhuān kàn shénme diànyǐng?

A : Wǒ sǐhuān kàn Měiguó diànyǐng, nǐ ne?

B : Měiguó diànyǐng, Jhōngguó diànyǐng, wǒ dōu sǐhuān.

A : Nǐ yě sǐhuān kàn diànshìh ma?

B : Diànshìh, wǒ bútài sǐhuān kàn.

A : Nǐ yǒu cìchē méiyǒu?

B : Méiyǒu.

A : Nǐ yàobúyào mǎi cìchē?

B : Wǒ yào mǎi.

A : Nǐ sǐhuān něiguó chē?

B : Wǒ sǐhuān Měiguó chē.

A : Yīngguó chē hěn hǎokàn, nǐ bù sǐhuān ma?

B : Wǒ yě sǐhuān, kěshìh Yīngguó chē tàiguèi.

LESSON 3 ▷ I LIKE TO WATCH MOVIES

A : Do you like to watch movies?

B : Yes, very much, and you?

A : I like to watch both movies and TV.

B : What kind of movies do you like to watch?

A : I like to watch American movies, and you?

B : I like to watch both American and Chinese movies.

A : Do you also like to watch TV?

B : I don't like to watch TV very much.

II

A : Do you have a car?

B : No, I don't.

A : Do you want to buy a car?

B : Yes, I do.

A : Which country's cars do you like?

B : I like American cars.

A : British cars are really nice-looking. Don't you like them?

B : Yes, I do, too, but British cars are too expensive.

📑 VOCABULARY

1 喜歡 (xǐhuān / sǐhuān) ▸▸ SV/AV: to like

例 我喜歡他。
Wǒ xǐhuān tā.
Wǒ sǐhuān tā.
I like him.

例 他喜歡看書。
Tā xǐhuān kànshū.
Tā sǐhuān kànshū.
He likes to read books.

2 看 (kàn) ▸▸ V: to watch, to read, to look at

例 你喜歡看電影嗎?
Nǐ xǐhuān kàn diànyǐng ma?
Nǐ sǐhuān kàn diànyǐng ma?
Do you like to watch movies?

例 我看中文書。
Wǒ kàn Zhōngwén shū.
Wǒ kàn Jhōngwún shū.
I read Chinese books.

3 電影 (diànyǐng) ▸▸ N: movie

例 王先生喜歡看什麼電影?
Wáng Xiānshēng xǐhuān kàn shénme diànyǐng?
Wáng Siānshēng sǐhuān kàn shénme diànyǐng?
What movies does Mr. Wang like to watch?

4 電視 (diànshì / diànshìh) ▸▸ N: television, TV, TV set

例 他不看電視。
Tā búkàn diànshì.

Tā búkàn diànshìh.

He doesn't watch television.

5 都 (dōu) ▸▸ ADV: all, both

例 他們都很忙。

Tāmen dōu hěn máng.

They are both busy.

例 我們都不喜歡他。

Wǒmen dōu bùxǐhuān tā.

Wǒmen dōu bùsǐhuān tā.

We all don't like him.

例 他們不都是日本人。

Tāmen bùdōu shì Rìběn rén.

Tāmen bùdōu shìh Rìhběn rén.

They are not all Japanese.

6 有 (yǒu) ▸▸ V: to have; there is, there are

例 你有什麼書？

Nǐ yǒu shénme shū?

What books do you have?

7 沒 (méi) ▸▸ ADV: not (have)

例 我沒（有）英文書。

Wǒ méi (yǒu) Yīngwén shū.

Wǒ méi (yǒu) Yīngwún shū.

I don't have English books.

8 要 (yào) ▸▸ V/AV: to want

例 我要中文書。

Wǒ yào Zhōngwén shū.

Wǒ yào Jhōngwún shū.

I want a Chinese book / Chinese books.

例 誰要買日本車？

Shéi yào mǎi Rìběn chē?

Shéi yào mǎi Rìhběn chē?

Who wants to buy a Japanese car?

9 汽車 (qìchē / cìchē) ▶▶ N: automobile, car

例 你有沒有英國汽車？

Nǐ yǒu méiyǒu Yīngguó qìchē?

Nǐ yǒu méiyǒu Yīngguó cìchē?

Do you have a British car?

車 (chē) ▶▶ N: vehicle, car

例 他沒有車。

Tā méiyǒu chē.

He doesn't have a car.

10 買 (mǎi) ▶▶ V: to buy

例 你要買什麼？

Nǐ yào mǎi shénme?

What do you want to buy?

11 好看 (hǎokàn) ▶▶ SV: to be good-looking

例 王小姐很好看。

Wáng Xiǎojiě hěn hǎokàn.

Wáng Siǎojiě hěn hǎokàn.

Miss Wang is good-looking.

12 可是 (kěshì / kěshìh) ▶▶ CONJ: but

例 我很忙，可是我不累。

Wǒ hěn máng, kěshì wǒ búlèi.

Wǒ hěn máng, kěshìh wǒ búlèi.

I'm very busy, but I'm not tired.

13 貴 (guì / guèi) ▸▸ SV: to be expensive

例 英國車貴不貴?

Yīngguó chē guì búguì?

Yīngguó chē guèi búguèi?

Are British cars expensive?

SUPPLEMENTARY VOCABULARY

14 書 (shū) ▸▸ N: book

15 日本 (Rìběn / Rìhběn) ▸▸ N: Japan, Japanese

例 他是日本人。

Tā shì Rìběn rén.

Tā shìh Rìhběn rén.

He is Japanese.

16 筆 (bǐ) ▸▸ N: pen

例 我要買日本筆。

Wǒ yào mǎi Rìběn bǐ.

Wǒ yào mǎi Rìhběn bǐ.

I want to buy a Japanese pen.

17 德國 (Déguó) ▸▸ N: Germany, German

例 他喜歡德國車。

Tā xǐhuān Déguó chē.

Tā sǐhuān Déguó chē.

He likes German cars.

18 報 (bào) ▸▸ N: newspapers

例 你看什麼報?

Nǐ kàn shénme bào?

What newspaper(s) do you read?

19 法文 (Fǎwén / Fǎwún) ▶▶ N: the French language

例 我沒有法文書。

Wǒ méiyǒu Fǎwén shū.

Wǒ méiyǒu Fǎwún shū.

I don't have French books.

法 (Fǎ) ▶▶ BF: transliteration of the F in France

法國 (Fǎguó) ▶▶ N: France, French

文 (wén / wún) ▶▶ BF: written language

英文 (Yīngwén / Yīngwún) ▶▶ N: the English language

中文 (Zhōngwén / Jhōngwún) ▶▶ N: the Chinese language

華文 (Huáwén / Huáwún) ▶▶ N: the Chinese language

德文 (Déwén / Déwún) ▶▶ N: the German language

日文 (Rìwén / Rìhwún) ▶▶ N: the Japanese language

20 東西 / (dōngxī,dōngxi / dōngsī, dōngsi) ▶▶ N: thing

例 你喜歡什麼東西？

Nǐ xǐhuān shénme dōngxī?

Nǐ sǐhuān shénme dōngsī?

What (things) do you like?

21 懂 (dǒng) ▶▶ V: to know, to understand

例 他不懂法文。

Tā bùdǒng Fǎwén.

Tā bùdǒng Fǎwún.

He doesn't understand French.

SYNTAX PRACTICE

1 **Subject-Verb-Object Sentences**

Ⅰ.

S	(Neg-)	V	O

我　（不）　　看　書。
I (do not) read books.

1. 我買書，他不買書。
2. 他要日本筆，不要德國筆。
3. 我看電影，也看電視。

Ⅱ.

S	(Neg-)	有	O

他　（沒）　　有　報。
He (doesn't) have a newspaper.

1. 我有汽車。
2. 我們都沒有法文書。
3. 我有英文報，沒有華文報。

Look at the picture and complete the sentences below.

1 王先生，王太太都看電視嗎？

2 誰看電視？

3 王先生看什麼？

4 王太太有咖啡 (kāfēi)*，王先生呢？

5 王先生看書，王太太也看書嗎？

2 Verb-not-Verb Questions

This type of questions may be formed in two ways:

I.

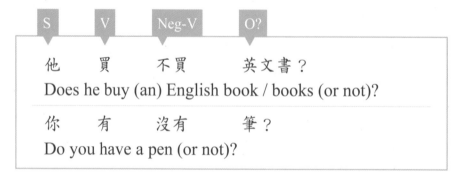

S	V	Neg-V	O?

他　買　　不買　　英文書？
Does he buy (an) English book / books (or not)?

你　有　　沒有　　筆？
Do you have a pen (or not)?

1. 你喜（歡）不喜歡汽車？
　我很喜歡。

咖啡 (kāfēi)：coffee

2. 你們有沒有日本東西？

　　我有，可是他沒有。

II.

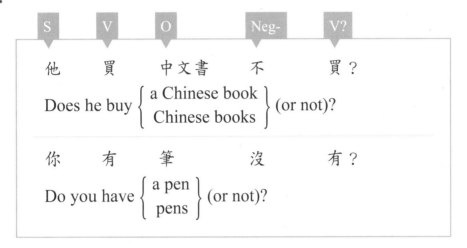

	S	V	O	Neg-	V?

他　　買　　中文書　　不　　　買？

Does he buy ⎰ a Chinese book ⎱ (or not)?
　　　　　　⎱ Chinese books ⎰

你　　有　　筆　　　沒　　　有？

Do you have ⎰ a pen ⎱ (or not)?
　　　　　　⎱ pens ⎰

1. 你們看德國電影不看？

　　我們都不看。

2. 他們有日文報沒有？

　　他們都有日文報。

Transformation (I) ←→ (II)

1　王小姐要不要筆？

2　李太太有沒有中文書？

3　你看不看英文報？

4　張太太喜歡貓 (māo)* 不喜歡？

5　你有中國茶 (chá)* 沒有？

6　他們買書不買？

*
貓 (māo)：cat
茶 (chá)：tea

3 Sentences with the Auxiliary Verbs (AV)

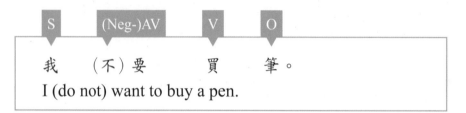

S	(Neg-)AV	V	O

我 （不）要 買 筆。

I (do not) want to buy a pen.

1. 我們都要買書。

2. 張小姐很喜歡買東西。

3. 你要不要看中文報？

   謝謝，我不要。

4. 美國人都喜歡看電視嗎？

   美國人不都喜歡看電視。

Answer the questions below.

1. 你喜歡看書嗎？

2. 你要不要買書？

3. 你要買什麼書？

4. 你們喜不喜歡看報？

5. 我有英文報，你要不要看？

6. 誰要看華文報？

4 Transposed Objects

The object in a sentence may be moved to the beginning of the sentence, where it becomes "the topic". When 都 is used to refer to objects, then the objects must precede the predicate in the sentence.

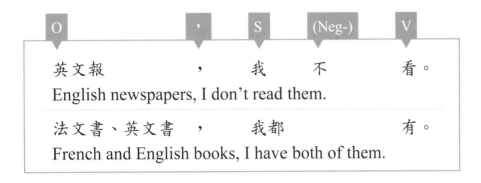

O		，	S	(Neg-)	V
英文報		，	我	不	看。
English newspapers, I don't read them.					
法文書、英文書		，	我都		有。
French and English books, I have both of them.					

1. 中文、英文，他都懂。

2. 美國車、日本車，我都不買。

3. 法國東西，我不都喜歡。

4. 電影，我看；電視，我不看。

5. 德文書，他沒有；法文書，他也沒有。

Switch the objects of the following sentences to the topic position.

1. 你有華文報沒有？

2. 我要買書，也要買筆。

3. 我有日本東西，也有德國東西。

4. 我不喜歡看電影，也不喜歡看電視。

5. 李先生不懂英文，也不懂法文。

APPLICATION ACTIVITIES

1 Look at the pictures and complete the sentences below

               zhuōzi / jhuōzih   yǐzi / yǐzih   māo

  gǒu   mǎ   jiǎotàchē

mótuōchē   kāfēi   kělè   chá

guǒzhī / guǒjhih   sānmíngzhì / sānmíngjhih   hànbǎo   règǒu

1　我有＿＿＿＿＿＿，可是沒有＿＿＿＿＿。

2　我看＿＿＿＿＿＿，可是不看＿＿＿＿＿。

3　我喜歡＿＿＿＿＿，可是不喜歡＿＿＿＿。

4　我要買＿＿＿＿＿，可是不要買＿＿＿＿。

5　我有＿＿＿＿＿＿，也有＿＿＿＿＿＿。

6　我看＿＿＿＿＿＿，也看＿＿＿＿＿＿。

7　我喜歡＿＿＿＿＿，也喜歡＿＿＿＿＿。

8　我要買＿＿＿＿＿，也要買＿＿＿＿＿。

9　我沒有＿＿＿＿＿，也沒有＿＿＿＿＿。

10　我不看＿＿＿＿＿，也不看＿＿＿＿＿。

11　我不喜歡＿＿＿＿，也不喜歡＿＿＿＿。

12　我不要買＿＿＿＿，也不要買＿＿＿＿。

95

13 ＿＿＿＿＿＿＿＿＿＿＿＿，＿＿＿＿＿＿＿＿＿＿，我都有。

14 ＿＿＿＿＿＿＿＿＿＿＿＿，＿＿＿＿＿＿＿＿＿＿，我都看。

15 ＿＿＿＿＿＿＿＿＿＿＿＿，＿＿＿＿＿＿＿＿＿＿，我都喜歡。

16 ＿＿＿＿＿＿＿＿＿＿＿＿，＿＿＿＿＿＿＿＿＿＿，我都要買。

17 ＿＿＿＿＿＿＿＿＿＿＿＿，＿＿＿＿＿＿＿＿＿＿，我都沒有。

18 ＿＿＿＿＿＿＿＿＿＿＿＿，＿＿＿＿＿＿＿＿＿＿，我都不看。

19 ＿＿＿＿＿＿＿＿＿＿＿＿，＿＿＿＿＿＿＿＿＿＿，我都不喜歡。

20 ＿＿＿＿＿＿＿＿＿＿＿＿，＿＿＿＿＿＿＿＿＿＿，我都不要買。

2 Situations

1. **A waiter and two customers are carrying a conversation in a restaurant.**

2. **An American student runs into a Chinese friend in a bookstore.**

 **NOTES**

---

1 When a disyllabic verb / stative verb is used in a verb-not-verb / stative verb-not-stative verb question, it can be used in the following two ways. One is that the second syllable of the verb can be omitted.

> e.g. 你喜不喜歡他？　　Do you like him or not?

The other is to use the entire verb and then negate it.

> e.g. 你喜歡不喜歡他？　　Do you like him or not?

2 In Chinese, 都 is an adverb that cannot be placed before a noun.
It is placed before the predicate.

> e.g. 我們都好。(Correct)　　We are all fine. / All of us are fine.
>
> 都我們好。(Incorrect)

3 The negative 沒 is used before 有 to negate it, but 有 can be omitted. An exception to this is when 沒有 occurs at the end of the sentence, then it cannot be omitted. It is important to remember that 不 can never be used before 有.

> e.g. 沒（有）錢　　have no money
>
> 沒（有）書　　have no books
>
> A：你有書嗎？　　Do you have a book?
>
> B：我沒有。　　No, I don't.

4 The "沒" as in "V－沒－V" is usually unstressed.

5 In a Chinese sentence, when the object is understood, the object is often omitted.

> e.g. A：你喜不喜歡美國車？ A: Do you like American cars (or not)?
>
> B：我喜歡。 B: Yes, I like them. (Yes, I do.)

6 In Chinese the pronoun remains the same whether it is in the nominative or objective case.

> e.g. 我喜歡他。 I like him.
>
> 他喜歡我。 He likes me.

7 Verb-not-verb questions / stative verb-not-stative verb questions can also end with 呢.

> e.g. 你有沒有筆？ Do you have a pen (or not)?
>
> 你有沒有筆呢？ Do you have a pen (or not)?
>
> 你熱不熱？ Are you hot (or not)?
>
> 你熱不熱呢？ Are you hot (or not)?

LESSON

第 4 課

這枝①筆多②少③錢？

DIALOGUE

I

A：先生，您要買什麼？

B：我要買筆。

A：我們有很多種④筆，您喜歡哪種？

B：這種筆很好看，多少錢⑤一枝？

A：七⑪塊⑮錢一枝，您要幾⑯枝？

B：我要兩⑰枝，兩枝多少錢？

A：兩枝十四⑭⑧塊。

B：我沒有四塊零錢⑱，我給你二⑲十⑥塊，請你找⑳錢，好嗎？㉑

A：好，找您六⑩塊，謝謝。

II

A：小姐，您要買什麼？

B：我要一個漢堡⁽²²⁾(hànbǎo)* 和一杯可樂⁽²⁴⁾(kělè)*，一共多少錢？

A：漢堡一個三十八塊，可樂一杯十九塊，一共五十七塊錢。

B：這是六十塊錢。

A：謝謝，找您三塊。

*
漢堡 (hànbǎo)：hamburger
可樂 (kělè)：cola

I

A：ㄒㄧㄢ ㄕㄥ，ㄋㄧㄣ ㄧㄠˋ ㄇㄞˇ ㄕㄣˊ ㄇㄜ˙？

B：ㄨㄛˇ ㄧㄠˋ ㄇㄞˇ ㄅㄧˇ。

A：ㄨㄛˇ ㄇㄣ˙ ㄧㄡˇ ㄏㄣˇ ㄉㄨㄛ ㄓㄨㄥˇ ㄅㄧˇ，ㄋㄧㄣ ㄒㄧ ㄏㄨㄢ ㄋㄟˇ ㄓㄨㄥˇ？

B：ㄓㄟˋ ㄓㄨㄥˇ ㄅㄧˇ ㄏㄣˇ ㄏㄠˇ ㄎㄢˋ，ㄉㄨㄛ ㄕㄠˇ ㄑㄧㄢˊ ㄧ ㄓ？

A：ㄑㄧ ㄎㄨㄞˋ ㄑㄧㄢˊ ㄧ ㄓ，ㄋㄧㄣ ㄧㄠˋ ㄐㄧ ㄓ？

B：ㄨㄛˇ ㄧㄠˋ ㄌㄧㄤˇ ㄓ，ㄌㄧㄤˇ ㄓ ㄅㄧˇ ㄉㄨㄛ ㄕㄠˇ ㄑㄧㄢˊ？

A：ㄌㄧㄤˇ ㄓ ㄕˊ ㄙˋ ㄎㄨㄞˋ。

B：ㄨㄛˇ ㄇㄟˇ ㄧㄡˇ ㄙˋ ㄎㄨㄞˋ ㄌㄧㄥˊ ㄑㄧㄢˊ，ㄨㄛˇ ㄍㄟˇ ㄋㄧˊ ㄦ ㄕˊ ㄎㄨㄞˋ，ㄑㄧㄥˇ ㄋㄧˊ ㄓㄠˇ ㄑㄧㄢˊ，ㄏㄠˇ ㄇㄚ˙？

A：ㄏㄠˇ，ㄓㄠˇ ㄋㄧㄣ ㄌㄧㄡˋ ㄎㄨㄞˋ，ㄒㄧㄝˋ ㄒㄧㄝ˙。

II

A：ㄒㄧㄠˇ ㄐㄧㄝˇ，ㄋㄧㄣ ㄧㄠˋ ㄇㄞˇ ㄕㄣˊ ㄇㄜ˙？

B：ㄨㄛˇ ㄧㄠˋ ㄧˊ ㄍㄜˋ ㄏㄣˊ ㄅㄠ ㄏㄢˊ ㄧˋ ㄅㄣˇ ㄎㄜˋ ㄅㄣˇ，ㄧˊ ㄍㄨㄥˋ ㄉㄨㄛ ㄕㄠˇ ㄑㄧㄢˊ？

A：ㄏㄢˊ ㄅㄠ ㄧˊ ㄍㄜˋ ㄙㄢ ㄕˊ ㄅㄚ ㄎㄨㄞˋ，ㄎㄜˋ ㄅㄣˇ ㄧˋ ㄅㄣˇ ㄕˊ ㄐㄧㄡˇ ㄎㄨㄞˋ，ㄧˊ ㄍㄨㄥˋ ㄨˇ ㄕˊ ㄑㄧ ㄎㄨㄞˋ ㄑㄧㄢˊ。

B：ㄓㄜˋ ㄕˋ ㄌㄧㄡˋ ㄕˊ ㄎㄨㄞˋ ㄑㄧㄢˊ。

A：ㄒㄧㄝˋ ㄒㄧㄝ˙，ㄓㄠˇ ㄋㄧㄣ ㄙㄢ ㄎㄨㄞˋ。

101

Dì Sì Kè ⟩ Zhèizhī Bǐ Duōshǎo Qián?

(Pinyin)

I

A : Xiānshēng nín yào mǎi shénme?

B : Wǒ yào mǎi bǐ.

A : Wǒmen yǒu hěn duō zhǒng bǐ, nín xǐhuān něizhǒng?

B : Zhèizhǒng bǐ hěn hǎokàn, duōshǎo qián yìzhī?

A : Qīkuàiqián yìzhī, nín yào jǐzhī?

B : Wǒ yào liǎngzhī, liǎngzhī duōshǎo qián?

A : Liǎngzhī shísìkuài.

B : Wǒ méiyǒu sìkuài língqián, wǒ gěi nǐ èrshíkuài, qǐng nǐ zhǎoqián hǎo ma?

A : Hǎo, zhǎo nín liùkuài, xièxie.

II

A : Xiǎojiě, nín yào mǎi shénme?

B : Wǒ yào yíge hànbǎo hàn yìbēi kělè, yígòng duōshǎo qián?

A : Hànbǎo yíge sānshíbākuài, kělè yìbēi shíjiǔkuài, yígòng wǔshíqīkuài qián.

B : Zhè shì liùshíkuài qián.

A : Xièxie, zhǎo nín sānkuài.

Dì Sìh Kè ⟩ Jhèijhīh Bǐ Duōshǎo Cián?

(Tongyong)

I

A : Siānshēng nín yào mǎi shénme?

B : Wǒ yào mǎi bǐ.

A : Wǒmen yǒu hěn duō jhǒng bǐ, nín sǐhuān něijhǒng?

B : Jhèijhǒng bǐ hěn hǎokàn, duōshǎo cián yìjhīh?

A : Cīkuàicián yìjhīh, nín yào jǐjhīh?

B : Wǒ yào liǎngjhīh, liǎngjhīh duōshǎo cián?

A : Liǎngjhīh shíhsìhkuài.

B : Wǒ méiyǒu sìhkuài língcián, wǒ gěi nǐ èrshíhkuài, cǐng nǐ jhǎocián hǎo ma?

A : Hǎo, jhǎo nín liòukuài, sièsie.

A : Siǎojiě, nín yào mǎi shénme?

B : Wǒ yào yíge hànbǎo hàn yìbēi kělè, yígòng duōshǎo cián?

A : Hànbǎo yíge sānshíhbakuài, kělè yìbēi shíhjiǒukuài, yígòng wǔshíhcī kuài cián.

B : Jhè shìh liòushíhkuài cián.

A : Sièsie, jhǎo nín sānkuài.

LESSON 4 > HOW MUCH IS THIS PEN?

A : What do you want to buy, sir?

B : I want to buy a pen.

A : We have many kinds of pens. Which kind do you like?

B : This kind of pen looks great. How much is one?

A : It's seven dollars for one. How many do you want?

B : I want two of them. How much for two?

A : Fourteen dollars for two.

B : I don't have four dollars in change. Can I give you twenty dollars? Please give me change.

A : Sure. Here is your change of six dollars. Thank you.

A : Miss, what do you want to buy?

B : Give me a hamburger and a cup of cola. How much is that altogether?

A : One hamburger is thirty-eight dollars, and a cup of cola is nineteen dollars. Altogether that will be fifty-seven dollars.

B : Here is sixty dollars.

A : Thank you. Here is three dollars, your change.

VOCABULARY

1 枝 (zhī / jhīh) ▸▸ M: measure word for stick-like things

例 我不喜歡這枝筆。
Wǒ bùxǐhuān zhèizhī bǐ.
Wǒ bùsǐhuān jhèijhīh bǐ.
I don't like this pen.

2 多少 (duōshǎo) ▸▸ NU (QW): how much, how many

例 你有多少錢？
Nǐ yǒu duōshǎo qián?
Nǐ yǒu duōshǎo cián?
How much money do you have?

多 (duō) ▸▸ SV: many, more

例 他有很多書。
Tā yǒu hěn duō shū.
He has many books.

少 (shǎo) ▸▸ SV: few, less

例 我要買不少東西。
Wǒ yào mǎi bùshǎo dōngxī.
Wǒ yào mǎi bùshǎo dōngsī.
I want to buy quite a few things.

3 錢 (qián / cián) ▸▸ N: money

例 這枝筆多少錢？
Zhèizhī bǐ duōshǎo qián?
Jhèijhīh bǐ duōshǎo cián?
How much is this pen?

105

4 種 (zhǒng / jhǒng) ▸▸ M: kind, type

例 這種筆很好。

Zhèizhǒng bǐ hěn hǎo.

Jhèijhǒng bǐ hěn hǎo.

This kind of pen is very good.

5 一 (yī) ▸▸ NU: one

例 她有一個英文名字。

Tā yǒu yíge Yīngwén míngzi.

Tā yǒu yíge Yīngwún míngzih.

She has an English name.

6 二 (èr) ▸▸ NU: two

例 我有二十塊錢。

Wǒ yǒu èrshíkuài qián.

Wǒ yǒu èrshíhkuài cián.

I have twenty dollars.

7 三 (sān) ▸▸ NU: three

例 王先生要買三枝筆。

Wáng Xiānshēng yào mǎi sānzhī bǐ.

Wáng Siānshēng yào mǎi sānjhǐh bǐ.

Mr. Wang wants to buy three pens.

8 四 (sì / sìh) ▸▸ NU: four

9 五 (wǔ) ▸▸ NU: five

10 六 (liù / liòu) ▸▸ NU: six

11 七 (qī / cī) ▸▸ NU: seven

12 八 ㄅㄚ (bā) ▸ NU: eight

13 九 ㄐㄧㄡˇ (jiǔ / jiǒu) ▸ NU: nine

14 十 ㄕˊ (shí /shíh) ▸ NU: ten

15 塊 ㄎㄨㄞˋ (kuài) ▸ M: measure word for dollar

例 你ㄋㄧˇ有ㄧㄡˇ幾ㄐㄧˇ塊ㄎㄨㄞˋ錢ㄑㄧㄢˊ？
Nǐ yǒu jǐkuài qián?
Nǐ yǒu jǐkuài cián?
How much money do you have?

16 幾 ㄐㄧˇ (jǐ) ▸ NU/QW: a few, several; how many

例 這ㄓㄜˋ幾ㄐㄧˇ本ㄅㄣˇ書ㄕㄨ都ㄉㄡ是ㄕˋ中ㄓㄨㄥ文ㄨㄣˊ書ㄕㄨ。
Zhè jǐběn shū dōu shì Zhōngwén shū.
Jhè jǐběn shū dōu shìh Jhōngwún shū.
These books are all Chinese books.

例 你ㄋㄧˇ有ㄧㄡˇ幾ㄐㄧˇ枝ㄓ筆ㄅㄧˇ？
Nǐ yǒu jǐzhī bǐ?
Nǐ yǒu jǐjhīh bǐ?
How many pens do you have?

17 兩 ㄌㄧㄤˇ (liǎng) ▸ NU: two

例 我ㄨㄛˇ要ㄧㄠˋ買ㄇㄞˇ這ㄓㄜˋ兩ㄌㄧㄤˇ枝ㄓ筆ㄅㄧˇ。
Wǒ yào mǎi zhè liǎngzhī bǐ.
Wǒ yào mǎi jhè liǎngjhīh bǐ.
I want to buy these two pens.

18 零 ㄌㄧㄥˊ錢 ㄑㄧㄢˊ (língqián / língcián) ▸ N: change, coins

零 ㄌㄧㄥˊ (líng) ▸ NU: zero

19 給 (gěi) ▸▸ V: to give

例 他不要給我筆。

Tā búyào gěi wǒ bǐ.

He doesn't want to give me a pen.

20 請 (qǐng / cǐng) ▸▸ V: to invite; to request(please...)

例 請你給我一枝筆。

Qǐng nǐ gěi wǒ yìzhī bǐ.

Cǐng nǐ gěi wǒ yìjhīh bǐ.

Please give me a pen.

例 你請不請他？

Nǐ qǐng bùqǐng tā?

Nǐ cǐng bùcǐng tā?

Will you invite him (or not)?

21 找錢 (zhǎoqián / jhǎocián)

▸▸ VO: to give change to someone after a purchase

例 我沒有零錢，請你找錢。

Wǒ méiyǒu língqián, qǐng nǐ zhǎoqián.

Wǒ méiyǒu língcián, cǐng nǐ jhǎocián.

I don't have change, please give me change.

找 (zhǎo / jhǎo) ▸▸ V: to give change after a purchase

例 他找你多少錢？

Tā zhǎo nǐ duōshǎo qián?

Tā jhǎo nǐ duōshǎo cián?

How much change did he give you?

22 個 (ge) ▸▸ M: often used as an all purpose measure word especially before nouns which do not have a specific measure word of their own

例 那幾個人很忙。

Nà jǐge rén hěn máng.

Those people are very busy.

23 和 (hàn / hé) ▸▸ CONJ: and, together with

例 李先生和李太太都喜歡看電影。

Lǐ Xiānshēng hàn Lǐ Tàitai dōu xǐhuān kàn diànyǐng.

Lǐ Siānshēng hàn Lǐ Tàitai dōu sǐhuān kàn diànyǐng.

Mr. Li and Mrs. Li both like to watch movies.

24 杯 (bēi) ▸▸ M: cup of

例 我要一杯咖啡。

Wǒ yào yìbēi kāfēi.

I want (would like to have) a cup of coffee.

25 一共 (yígòng) ▸▸ ADV: altogether

例 一枝筆，兩本書，一共多少錢？

Yìzhī bǐ, liǎngběn shū, yígòng duōshǎo qián?

Yìjhīh bǐ, liǎngběn shū, yígòng duōshǎo cián?

How much is it altogether for one pen and two books?

SUPPLEMENTARY VOCABULARY

26 毛 (máo) ▸▸ M: dime, ten cents

27 分 (fēn) ▸▸ M: cent

28 半 (bàn) ▸▸ NU: half

例 一枝筆三塊半。

Yìzhī bǐ sānkuài bàn.

Yìjhīh bǐ sānkuài bàn.

$3.50 for one pen.

29 位 (wèi) ▶▶ M: polite measure word for people

例 那位小姐很好看。

Nèiwèi xiǎojiě hěn hǎokàn.

Nèiwèi siǎojiě hěn hǎokàn.

That girl is very good-looking.

30 本 (běn) ▶▶ M: volume, measure word for books, notebooks, etc.

例 這本書很好。

Zhèiběn shū hěn hǎo.

Jhèiběn shū hěn hǎo.

This book is very good.

31 那 / (nà / nèi) ▶▶ DEM: that

例 那三枝筆很貴。

Nà sānzhī bǐ hěn guì.

Nà sānjhīh bǐ hěn guèi.

Those three pens are very expensive.

4.1.2 Numbers

11 十一 (shíyī / shíhyī)

12 十二 (shíèr / shíhèr)

13 十三 (shísān / shíhsān)

14 十四 (shísì / shíhsìh)

15 十五 (shíwǔ / shíhwǔ)

16 十六 (shíliù / shíhliòu)

17 十七 (shíqī / shíhcī)

18 十八 (shíbā / shíhbā)

19　十九 (shíjiǔ / shíhjiǒu)

20　二十 (èrshí / èrshíh)

22　二十二 (èrshíèr / èrshíhèr)

30　三十 (sānshí / sānshíh)

31　三十一 (sānshíyī / sānshíhyī)

40　四十 (sìshí / sìhshíh)

43　四十三 (sìshísān / sìhshíhsān)

50　五十 (wǔshí / wǔshíh)

55　五十五 (wǔshíwǔ / wǔshíhwǔ)

60　六十 (liùshí / liòushíh)

69　六十九 (liùshíjiǔ / liòushíhjiǒu)

70　七十 (qīshí / cīshíh)

74　七十四 (qīshísì / cīshíhsìh)

80　八十 (bāshí / bāshíh)

87　八十七 (bāshíqī / bāshíhcī)

90　九十 (jiǔshí / jiǒushíh)

99　九十九 (jiǔshíjiǔ / jiǒushíhjiǒu)

SYNTAX PRACTICE

1　Quantified Nouns

In Chinese, nouns are often preceded by a measure word to emphasize what kind of object they are.

NU	-M	N	
一	個	人 / 東西	a person / thing
兩	位	先生 / 太太 / 小姐	
		two gentlemen / married women / misses	
三	本	書	three books
四	枝	筆	four pens
五	杯	咖啡 (kāfēi)	five cups of coffee
十	份 (fèn)*	報	ten newspapers
幾	輛	汽車	several automobiles
			how many automobiles

1. 我們要五十枝筆。

2. 我有一輛汽車。

3. 我有八本英文書。

4. 你要買幾份 (fèn)* 報？

   我要買兩份。

* 份 (fèn)：measure word for newspaper

Please describe the pictures below.

2 **Sums of Money**

In Chinese, when money is being discussed, the last monetary unit is often left out. In today's world, the currencies of many countries (including the US and those in Europe) include smaller monetary units such as dimes (毛) and cents (分).

塊	毛	分	錢	
二十二塊	七毛	九（分）	（錢）	$22.79

五分（錢）	$0.05
兩毛五（分）（錢）	$0.25
五毛（錢）	$0.50
一塊零二分（錢）	$1.02
十二塊五（毛）（錢）／十二塊半	$12.50
四十二塊（錢）	$42.00

Say the amounts of money listed below.

$ 0.03	$ 0.98	$ 0.15	$ 1.60	$ 0.80
$ 3.79	$ 3.78	$ 5.58	$ 4.05	$13.35
$18.00	$75.75	$63.50	$60.00	$22.20
$41.05	$10.25	$21.50	$31.12	$40.45

3 **Specified and Numbered Nouns**

When a singular noun follows a DEM, the ordinal number 一 is usually omitted and only 這／那／哪＋ the measure word is needed.

Ⅰ.

DEM	-M	N
這	個	人
this person		
那	本	書
that book		
哪	枝	筆
which pen		

1. 這個東西很貴嗎？

   這個東西不太貴。

2. 那位小姐要買什麼？

   她要買書。

3. 你喜歡哪輛車子？

   我喜歡這輛。

Ⅱ.

DEM	NU	-M	N
這	（一）	個	人
this person			
那	兩	本	書
those two books			
哪	三	枝	筆
which three pens			

1. 這三本書一共多少錢？

一共二十四塊錢。

2. 這兩枝筆，你要哪（一）枝？

　　我要這枝。

3. 那三位小姐都是英國人嗎？

　　不，兩位是英國人，一位是美國人。

4. 哪幾輛汽車是日本車？

　　那（一）輛汽車是日本車。

Look at the pictures and complete the sentences below.

① 這五個人都是小姐嗎？

② 那三位先生，哪位高？

③ 這兩輛汽車，哪輛好看？

④ 哪輛車是美國車？

⑤ 這兩位小姐，哪位好看？

115

4 Prices Per Unit

When asking or giving prices, age, time, etc., verb equivalents such as "to be" are usually left out.

Ⅰ.

Ⅱ.

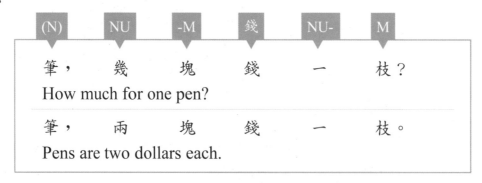

1. 一份 (fèn) 報幾塊錢？

   一份報十塊錢。

2. 書，一本多少錢？

   一本九十塊錢。

3. 漢堡 (hànbǎo)，多少錢一個？

   三十五塊一個。

Inquire about the price of each object and respond.

可樂 (kělè)　　　　啤酒 (píjiǔ / *píjiǒu*)　　　蘋果 (píngguǒ)*

(M: 瓶 píng)*　　　(M: 罐 guàn)*　　　　　(M: 個)

5　**Sentence with Direct Object and Indirect Object**

S	V	Ind. O	Dir. O
他	給	我	一枝筆。

He gave me a pen.

1. 你給他錢嗎？

　　我不給他錢。

2. 誰給他錢？

　　王先生給他錢。

*
瓶 (píng)：bottle of
罐 (guàn)：can of
蘋果 (píngguǒ)：apple

3. 你要給誰這本書？

   我要給李小姐這本書。

4. 那個人給你什麼？

   他給我一本中文書。

5. 他給你多少錢？

   他給我十塊錢。

Look at the picture and answer the questions below.

1 張小姐給李小姐什麼？

2 王小姐給張小姐書嗎？

3 誰給王小姐錢？

4 誰給誰筆？

5 張小姐給李小姐幾本書？

APPLICATION ACTIVITIES

1 Every student please say their telephone number.

2 Complete following sentences using five different answers for each.

1 ＿＿＿＿＿＿＿很好看。

2 ＿＿＿＿＿＿＿太貴。

3 ＿＿＿＿＿＿＿多少錢？

4 他要給我＿＿＿＿＿。

5 我要買＿＿＿＿＿＿。

3 Answer the following questions.

1 一枝筆八塊錢，兩枝筆多少錢？

2 一枝筆八塊錢，一本書七十塊錢。一枝筆，一本書，一共多少錢？

3 一份ㄈㄣ (fèn) 報十塊錢，三份報多少錢？

4 一份 (fèn) 報十塊錢，一枝筆八塊錢。一份報，兩枝筆，一共多少錢？

5 一杯可ㄎㄜ樂ㄌㄜ (kělè) 二十塊錢，一個漢ㄏㄢ堡ㄅㄠ (hànbǎo) 三十五塊，一共多少錢？

4 Situations

1. **Buying stationery: a dialogue between a customer and a store clerk** (店員, diànyuán)

2. **Buying food: a customer ordering food at a fast food restaurant.**

漢堡 (hànbǎo)　　三明治 (sānmíngzhì / sānmíngjhìh) *
果汁 (guǒzhī / guǒjhīh) *　　可樂 (kělè)

本子 (běnzi / běnzih)：notebook
果汁 (guǒzhī / guǒjhīh)：fruit juice
三明治 (sānmíngzhì / sānmíngjhìh)：sandwich

NOTES

1 Using question words 幾 and 多少：幾 (how many / much) is always used together with a measure word and is usually used when the amount is less than ten. 多少 (how many / much) is usually used when the amount is assumed to be ten or more (with no upper limit), and the measure word can be omitted.

e.g.	他有幾枝筆？	How many pens does he have?
	他有五枝筆。	He has five.
	你有多少錢？	How much money do you have?
	我有九十塊錢。	I have ninety (dollars).

2 When 多 is used as a modifier, it is usually used together with the adverb such as 很，太 etc.

e.g.	很多英文書	many English books
	不太多錢	not very much money

3 Comparison of 二 and 兩：二 is usually translated as "two" and can be used alone. In counting, numbers with two or more digits that end with the number 2 use the character 二，not 兩, such as 十二，二十二。兩 is a bound form, i.e., it can never be used alone but rather must always be followed by a measure word.

e.g.	兩個人	two people

4 請 has two meanings:

1. I request that... / Would you... / Please...

e.g.	請你給我筆。	Please give me a pen.

2. To treat or to invite someone to a meal, a drink, etc., to be willing to pay

    e.g. 我有錢，我請你們。   I have money, and I'll treat you.

        你要不要請他？   Do you want to invite him or not?

---

5 Usage of the measure words 位 and 個：位 is the polite measure word for 太太，先生，小姐，老師，etc. However, words such as 人 or 孩子 use the common measure word 個。

---

6 Tones on 一 yī：The numeral 一 yī (one), when used as a cardinal in counting has the high, level tone. When followed by a measure, however, it behaves exactly like the negative particle 不 bù (see Lesson I, Note 5). Hence 一個 yíge（個 – ge being intrinsically a falling tone）, but 一本 yìběn. This change is most evident when the number is stressed.

---

7 那 (nà) sometimes reads as 那 (nèi), 那 (nà) means "that" and 那 (nèi) means "that one". When 那 (nà) is combined with "one"〔一 (yī)〕, we pronounce it as 那 (nèi). nà + yī = nèi

---

8 In Taiwan, the smallest monetary unit used in everyday life is the dollar or 塊 / 元 (yuán), but postage stamps may have values including units of one-tenth of a dollar or 毛, while stocks may have values including cents or 分.

LESSON

第 5 課

我家^①有五個人

I

A：這是你爸爸^②媽媽^{③④}的相片^⑤嗎？

B：是啊。

A：你爸爸是老師^⑥嗎？

B：對^⑦，他是英文老師。

A：這張呢^⑧？這是你哥哥^⑨還是^⑩你弟弟^⑪？

B：是我哥哥，我沒有弟弟。

A：這兩個女孩子^⑫都是你姐姐^⑬嗎？

B：不，這個是我姐姐，那個是我姐姐的朋友^⑭。

A：你家有幾個人？

B：我家有五個人。

A：你們家的書不少，這些^⑮
　　書都是你爸爸的嗎？

B：有的^⑯是我爸爸的，有的
　　不是。

II

王大文：爸爸，這是我朋友。

李東尼：王伯伯[17]好。

王先生：好，大文(Dàwén / Dàwún)*，你這位朋友叫什麼名字？

王大文：他的中文名字叫李東尼(Dōngní)*，他的中文很好。

王先生：東尼，你是哪國人？

李東尼：我是美國人，可是我媽媽是臺灣人。

*
大文(Dàwén / Dàwún)：a Chinese given name
東尼(Dōngní)：Tony

ㄅ一ˋ ㄨˋ ㄎㄜ　▶　ㄨㄛˇ ㄐㄧㄚ 一ㄡˇ ㄨˇ ㄍㄜˋ ㄖㄣˊ

I

A：ㄓㄜˋ ㄕˋ ㄋ一ˇ ㄅㄚˋ ㄅㄚ˙ ㄇㄚ ㄇㄚ˙ ㄉㄜ˙ ㄒ一ㄤ ㄆ一ㄢˋ ㄇㄚ˙？

B：ㄕˋ ㄚ˙。

A：ㄋ一ˇ ㄅㄚˋ ㄅㄚ˙ ㄕˋ ㄗㄠˋ ㄕˊ ㄇㄚ˙？

B：ㄅㄨˋ，ㄊㄚ ㄕˋ 一ㄥ ㄋㄠˊ 一ㄨㄢ ㄕˋ。

A：ㄓㄟˇ ㄤ ㄜ˙？ㄓㄜˋ ㄕˋ ㄋ一ˇ ㄍㄜ ㄍㄜ˙ ㄏㄞˊ ㄕˋ ㄋ一ˇ ㄅ一ˋ ㄉ一ˋ？

B：ㄕˋ ㄨㄛˇ ㄍㄜ ㄍㄜ˙，ㄨㄛˇ ㄇㄟˊ 一ㄡ ㄉ一ˋ ㄉ一˙。

A：ㄓㄜˋ ㄉㄠˋ ㄍㄜ˙ ㄋㄩˊ ㄏㄞˊ ㄗ˙ ㄅㄚˋ ㄕˋ ㄋ一ˇ ㄐ一ㄝ ㄐ一ㄝ˙ ㄇㄚ˙？

B：ㄅㄨˋ，ㄓㄜˋ ㄍㄜ ㄕˋ ㄨㄛˇ ㄐ一ㄝ ㄐ一ㄝ˙，ㄋ一ˇ ㄍㄜ˙ ㄕˋ ㄨㄛˇ ㄐ一ㄝ ㄐ一ㄝ˙ ㄉㄜ˙ ㄆㄥˊ 一ㄡˇ。

A：ㄋ一ˇ ㄐ一ㄚ 一ㄡˇ ㄐ一ˇ ㄍㄜ˙ ㄖㄣˊ？

B：ㄨㄛˇ ㄐ一ㄚ 一ㄡˇ ㄨˇ ㄍㄜ˙ ㄖㄣˊ。

A：ㄋ一ˇ ㄇㄣ˙ ㄐ一ㄚ ㄉㄜ˙ ㄗㄨˋ ㄅㄨˋ ㄗㄠˋ，ㄓㄟˇ ㄒ一ㄝ ㄕˊ ㄨˋ ㄡ ㄕˋ ㄋ一ˇ ㄅㄚˋ ㄅㄚ˙ ㄉㄜ˙ ㄚ˙？

B：一ㄡˋ ㄉㄜ˙ ㄕˋ ㄨㄛˇ ㄅㄚˋ ㄅㄚ˙ ㄉㄜ˙，一ㄡˋ ㄉㄜ˙ ㄅㄨˋ ㄕˋ。

II

ㄨㄤˊ ㄉㄚˋ ㄨㄟˊ：ㄅ一ㄢ ㄋㄢˊ，ㄓㄜˋ ㄕˋ ㄨㄛˇ ㄆㄛˊ 一ㄡˇ。

ㄌ一ˇ ㄉㄨㄥˋ ㄋㄧㄥˊ：ㄨㄤˊ ㄏㄜˊ ㄅㄨˋ ㄏㄠˇ。

ㄨㄤˊ ㄒ一 ㄕㄥˊ：ㄏㄜ˙，ㄉㄚˋ ㄨㄟˊ，ㄋ一ˇ ㄓ ㄨ ㄆㄛˋ 一ㄡˇ ㄐ一ˋ ㄍㄜ˙ ㄇㄜ˙ ㄋㄚˊ？

ㄨㄤˊ ㄉㄚˋ ㄨㄟˊ：ㄊㄚ ㄉㄜ˙ ㄓ ㄨㄛˇ ㄇㄣˊ ㄉㄤˋ ㄐ一 ㄉㄠˋ ㄅㄟˇ ㄋ一，ㄊㄚ ㄉㄜˊ ㄓ ㄨ ㄏㄣ ㄏㄠˇ。

ㄨㄤˊ ㄒ一 ㄕㄥˊ：ㄅㄨˊ ㄋㄧ，ㄋ一ˇ ㄕˋ ㄋ一ˇ ㄍㄨㄛˇ ㄇㄚ˙？

ㄌ一ˇ ㄉㄨㄥˋ ㄋㄧ：ㄨㄛˇ ㄕˋ ㄇㄟˊ ㄍㄨㄟˇ ㄖㄣˊ，ㄎㄜˋ ㄕˋ ㄨㄛˇ ㄇㄚ˙ ㄕˋ ㄊㄞˊ ㄨㄢˊ ㄖㄣˊ。

Dì Wǔ Kè > Wǒ Jiā Yǒu Wǔge Rén

(Pinyin)

A : Zhè shì nǐ bàba māmade xiàngpiàn ma?

B : Shì a.

A : Nǐ bàba shì lǎoshī ma?

B : Dùi, tā shì Yīngwén lǎoshī.

A : Zhèizhāng ne? Zhè shì nǐ gēge háishì nǐ dìdi?

B : Shì wǒ gēge, wǒ méiyǒu dìdi.

A : Zhèliǎng ge nǚháizi dōu shì nǐ jiějie ma?

B : Bù, zhèige shì wǒ jiějie, nèige shì wǒ jiějiede péngyǒu.

A : Nǐ jiā yǒu jǐge rén?

B : Wǒ jiā yǒu wǔge rén.

A : Nǐmen jiāde shū bùshǎo, zhèixiē shū dōu shì nǐ bàbade ma?

B : Yǒude shì wǒ bàbade, yǒude búshì.

Wáng Dàwén	: Bàba, zhè shì wǒ péngyǒu.
Lǐ Dōngní	: Wáng Bóbo hǎo.
Wáng Xiānshēng	: Hǎo, Dàwén, nǐ zhèiwèi péngyǒu jiào shénme míngzi?
Wáng Dàwén	: Tāde Zhōngwén míngzi jiào Lǐ Dōngní, tāde Zhōngwén hěn hǎo.
Wáng Xiānshēng	: Dōngní, nǐ shì něiguó rén?
Lǐ Dōngní	: Wǒ shì Měiguó rén, kěshì wǒ māma shì Táiwān rén.

Dì Wǔ Kè　　Wǒ Jiā Yǒu Wǔge Rén

(Tongyong)

A : Jhè shìh nǐ bàba māmade siàngpiàn ma?

B : Shìh a.

A : Nǐ bàba shìh lǎoshīh ma?

B : Duèi, tā shìh Yīngwún lǎoshīh.

A : Jhèijhāng ne? Jhè shìh nǐ gēge háishìh nǐ dìdi?

B : Shìh wǒ gēge, wǒ méiyǒu dìdi.

A : Jhèliǎng ge nyǔháizih dōu shìh nǐ jiějie ma?

B : Bù, jhèige shìh wǒ jiějie, nèige shìh wǒ jiějiede péngyǒu.

A : Nǐ jiā yǒu jǐge rén?

B : Wǒ jiā yǒu wǔge rén.

A : Nǐmen jiāde shū bùshǎo, jhèisiē shū dōu shìh nǐ bàbade ma?

B : Yǒude shìh wǒ bàbade, yǒude búshìh.

Wáng Dàwún	: Bàba, jhè shìh wǒ péngyǒu.
Lǐ Dōngní	: Wáng Bóbo hǎo.
Wáng Siānshēng	: Hǎo, Dàwún, nǐ jhèiwèi péngyǒu jiào shénme míngzih?
Wáng Dàwún	: Tāde Jhōngwún míngzih jiào Lǐ Dōngní, tāde Jhōngwún hěn hǎo.
Wáng Siānshēng	: Dōngní, nǐ shìh něiguó rén?
Lǐ Dōngní	: Wǒ shìh Měiguó rén, kěshìh wǒ māma shìh Táiwān rén.

LESSON 5 > THERE ARE FIVE MEMBERS IN MY FAMILY

I

A : Is this a picture of your mother and father?

B : Yes.

A : Is your father a teacher?

B : Yes, he is an English teacher.

A : What about this one? Is this your older or younger brother?

B : It is my older brother, I don't have a younger brother.

A : Are both of these two girls your older sisters?

B : No, this is my older sister. That is my older sister's friend.

A : How many people are there in your family?

B : There are five people in my family.

A : There are many books in your house. Are these all your father's?

B : Some are (my father's), some aren't.

II

Dawen Wang : Dad, this is my friend.

Tony Li : Hello, Uncle Wang.

Mr. Wang : Hello, Dawen, what is your friend's name?

Dawen Wang : His Chinese name is Li Dongni. His Chinese is very good.

Mr. Wang : Tony, what country are you from?

Tony Li : I am American, but my mother is Taiwanese.

VOCABULARY

1 家 (jiā) ▸▸ N: home, family

例 你家有幾個人？
Nǐ jiā yǒu jǐge rén?
How many people are there in your family?

2 爸爸 (bàba) ▸▸ N: father

例 愛美的爸爸是老師。
Àiměi de bàba shì lǎoshī.
Àiměi de bàba shìh lǎoshīh.
Amy's father is a teacher.

3 媽媽 (māma) ▸▸ N: mother

例 我媽媽有中文書。
Wǒ māma yǒu Zhōngwén shū.
Wǒ māma yǒu Jhōngwún shū.
My mother has Chinese books.

4 的 (de) ▸▸ P: possesive or modifying particle

例 這是他的書。
Zhè shì tāde shū.
Jhè shìh tāde shū.
This is his book.

5 相片（兒）／像片（兒）(xiàngpiàn, xiàngpiār / siàngpiàn, siàngpiār) ▸▸ N: photograph, picture (M: 張 zhāng / jhāng)

例 那不是我的相片。
Nà búshì wǒde xiàngpiàn.
Nà búshìh wǒde siàngpiàn.
That is not my photograph.

兒ㄦ (-r) ▶ P: a suffix

6 老ㄌㄠˇ師ㄕ (lǎoshī / lǎoshīh) ▶ N: teacher（M: 位 wèi）

例 那ㄋㄟˋ位ㄨㄟˋ是ㄕˋ我ㄨㄛˇ的ㄉㄜ老ㄌㄠˇ師ㄕ。

Nèiwèi shì wǒde lǎoshī.

Nèiwèi shìh wǒde lǎoshīh.

That person is my teacher.

7 對ㄉㄨㄟˋ (duì / duèi) ▶ SV: to be correct, right

例 你ㄋㄧˇ很ㄏㄣˇ忙ㄇㄤˊ，對ㄉㄨㄟˋ不ㄅㄨˊ對ㄉㄨㄟˋ？

Nǐ hěn máng, duì búduì?

Nǐ hěn máng, duèi búduèi?

You are very busy, right?

8 張ㄓㄤ (zhāng / jhāng) ▶ M: a measure word for photograph, paper, table, etc.

例 這ㄓㄜˋ張ㄓㄤ相ㄒㄧㄤˋ片ㄆㄧㄢˋ是ㄕˋ誰ㄕㄟˊ的ㄉㄜ？

Zhèizhāng xiàngpiàn shì shéide?

Jhèijhāng siàngpiàn shìh shéide?

Whose picture is this?

9 哥ㄍㄜ哥ㄍㄜ (gēge) ▶ N: older brother

例 你ㄋㄧˇ哥ㄍㄜ哥ㄍㄜ叫ㄐㄧㄠˋ什ㄕㄣˊ麼ㄇㄜ名ㄇㄧㄥˊ字ㄗ？

Nǐ gēge jiào shénme míngzi?

Nǐ gēge jiào shénme míngzih?

What is the name of your older brother?

10 還ㄏㄞˊ是ㄕˋ (háishì / háishìh) ▶ CONJ: or

例 他ㄊㄚ是ㄕˋ你ㄋㄧˇ哥ㄍㄜ哥ㄍㄜ還ㄏㄞˊ是ㄕˋ你ㄋㄧˇ弟ㄉㄧˋ弟ㄉㄧˋ？

Tā shì nǐ gēge háishì nǐ dìdi?

Tā shìh nǐ gēge háishìh nǐ dìdi?

Is he your older or younger brother?

11. 弟弟 (dìdi) ▸ N: younger brother

> 例 他有兩個弟弟。
> Tā yǒu liǎngge dìdi.
> He has two younger brothers.

12. 女孩子 (nǔháizi / nyǔháizih) ▸ N: girl

> 例 那個女孩子有很多朋友。
> Nèige nǔháizi yǒu hěnduō péngyǒu.
> Nèige nyǔháizih yǒu hěnduō péngyǒu.
> That girl has a lot of friends.

女 (nǔ / nyǔ) ▸ BF: female

女人 (nǔrén / nyǔrén) ▸ N: woman

女朋友 (nǔpéngyǒu / nyǔpéngyǒu) ▸ N: girlfriend

孩子 (háizi / háizih) ▸ N: child

> 例 那個（小）孩子喜歡看電視。
> Nèige (xiǎo) háizi xǐhuān kàn diànshì.
> Nèige (siǎo) háizih sǐhuān kàn diànshì.
> That child likes to watch TV.

子 (zi / zih) ▸ P: a noun suffix

13. 姐姐 / 姊姊 (jiějie / jiějie) ▸ N: older sister

14. 朋友 (péngyǒu) ▸ N: friend

> 例 我有三個日本朋友。
> Wǒ yǒu sānge Rìběn péngyǒu..
> Wǒ yǒu sānge Rìhběn péngyǒu
> I have three Japanese friends.

15. 這些 (zhèixiē / jhèisiē) ▸ DEM: these

131

例 這些人都很好。

Zhèixiē rén dōu hěn hǎo.

Jhèisiē rén dōu hěn hǎo.

These people are all very nice.

一些 (yìxiē / yìsiē) ▶ NU: some, a few

例 我有一些台灣朋友。

Wǒ yǒu yìxiē Táiwān péngyǒu.

Wǒ yǒu yìsiē Táiwān péngyǒu.

I have some Taiwanese friends.

那些 (nèixiē / nèisiē) ▶ DEM: those

16 有的 (yǒude) ▶ N: some, some of

例 有的小孩子不懂英文。

Yǒude xiǎoháizi bùdǒng Yīngwén.

Yǒude siǎoháizih bùdǒng Yīngwún.

Some children don't understand English.

17 伯伯 (bóbo) ▶ N: father's older brother, uncle

例 王伯伯很喜歡孩子。

Wáng Bóbo hěn xǐhuān háizi.

Wáng Bóbo hěn sǐhuān háizih.

Uncle Wang really likes children.

SUPPLEMENTARY VOCABULARY

18 輛 (liàng) ▶ M: measure word for vehicles

例 那輛車很好看，也不貴。

Nèiliàng chē hěn hǎokàn, yě búguì.

Nèiliàng chē hěn hǎokàn, yě búguèi.

That car is nice-looking and also inexpensive.

19 隻 (zhī / jhīh)

▸▸ M: measure word for certain animals and one of certain paired things

例 那隻貓是李小姐的。

Nèizhī māo shì Lǐ Xiǎojiě de.

Nèijhīh māo shìh Lǐ Siǎojiě de.

That cat is Miss Li's.

20 貓 (māo) ▸▸ N: cat（M: 隻 zhī / jhīh）

例 你的貓叫什麼名字？

Nǐde māo jiào shénme míngzi?

Nǐde māo jiào shénme míngzih?

What's the name of your cat?

21 女兒 (nǚér / nyǔér) ▸▸ N: daughter

例 那個女孩子是李伯伯的女兒。

Nèige nǚháizi shì Lǐ Bóbo de nǚér.

Nèige nyǔháizih shìh Lǐ Bóbo de nyǔér.

That girl is Uncle Li's daughter.

兒 (ér) ▸▸ BF: son

兒子 (érzi / érzih) ▸▸ N: son

例 張伯伯有兩個兒子，一個女兒。

Zhāng Bóbo yǒu liǎngge érzi, yíge nǚér.

Jhāng Bóbo yǒu liǎngge érzih, yíge nyǔér.

Uncle Zhang has two sons and one daughter.

22 男朋友 (nánpéngyǒu) ▸▸ N: boyfriend

例 趙小姐的男朋友是法國人。

Zhào Xiǎojiě de nánpéngyǒu shì Fǎguórén.

Jhào Siǎojiě de nánpéngyǒu shìh Fǎguórén.

Miss Zhao's boyfriend is French.

男 (nán) ▶ BF: male

男人 (nánrén) ▶ N: man

男孩子 (nánháizi / nánháizih) ▶ N: boy

23 狗 (gǒu) ▶ N: dog（M: 隻 zhī / jhīh）

例 他家有兩隻狗。
Tā jiā yǒu liǎngzhī gǒu.
Tā jiā yǒu liǎngjhīh gǒu.
His family has two dogs.

24 學生 (xuéshēng / syuéshēng) ▶ N: student

例 你是他的學生嗎？
Nǐ shì tāde xuéshēng ma?
Nǐ shìh tāde syuéshēng ma?
Are you his student?

學 (xué / syué) ▶ V: to study, to learn

例 我要學中文。
Wǒ yào xué Zhōngwén.
Wǒ yào syué Jhōngwún.
I want to learn Chinese.

25 妹妹 (mèimei) ▶ N: younger sister

例 我沒有姐姐妹妹。
Wǒ méiyǒu jiějie mèimei.
I don't have any sisters.

26 杯子 (bēizi / bēizih) ▶ N: cup

例 這個杯子是你的嗎？
Zhèige bēizi shì nǐde ma?
Jhèige bēizih shìh nǐde ma?
Is this cup yours?

SYNTAX PRACTICE

1　Specified Nouns Modified by Nouns or Pronouns

When a specified noun (Demonstrative-Number-Measure-Noun) is preceded by a noun or a pronoun, then 的 can be omitted.

N/PN（的）	DEM	NU	-M	N
我	這	兩	本	書

these two books of mine

1. 你那位朋友很忙。

2. 我這三枝筆都不貴。

3. 他那兩個孩子都很喜歡看書。

4. 王先生那輛車很好看。

Combine two sentences into one.

1　他有一輛汽車，那輛車很貴。

　　＿＿＿＿＿＿＿＿＿＿＿＿很貴。

2　爸爸有兩位法國朋友，他們都很忙。

　　＿＿＿＿＿＿＿＿＿＿＿＿都很忙。

3　弟弟有一枝筆，那枝筆很好看。

　　＿＿＿＿＿＿＿＿＿＿＿＿很好看。

4　我有一本英文書，你要不要看？

　　你要不要看＿＿＿＿＿＿＿＿。

5　張小姐有一隻貓，我很喜歡。

　　我很喜歡＿＿＿＿＿＿＿＿。

2 Nouns Modified by Other Nouns Indicating Possession

I. Usually without 的

In cases where two nouns are understood to have a close personal relationship, or when the first noun or pronoun belongs to a group indicated by the second noun, 的 is often not needed.

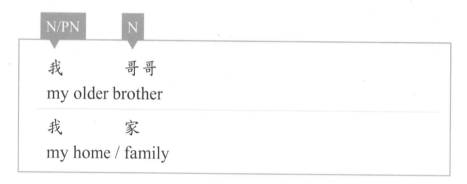

N/PN	N
我	哥哥
my older brother	
我	家
my home / family	

1. 他太太是英國人。

2. 我女兒有男朋友。

3. 我家有六個人。

4. 我們學校ㄒㄩㄝㄒㄧㄠ (xuéxiào / syuésiào)*有三位德文老師。

II. Usually with 的

A. When the second noun is an animal or an inanimate object, a 的 must be inserted between the two nouns.

N/PN-	的	N
我	的	書
my book / books		
她	的	貓
her cat / cats		

1. 他的東西都很好。

學校ㄒㄩㄝㄒㄧㄠ (xuéxiào / syuésiào)：school

2. 我的名字叫李美英。

3. 這是王小姐的貓。

4. 你的狗叫什麼名字？

　　我的狗叫美美。

B. When strung-together or linked nouns appear, then 的 must be added to the last modifying noun. The preceding modifiers do not often need 的.

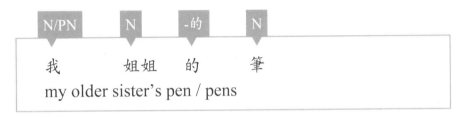

1. 你朋友的汽車很貴。

2. 我弟弟的老師姓張。

3. 李伯伯是我爸爸的朋友。

4. 那個女孩子是他學生的妹妹。

C. If the modified noun in the sentence is understood, the original noun need not be written or spoken. But 的 is needed.

1. 那兩本書是我弟弟的。

2. 這個是我的，不是你的。

3. 那個孩子是張太太的。

4. 這不是老師的，是學生的。

Fill in the blanks.

1 我有一個妹妹，她很喜歡看書。

　　_____很喜歡看書。

2 我有一枝美國筆。

　　_____是美國筆。

3 李小姐有一隻貓，叫咪咪 (Mīmī)*。

　　_____叫咪咪。

4 張先生有一個弟弟，名字叫大衛 (Dàwèi)。

　　_____叫大衛。

5 我有筆，王小姐有書。

　　筆是_____，書是_____。

3 The Whole Before the Part

The Whole,	The Part

那些書，　　　　有的好看，有的不好看。
Of those books, some are interesting while some are not.

那兩本書，　　　一本好看，一本不好看。
Of those two books, one is interesting, and the other one is not.

1. 我的朋友，有的懂中文，有的不懂中文。
2. 美國東西，有的我喜歡，有的我不喜歡。
3. 他們，有的要學中文，有的要學英文。
4. 那五個學生，三個是中國人，兩個是美國人。
5. 這兩枝筆，一枝給弟弟，一枝給妹妹。

*
咪咪 (Mīmī)：Mimi

Look at the pictures and answer the questions below.

Look at the pictures and answer the questions below.

1 那些孩子熱不熱？

2 那些學生都是女的嗎？

3 這些東西，你都有嗎？

4 這三本書是哪國書？

5 這兩位太太要買什麼？

APPLICATION ACTIVITIES

1 Introduce the members of your family.
(You can use the pictures provided.)

2 Please talk about the people in the picture.

3 Situation

Two students inquire about each of their family situations.

📖 NOTES

1 Chinese people call their father's older brother 伯伯, and the wife of 伯伯 is referred to as 伯母(bómǔ). Additionally, male friends of the father and other male relatives can be respectfully referred to as 伯伯.

2 Chinese people call the mother's sisters 阿姨 (āyí). Moreover, female friends of parents can respectfully be called 阿姨.

第 6 課

我想買①一個新照相機②③

DIALOGUE

I

A：請問④，先生，您要買照相機嗎？

B：是啊，我的照相機太舊⑤了⑥，我想買一個新的。

A：您喜歡哪國貨⑦？

B：我都看看，好嗎？

A：這個是德國貨，您覺得怎麼樣⑧ (zěnmeyàng)＊？

B：這個太大⑨了，我喜歡那個小的⑩。

A：這個小的很好，是日本貨。

B：多少錢？

A：五千塊⑪。

B：太貴了，你們有便宜的沒有⑫？

A：這個美國相機也很好，只賣⑬一千⑭五百塊⑮。

B：好，我買這個。

＊
怎麼樣 (zěnmeyàng)：
How about...?

II

A：你們大學有多少學生？^⑯

B：有兩萬^⑰多學生。

A：有多少老師呢？

B：我不知道^⑱。我想有兩千多位。

A：那^⑲真不少。

B：你們學校^⑳大不大？有多少學生？

A：我們大學很小，只有七、八千學生，可是很有名^㉑。

ㄅ、ㄉ、ㄎ
ㄧ　ㄡ　ㄜ　　　　ㄨㄛˇ ㄒㄧㄤ ㄇㄞˇ ㄧ ㄍㄜ ㄒㄧㄣ ㄓㄠˋ ㄒㄧㄤˋ ㄐㄧ

Ⅰ

A：ㄑㄧㄥˇ ㄨㄣˋ，ㄒㄧㄢ ㄕㄥ，ㄋㄧˇ ㄧㄠˋ ㄇㄞˇ ㄓㄠˋ ㄒㄧㄤˋ ㄐㄧ ˙ㄚ？

B：ㄕˋ ˙ㄚ，ㄨㄛˇ ˙ㄉㄜ ㄓㄠˋ ㄒㄧㄤˋ ㄐㄧ ㄊㄞˋ ㄐㄧㄡˋ ˙ㄌㄜ，ㄨㄛˇ ㄒㄧㄤˇ ㄇㄞˇ ㄧ ㄍㄜˋ ㄒㄧㄣ ˙ㄉㄜ。

A：ㄋㄧˇ ㄒㄧˇ ㄏㄨㄢ ㄋㄟˇ ㄍㄜˋ ㄍㄜˊ？

B：ㄨㄛˇ ㄉㄡ ㄎㄢˋ ㄎㄢˋ，ㄏㄠˇ ˙ㄚ？

A：ㄓㄜˋ ㄍㄜˋ ㄕˋ ㄅㄜˊ ㄍㄜˋ ㄍㄜˊ，ㄋㄧˇ ㄐㄩㄝˊ ˙ㄉㄜ ㄕㄣ ˙ㄇㄜ ㄧㄤˋ？

B：ㄓㄜˋ ㄍㄜˋ ㄊㄞˋ ㄅㄚ ˙ㄉㄜ，ㄨㄛˇ ㄒㄧˇ ㄏㄨㄢ ㄋㄟˇ ㄍㄜˋ ㄒㄧㄠˇ ˙ㄉㄜ。

A：ㄓㄜˋ ㄍㄜˋ ㄒㄧㄠˇ ˙ㄉㄜ ㄏㄣˇ ㄏㄠˇ，ㄕˋ ㄖˋ ㄅㄣˇ ㄏㄨㄛˋ。

B：ㄉㄨㄛ ㄕㄠˇ ㄑㄧㄢˊ？

A：ㄨˇ ㄑㄧㄢ ㄎㄨㄞˋ。

B：ㄊㄞˋ ㄍㄨㄟˋ ˙ㄌㄜ，ㄋㄧˇ ˙ㄇㄜ ㄧ ㄆㄡˊ ㄧˊ ˙ㄉㄜ ㄇㄟˇ ㄧㄡˇ？

A：ㄓㄜˋ ㄍㄜˋ ㄇㄟˇ ㄍㄜˋ ㄒㄧㄤˋ ㄐㄧ ㄧㄝˇ ㄏㄣˇ ㄏㄠˇ，ㄓ ㄞˋ ㄧ ㄑㄧㄢ ㄨˇ ㄅㄞˇ ㄎㄨㄞˋ。

B：ㄏㄠˇ，ㄨㄛˇ ㄇㄞˇ ㄓㄜˋ ㄍㄜˊ。

Ⅱ

A：ㄋㄧˇ ˙ㄇㄜ ㄉㄜˊ ㄒㄩㄝˊ ㄧˇ ㄎㄨㄞˋ ㄕˋ ㄒㄩㄝˊ ㄕㄥ？

B：ㄧˇ ㄉㄤ ㄉㄢ ㄎㄨㄞˋ ㄒㄩㄝˊ ㄕㄥ。

A：ㄧㄡˇ ㄎㄨㄞˋ ㄗˋ ㄉㄜˊ ㄕˋ ˙ㄇㄜ？

B：ㄨㄛˇ ㄅㄟˋ ㄓˋ ㄉㄠˋ。ㄨㄛˇ ㄒㄧㄤˇ ㄧˋ ㄉㄧˇ ㄑㄧㄢ ㄆㄡˊ ㄨㄟˋ。

A：ㄚˊ ㄐㄧㄢ ㄅㄨˋ ㄕˇ。

B：ㄋㄧˇ ˙ㄇㄜ ㄒㄩㄝ ㄒㄧㄠ ㄅㄚ ㄆㄨˋ ㄚˊ？ㄧㄡˇ ㄨㄛˇ ㄍㄠˋ ㄒㄩㄝˊ ㄕㄥ？

A：ㄨㄛˇ ˙ㄇㄜ ㄅㄚ ㄒㄩㄝˊ ㄒㄧㄣ ㄒㄧㄠˇ，ㄓˋ ㄧㄡˇ ㄑㄧˋ、ㄅㄚˇ ㄑㄧˋ ㄒㄩㄝˊ ㄕㄥˊ，ㄎㄜˋ ㄕˋ ㄖㄣˊ ㄧㄡˇ ㄇㄥˊ。

Dì Liù Kè　　Wǒ Xiǎng Mǎi Yíge Xīn Zhàoxiàngjī

(Pinyin)

I

A : Qǐngwèn, xiānshēng, nín yào mǎi zhàoxiàngjī ma?

B : Shì a, wǒde zhàoxiàngjī tài jiù le, wǒ xiǎng mǎi yíge xīnde.

A : Nín xǐhuān něiguó huò?

B : Wǒ dōu kànkàn, hǎo ma?

A : Zhèige shì Déguó huò, nín juéde zěnmeyàng?

B : Zhèige tài dà le, wǒ xǐhuān nèige xiǎode.

A : Zhèige xiǎode hěn hǎo, shì Rìběn huò.

B : Duōshǎo qián?

A : Wǔqiān kuài.

B : Tài guì le, nǐmen yǒu piányíde méiyǒu?

A : Zhèige Měiguó xiàngjī yě hěn hǎo, zhǐ mài yìqiān wǔbǎi kuài.

B : Hǎo, wǒ mǎi zhèige.

II

A : Nǐmen dàxué yǒu duōshǎo xuéshēng?

B : Yǒu liǎngwànduō xuéshēng.

A : Yǒu duōshǎo lǎoshī ne?

B : Wǒ bù zhīdào. Wǒ xiǎng yǒu liǎngqiān duō wèi.

A : Nà zhēn bùshǎo.

B : Nǐmen xuéxiào dà búdà? Yǒu duōshǎo xuéshēng?

A : Wǒmen dàxué hěn xiǎo, zhǐ yǒu qī, bāqiān xuéshēng, kěshì hěn
　　 yǒumíng.

Dì Liòu Kè Wǒ Siǎng Mǎi Yíge Sīn Jhàosiàngjī

(Tongyong)

 I

A : Cǐngwùn, siānshēng, nín yào mǎi jhàosiàngjī ma?

B : Shìh a, wǒde jhàosiàngjī tài jiòu le, wǒ siǎng mǎi yíge sīnde.

A : Nín sǐhuān něiguó huò?

B : Wǒ dōu kànkàn, hǎo ma?

A : Jhèige shìh Déguó huò, nín jyuéde zěnmeyàng?

B : Jhèige tài dà le, wǒ sǐhuān nèige siǎode.

A : Jhèige siǎode hěn hǎo, shìh Rìhběn huò.

B : Duōshǎo cián?

A : Wǔciān kuài.

B : Tài guèi le, nǐmen yǒu piányíde méiyǒu?

A : Jhèige Měiguó siàngjī yě hěn hǎo, jhǐh mài yìciān wǔbǎi kuài.

B : Hǎo, wǒ mǎi jhèige.

 II

A : Nǐmen dàsyué yǒu duōshǎo syuéshēng?

B : Yǒu liǎngwànduō syuéshēng.

A : Yǒu duōshǎo lǎoshīh ne?

B : Wǒ bù jhīhdào. Wǒ siǎng yǒu liǎngciān duō wèi.

A : Nà jhēn bùshǎo.

B : Nǐmen syuésiào dà búdà? Yǒu duōshǎo syuéshēng?

A : Wǒmen dàsyué hěn siǎo, jhǐh yǒu cī, bāciān syuéshēng, kěshìh hěn yǒumíng.

LESSON 6 > # I'M THINKING ABOUT BUYING A NEW CAMERA

A : Excuse me, sir, would you like to buy a camera?

B : Yes, my camera is too old; I want to buy a new one.

A : Which country's products do you like?

B : Can I take a look at each of them first?

A : This one is German-made, what do you think?

B : It's too big. I like that small one.

A : This small one is good; it's a Japanese product.

B : How much is it?

A : Five-thousand dollars.

B : It's too expensive. Do you have a cheaper one?

A : This American camera is also very good, and costs only 1,500 dollars.

B : OK, I'll buy this one.

A : How many students does your university have?

B : It has over twenty thousand students.

A : How many teachers does it have?

B : I don't know. I think it has over two thousand.

A : That's really quite a few.

B : Is your school big? How many students does it have?

A : Our university is very small; it only has seven or eight thousand students. However, it is very famous.

VOCABULARY

1 想 (xiǎng / siǎng) ▸▸ AV/V/SV: to want to, to plan to / to think / to miss

例 他想買一枝美國筆。
Tā xiǎng mǎi yìzhī Měiguó bǐ.
Tā siǎng mǎi yìjhīh Měiguó bǐ.
He's thinking about buying an American pen.

例 我想那個人不是中國人。
Wǒ xiǎng nèige rén búshì Zhōngguó rén.
Wǒ siǎng nèige rén búshìh Jhōngguó rén.
I don't think that person is Chinese.

例 我很想我媽媽。
Wǒ hěn xiǎng wǒ māma.
Wǒ hěn siǎng wǒ māma.
I miss my mother very much.

2 新 (xīn / sīn) ▸▸ SV/ADV: to be new / newly

例 我的筆是新的。
Wǒde bǐ shì xīnde.
Wǒde bǐ shìh sīnde.
My pen is a new one.

3 照相 / 像機 (zhàoxiàngjī / jhàosiàngjī) ▸▸ N: camera

例 我沒有照相機。
Wǒ méiyǒu zhàoxiàngjī.
Wǒ méiyǒu jhàosiàngjī.
I don't have a camera.

照 (zhào / jhào) ▸▸ V: to photograph

相 / 像機 (xiàngjī / siàngjī) ▸▸ N: camera

機ㄐㄧ (jī) ▸ BF: machine

電ㄉㄧㄢˋ視ㄕˋ機ㄐㄧ (diànshìjī / diànshìhjī) ▸ N: television set

4 請ㄑㄧㄥˇ問ㄨㄣˋ (qǐngwèn / cǐngwùn) ▸ V: excuse me, may I ask?

例 請ㄑㄧㄥˇ問ㄨㄣˋ您ㄋㄧㄣˊ是ㄕˋ哪ㄋㄚˇ國ㄍㄨㄛˊ人ㄖㄣˊ？

Qǐngwèn nín shì něiguó rén?

Cǐngwùn nín shìh něiguó rén?

Excuse me, what country are you from?

問ㄨㄣˋ (wèn / wùn) ▸ V: to ask

例 我ㄨㄛˇ問ㄨㄣˋ他ㄊㄚ這ㄓㄜˋ個ㄍㄜ叫ㄐㄧㄠˋ什ㄕㄣˊ麼ㄇㄜ。

Wǒ wèn tā zhèige jiào shénme.

Wǒ wùn tā jhèige jiào shénme.

I asked him what this was called.

5 舊ㄐㄧㄡˋ (jiù / jiòu) ▸ SV: to be old, to be used （opp. 新ㄒㄧㄣ xīn / sīn）

例 我ㄨㄛˇ想ㄒㄧㄤˇ要ㄧㄠˋ買ㄇㄞˇ一ㄧ輛ㄌㄧㄤˋ舊ㄐㄧㄡˋ車ㄔㄜ。

Wǒ xiǎng yào mǎi yíliàng jiù chē.

Wǒ siǎng yào mǎi yíliàng jiòu chē.

I want to buy a used car.

6 了ㄌㄜ (le) ▸ P: indicates excessiveness, completion of action (see L.10), change of state (see Book2, L.1), and imminent action (see Book2, L.1)

例 一ㄧ個ㄍㄜ漢ㄏㄢˋ堡ㄅㄠˇ兩ㄌㄧㄤˇ百ㄅㄞˇ塊ㄎㄨㄞˋ，太ㄊㄞˋ貴ㄍㄨㄟˋ了ㄌㄜ。

Yíge hànbǎo liǎngbǎi kuài, tài guì le.

Yíge hànbǎo liǎngbǎi kuài, tài guèi le.

Two hundred dollars for one hamburger is too expensive.

7 貨ㄏㄨㄛˋ (huò) ▸ N: goods, products, a commodity

例 我ㄨㄛˇ家ㄐㄧㄚ的ㄉㄜ電ㄉㄧㄢˋ視ㄕˋ機ㄐㄧ是ㄕˋ日ㄖˋ本ㄅㄣˇ貨ㄏㄨㄛˋ。

Wǒ jiāde diànshìjī shì Rìběn huò.

Wǒ jiāde diànshìhjī shìh Rìhběn huò.

My family's TV is a Japanese product.

8 覺得 (juéde / jyuéde) ▶ V: to feel, to think

例 我覺得他的車很好看。

Wǒ juéde tāde chē hěn hǎo kàn.

Wǒ jyuéde tāde chē hěn hǎo kàn.

I think his car looks very nice.

9 大 (dà) ▶ SV: to be big, to be large

例 我的車很大。

Wǒde chē hěn dà.

My car is very big.

10 小 (xiǎo / siǎo) ▶ SV: to be small

例 小車都不貴嗎？

Xiǎo chē dōu búguì ma?

Siǎo chē dōu búguèi ma?

Are all small cars inexpensive?

11 千 (qiān / ciān) ▶ NU: thousand

例 一個錶一千塊錢，貴不貴？

Yíge biǎo yìqiānkuài qián, guì búguì?

Yíge biǎo yìciānkuài cián, guèi búguèi?

Is a thousand dollars for one watch expensive?

12 便宜 (piányí) ▶ SV: to be cheap

例 這枝筆很便宜，可是很好。

Zhèizhī bǐ hěn piányí, kěshì hěn hǎo.

Jhèijhīh bǐ hěn piányí, kěshìh hěn hǎo.

This pen is very cheap, but it's very good.

13 只 (zhǐ / jhǐh) ▶ ADV: only

例 他只有一個弟弟。

Tā zhǐ yǒu yíge dìdi.

Tā jhǐh yǒu yíge dìdi.

He only has one younger brother.

14 賣 (mài) ▶ V: to sell

例 那輛車賣多少錢？

Nèiliàng chē mài duōshǎo qián?

Nèiliàng chē mài duōshǎo cián?

How much is that car selling for?

15 百 (bǎi) ▶ NU: hundred

例 我有一百塊錢。

Wǒ yǒu yìbǎikuài qián.

Wǒ yǒu yìbǎikuài cián.

I have one hundred dollars.

16 大學 (dàxué / dàsyué) ▶ N: university

例 我們大學有很多學生。

Wǒmen dàxué yǒu hěnduō xuéshēng.

Wǒmen dàsyué yǒu hěnduō syuéshēng.

Our university has many students.

17 萬 (wàn) ▶ NU: ten thousand

例 那輛車賣六十萬塊錢。

Nèiliàng chē mài liùshíwànkuài qián.

Nèiliàng chē mài liòushíhwànkuài cián.

That car is being sold for six hundred thousand dollars.

18 知道 (zhīdào / jhīhdào) ▶ V: to know

例 我不知道那個英國人姓什麼。

Wǒ bùzhīdào nèige Yīngguó rén xìng shénme.

Wǒ bùjhīhdào nèige Yīngguó rén sìng shénme.

I don't know what that English man's last name is.

19 真 (zhēn / jhēn) ▶ ADV: really

例 他真是一個好人。

Tā zhēn shì yíge hǎo rén.

Tā jhēn shìh yíge hǎo rén.

He's really a good person.

20 學校 (xuéxiào / syuésiào) ▶ N: school

例 那個學校很好。

Nèige xuéxiào hěn hǎo.

Nèige syuésiào hěn hǎo.

That school is very good.

21 有名 (yǒumíng) ▶ SV: to be famous

例 他哥哥很有名。

Tā gēge hěn yǒumíng.

His older brother is very famous.

SUPPLEMENTARY VOCABULARY

22 億 (yì) ▶ NU: hundred million

例 美國有幾億人？

Měiguó yǒu jǐyì rén?

How many hundred million people are there in America?

23 錶 (biǎo) ▶ N: watch

例 這個錶是哪國貨？

Zhèige biǎo shì něiguó huò?

Jhèige biǎo shìh něiguó huò?

Which country's product is this watch?

24 夠ㄍㄡˋ (gòu)　▸▸ SV: to be enough

例 他ㄊㄚ 只ㄓˇ 給ㄍㄟˇ 我ㄨㄛˇ 五ㄨˇ 塊ㄎㄨㄞˋ 錢ㄑㄧㄢˊ，不ㄅㄨˋ 夠ㄍㄡˋ。

Tā zhǐ gěi wǒ wǔkuài qián, búgòu.

Tā jhǐh gěi wǒ wǔkuài cián, búgòu.

He only gave me five dollars, and that's not enough.

 ## SYNTAX PRACTICE

1 Large Numbers

十	億	千	百	十	萬	千	百	十	(M)
二十	一億	兩千	三百	四十	五萬	六千	七百	八十	九
									2,123,456,789
							一百	零	二
									102

一百一十五	115
三千五百四（十）	3,540
五萬八（千）	58,000
三十二萬	320,000
十八萬七千五（百）	187,500
一百萬	1,000,000
兩千萬	20,000,000
三千四百六十萬	34,600,000
一億五千萬	150,000,000
十億	1,000,000,000
一百零八	108
兩千零五十	2,050
四萬零六百	40,600

一萬零三	10,003
十二萬零七百	120,700
一百零四萬	1,040,000

Please read these numbers in Chinese.

| 273 | 4,001 | 36,050 | 190,168 | 9,407,020 |
| 805 | 6,030 | 91,000 | 403,207 | 280,000,000 |

2 多 as an Indefinite Number

Ⅰ.

1. 這個錶賣兩百多塊錢。

2. 我們學校有五千多個學生。

3. 李老師有一百多本中文書。

Ⅱ.

1. 那個小孩子只有一塊多錢。

2. 我們一共有八塊多錢，夠不夠？

3. 兩本書一共三塊多錢，真便宜。

Please make your own sentences using the given answers.

1. 幾杯咖啡 (kāfēi)？ （1～2杯）
2. 幾瓶 (píng) 可樂 (kělè)？ （3～4瓶）
3. 幾塊錢？ （7～8塊）
4. 多少人？ （2,000～3,000個）
5. 多少錢？ （$10,000～20,000）
6. 多少筆？ （70～80枝）
7. 多少汽車？ （100～200輛）
8. 多少老師？ （300～400位）
9. 多少書？ （30～40本）
10. 多少孩子？ （200～300個）

3 Nouns Modified by Stative Verbs

Ⅰ. Usually without 的

Simple unqualified stative verbs in their adjectival function more often omit 的.

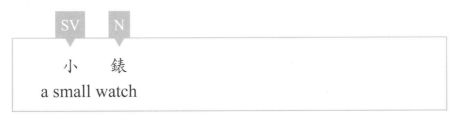

SV	N
小	錶

a small watch

1. 舊車便宜，新車貴。

2. 他真是一個好人。

3. 他們有兩個小孩子。

4. 有的人喜歡大車，有的人喜歡小車。

II. Usually with 的

When a modifying adverb is placed before a modified stative verb or a multisyllabic stative verb is used, 的 must be used. However, if the stative verb is "many" or "few", or is a disyllabic stative verb like 便宜 (cheap), then 的 is often omitted.

(ADV)	SV	-的	N
很	大	的	錶
a very large watch			
好	好看	的	錶
a nice-looking watch			

1. 他們是很好的朋友。

2. 很有名的人都很忙。

3. 他喜歡買便宜（的）東西。

4. 我有很多（的）日本東西。

Fill in the blanks with stative verbs.

1　她的狗很好看。

　　她有一隻＿＿＿＿＿＿＿＿＿＿狗。

2　我媽媽很好。

　　我有一個＿＿＿＿＿＿＿＿媽媽。

3　王先生很有名。

　　王先生是＿＿＿＿＿＿＿＿人。

4　這個相機便宜，可是很好。

　　這個＿＿＿＿＿＿＿相機很好。

5　那輛車舊，可是我要買。

　　我要買那輛＿＿＿＿＿＿＿車。

Ⅲ. 的 is required to be used when the modified noun is understood.

SV	-的

我　　要　　大　　的。
I want a (the) big one.

1. 新的好看，舊的不好看。
2. 我要買便宜的，不要貴的。
3. 那兩個錶，小的是我的，大的是我先生的。
4. 那兩個人，高的姓張，矮 (ǎi)* 的姓李。

Look at the pictures and answer the following questions.

1 這兩位小姐，一位高，一位矮，哪位有照相機？

*
矮 (ǎi)：to be short

157

2 這兩輛車，一輛新，一輛舊，哪輛貴？

3 這兩個孩子，一個胖ㄆㄤ (pàng)*，一個瘦ㄕㄡ (shòu)*，哪個在看書？

4 這兩杯咖ㄎㄚ啡ㄈㄟ (kāfēi)，一杯熱，一杯不熱，你要哪杯？

* 胖ㄆㄤ (pàng)：to be fat
瘦ㄕㄡ (shòu)：to be skinny

5 這兩個錶，一個大，一個小，哪個好看？

APPLICATION ACTIVITIES

1 Divide into groups and ask one another questions. Use the「我不知道……」pattern.

e.g. A：他忙嗎？

B：我不知道他忙不忙。

2 Divide into groups and ask one another questions. Use the「他問我……」pattern.

e.g. A：你有照相機嗎？

B：他問我有沒有照相機。

3 Tell the populations of the countries or the cities you k

4 Situation

1. **Make conversations about buying or selling a car.**

2. **Buying clothes: a dialogue between a customer and a store clerk (店員, diànyuán)**

鞋 (xié / sié)　　　　襪子 (wàzi / wàzih)　　　衣服 (yīfú)

(M: 雙 shuāng)*　　　(M: 雙 shuāng)　　　(M: 件 jiàn)*

> *
> 雙 (shuāng)：pair of
> 件 (jiàn)：measure word for clothes

3. Two students have a conversation about their respective schools.

 **NOTES**

1
Verbs are reduplicated to form what is usually known as the tentative aspect. Verbs in this form sometimes allow the verb to take on a more casual meaning.

e.g. 看看　　　　　　　　take a look

想一想　　　　　　　think it over

2
When translated into Chinese, "I don't know whether he is busy" becomes 「我不知道他忙不忙」. In Chinese, the word "whether" needs not be spoken. In the subordinate clause, Chinese tends to use the choice-type question pattern. For instance, "I asked him whether he wants to buy a book" is usually translated as 「我問他要不要買書」.

3
零：If one or more zeros occur between numbers, the number "zero" must be spoken. However, it only needs to be spoken once.

e.g. 三百零七　　　　　　　307

三千零七　　　　　　　3,007

| 三千零七十 | 3,070 |
| 三萬零七十 | 30,070 |

When expressing a multi-digit number by its single digits, every 零 must be spoken.

e.g.	一零五	105
	一零零五	1,005
	一零零五零	10,050

你的法文念得真好聽

DIALOGUE

Ⅰ

A：文生，你在念什麼呢？

B：我在念法文。

A：你的法文，念得真好聽。

B：謝謝，可是我學得很慢。

A：學法文有意思嗎？

B：很有意思，可是我覺得有一點難。

A：我也想學一點法國話，你可以教我嗎？

B：現在我的法國話還說得不好。不能教你。

A：你會不會唱法國歌？

B：我只會唱 "Frere Jacques, Frere Jacques, Dormez-Vous, Dormez-Vous, ..." 。

A：你唱得真好聽。

II

A：小張，我想請你吃飯⑳㉑。

B：好啊。

A：你喜歡吃中國菜㉒還是法國菜？

B：兩個我都喜歡。

A：你也喜歡喝酒嗎㉓㉔？

B：喜歡，可是我只能喝一點。

A：好，我請你吃中國菜，喝法國酒。

B：那太好了！謝謝！謝謝！

ㄅ、ㄑ、ㄎ ▶ ㄋ一ˇ ㄉㄜ˙ ㄈㄚˇ ㄨㄣˊ ㄋ一ㄢˋ ㄉㄜ˙ ㄓㄣ ㄏㄠˇ ㄊ一ㄥ

I

A：ㄨㄣˊ ㄙㄥ，ㄋ一ˇ ㄗㄞˋ ㄋ一ㄢˋ ㄕㄣˊ ㄇㄜ˙ ㄋㄜ˙？

B：ㄨㄛˇ ㄗㄞˋ ㄋ一ㄢˋ ㄈㄚˇ ㄨㄣˊ。

A：ㄋ一ˇ ㄉㄜ˙ ㄈㄚˇ ㄨㄣˊ，ㄋ一ㄢˋ ㄉㄜ˙ ㄓㄣ ㄏㄠˇ ㄊ一ㄥ。

B：ㄒ一ㄝˋ ㄒ一ㄝ˙，ㄎㄜˇ ㄕˋ ㄨㄛˇ ㄒㄩㄝˊ ㄉㄜ˙ ㄏㄣˇ ㄇㄢˋ。

A：ㄒㄩㄝˊ ㄈㄚˇ ㄨㄣˊ 一ㄡˇ 一ˋ ㄙ ㄚ？

B：ㄏㄣˇ 一ㄡˇ 一ˋ ㄙ，ㄎㄜˇ ㄕˋ ㄨㄛˇ ㄐㄩㄝˊ ㄉㄜ˙ 一ㄡˇ 一ˋ ㄉ一ㄢˇ ㄋㄢˊ。

A：ㄨㄛˇ 一ㄝˇ ㄒ一ㄤˇ ㄒㄩㄝˊ 一ˋ ㄉ一ㄢˇ ㄈㄚˇ ㄍㄨㄛˊ ㄨㄚˋ，ㄋ一ˇ ㄎㄜˇ 一ˇ ㄐ一ㄠ ㄨㄛˇ ㄇㄚ˙？

B：ㄒ一ㄢˋ ㄗㄞˋ ㄨㄛˇ ㄉㄜ˙ ㄈㄚˇ ㄍㄨㄛˊ ㄏㄨㄚˋ ㄏㄞˊ ㄅㄨˊ ㄍㄡˋ ㄏㄠˇ。ㄅㄨˋ ㄋㄥˊ ㄐ一ㄠ ㄋ一ˇ。

A：ㄋ一ˇ ㄏㄨㄟˋ ㄅㄨˊ ㄏㄨㄟˋ ㄔㄤˋ ㄈㄚˇ ㄍㄨㄛˊ ㄍㄜ？

B：ㄨㄛˇ ㄓˇ ㄏㄨㄟˋ ㄔㄤˋ "Frère Jacques, Frère Jacques, Dormez-Vous, Dormez-Vous, ..."。

A：ㄋ一ˇ ㄔㄤˋ ㄉㄜ˙ ㄓㄣ ㄏㄠˇ ㄊ一ㄥ。

II

A：ㄒ一ㄠˇ ㄓㄤ，ㄨㄛˇ ㄒ一ㄤˇ ㄑ一ㄥˇ ㄋ一ˇ ㄔ ㄈㄢˋ。

B：ㄏㄠˇ ㄚ˙。

A：ㄋ一ˇ ㄒ一ˇ ㄏㄨㄢ ㄔ ㄓㄨㄥ ㄍㄨㄛˊ ㄘㄞˋ ㄏㄞˊ ㄕˋ ㄈㄚˇ ㄍㄨㄛˊ ㄘㄞˋ？

B：ㄌ一ㄤˇ ㄍㄜ˙ ㄨㄛˇ ㄉㄡ ㄒ一ㄢ。

A：ㄋ一ˇ 一ㄝˇ ㄒ一ˇ ㄏㄨㄢ ㄏㄜ ㄐ一ㄡˇ ㄇㄚ˙？

B：ㄒ一ˇ ㄏㄨㄢ，ㄎㄜˇ ㄕˋ ㄨㄛˇ ㄓˋ ㄋㄥˊ ㄏㄜ 一ˋ ㄉ一ㄢˇ。

A：ㄏㄠ，ㄨㄛ ㄑㄧㄥ ㄋㄧ ㄔ ㄓㄨㄥ ㄍㄨㄛ ㄘㄞ，ㄏㄜ ㄈㄚ ㄍㄨㄛ ㄐㄧㄡ。

B：ㄋㄚ ㄊㄞ ㄏㄠ ㄌㄜ！ ㄒㄧㄝ ㄒㄧㄝ！ ㄒㄧㄝ ㄒㄧㄝ！

 Dì Qī Kè Nǐde Fǎwén Niànde Zhēn Hǎotīng

(Pinyin)

 I

A : Wénshēng, nǐ zài niàn shénme ne?

B : Wǒ zài niàn Fǎwén.

A : Nǐde Fǎwén, niànde zhēn hǎotīng.

B : Xièxie, kěshì wǒ xuéde hěn màn.

A : Xué Fǎwén yǒu yìsi ma?

B : Hěn yǒu yìsi, kěshì wǒ juéde yǒuyìdiǎn nán.

A : Wǒ yě xiǎng xué yìdiǎn Fǎguó huà, nǐ kěyǐ jiāo wǒ ma?

B : Xiànzài wǒde Fǎguó huà hái shuōde bùhǎo, bùnéng jiāo nǐ.

A : Nǐ huì búhuì chàng Fǎguó gē?

B : Wǒ zhǐ huì chàng, "Frere Jacques, Frere Jacques, Dormez-Vous, Dormez-Vous, ...".

A : Nǐ chàngde zhēn hǎotīng.

 II

A : Xiǎo Zhāng, Wǒ xiǎng qǐng nǐ chīfàn.

B : Hǎo a.

A : Nǐ xǐhuān chī Zhōngguó cài háishì Fǎguó cài?

B : Liǎngge wǒ dōu xǐhuān.

A : Nǐ yě xǐhuān hē jiǔ ma ?

B : Xǐhuān, kěshì wǒ zhǐ néng hē yìdiǎn.

A : Hǎo, wǒ qǐng nǐ chī Zhōngguó cài, hē Fǎguó jiǔ.

B : Nà tài hǎo le! Xièxie! Xièxie!

Dì Cī Kè   Nǐde Fǎwún Niànde Jhēn Hǎotīng

(Tongyong)

 I

A : Wúnshēng, nǐ zài niàn shénme ne?

B : Wǒ zài niàn Fǎwún.

A : Nǐde Fǎwún, niànde jhēn hǎotīng.

B : Sièsie, kěshìh wǒ syuéde hěn màn.

A : Syué Fǎwún yǒu yìsih ma?

B : Hěn yǒu yìsih, kěshìh wǒ jyuéde yǒuyìdiǎn nán.

A : Wǒ yě siǎng syué yìdiǎn Fǎguó huà, nǐ kěyǐ jiāo wǒ ma?

B : Siànzài wǒde Fǎguó huà hái shuōde bùhǎo, bùnéng jiāo nǐ.

A : Nǐ huèi búhuèi chàng Fǎguó ge?

B : Wǒ jhǐh huèi chàng, "Frere Jacques, Frere Jacques, Dormez–Vous, Dormez–Vous, …".

A : Nǐ chàngde jhēn hǎotīng.

 II

A : Siǎo Jhāng, Wǒ siǎng cǐng nǐ chīhfàn.

B : Hǎo a.

A : Nǐ sǐhuān chīh Jhōngguó cài háishìh Fǎguó cài?

B : Liǎngge wǒ dōu sǐhuān.

A : Nǐ yě sǐhuān hē jiǒu ma ?

B : Sǐhuān, kěshìh wǒ jhǐh néng hē yìdiǎn.

A : Hǎo, wǒ cǐng nǐ chīh Jhōngguó cài, hē Fǎguó jiǒu.

B : Nà tài hǎo le! Sièsie! Sièsie!

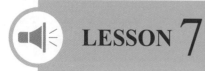

LESSON 7 — YOUR FRENCH REALLY SOUNDS NICE

 I

A : Wensheng, what are you reading?

B : I am reading French.

A : Your French really sounds nice.

B : Thank you, but I am a very slow learner.

A : Is learning French interesting?

B : It's very interesting, but I feel it's a little bit difficult.

A : I also want to learn a little French, can you teach me?

B : Right now I still do not speak French well, so I cannot teach you.

A : Can you sing a French song?

B : I can only sing "Frere Jacques, Frere Jacques, Dormez–Vous, Dormez–Vous, …".

A : You sing really well.

 II

A : Little Zhang, I would like to invite you to eat.

B : Sure!

A : Do you like to eat Chinese food or French food?

B : I like them both.

A : Do you also like to drink?

B : Yes, but I can only drink a little.

A : Good, I will invite you to eat Chinese food with French wine.

B : That's wonderful. Thank you! Thank you!

 **VOCABULARY**

1 念ㄋㄧㄢˋ (niàn) ▸▸ V: to read aloud, to study

例 這ㄓㄜˋ個ㄍㄜ˙字ㄗˋ，我ㄨㄛˇ不ㄅㄨˊ會ㄏㄨㄟˋ念ㄋㄧㄢˋ。

Zhèige zì, wǒ búhuì niàn.

Jhèige zìh, wǒ búhuèi niàn.

I don't know how to read this character aloud.

念ㄋㄧㄢˋ書ㄕㄨ (niànshū) ▸▸ VO: study / read book(s)

例 那ㄋㄚˋ個ㄍㄜ˙女ㄋㄩˇ孩ㄏㄞˊ子ㄗ˙很ㄏㄣˇ喜ㄒㄧˇ歡ㄏㄨㄢ念ㄋㄧㄢˋ書ㄕㄨ。

Nèige nǚháizi hěn xǐhuān niànshū.

Nèige nyǔháizìh hěn sǐhuān niànshū.

That girl likes to study very much.

2 得ㄉㄜ˙ (de) ▸▸ P: a particle used between a verb or adjective and its complement to indicate manner or degree.

例 他ㄊㄚ念ㄋㄧㄢˋ書ㄕㄨ，念ㄋㄧㄢˋ得ㄉㄜ˙很ㄏㄣˇ好ㄏㄠˇ。

Tā niànshū, niànde hěn hǎo.

He is good at his studies.

3 好ㄏㄠˇ聽ㄊㄧㄥ (hǎotīng) ▸▸ SV: to be nice to listen, pleasant-sounding

例 那ㄋㄚˋ首ㄕㄡˇ*歌ㄍㄜ很ㄏㄣˇ好ㄏㄠˇ聽ㄊㄧㄥ。

Nèishǒu gē hěn hǎotīng.

That song is really nice to listen to.

聽ㄊㄧㄥ (tīng) ▸▸ V: to listen, to hear

例 我ㄨㄛˇ喜ㄒㄧˇ歡ㄏㄨㄢ聽ㄊㄧㄥ妹ㄇㄟˋ妹ㄇㄟ˙唱ㄔㄤˋ歌ㄍㄜ。

Wǒ xǐhuān tīng mèimei chànggē.

Wǒ sǐhuān tīng mèimei chànggē.

I like to listen to my younger sister sing.

*
首ㄕㄡˇ (shǒu)：measure word for songs, poems

4 在 (zài) ▸▸ ADV: indicating that action is in progress

例 他在看中文報。
Tā zài kàn Zhōngwén bào.
Tā zài kàn Jhōngwún bào.
He is reading a Chinese newspaper.

5 呢 (ne)
▸▸ P: a particle indicating the situation or state of affairs is being sustained

例 他在吃飯呢。
Tā zài chīfàn ne.
Tā zài chīhfàn ne.
He is taking a meal.

6 慢 (màn) ▸▸ SV/ADV: to be slow; slowly

例 我寫字，寫得不慢。
Wǒ xiězì, xiěde búmàn.
Wǒ siězìh, siěde búmàn.
I don't write characters slowly.

7 有意思 (yǒuyìsi / yǒuyìsih) ▸▸ SV: to be interesting

例 那本英文書很有意思。
Nèiběn Yīngwén shū hěn yǒuyìsi.
Nèiběn Yīngwún shū hěn yǒuyìsih.
That English book is very interesting.

意思 (yìsi / yìsih) ▸▸ N: meaning, definition

例 這個字有很多意思。
Zhèige zì yǒu hěn duō yìsi.
Jhèige zìh yǒu hěn duō yìsih.
This character has many meanings.

8 有一點（兒）(yǒuyìdiǎn / yǒuyìdiǎr)

▸▸ ADV: to be slightly, to be a little bit, to be somewhat

例 學中文有一點難。

Xué Zhōngwén yǒu yìdiǎn nán.

Syué Jhōngwún yǒu yìdiǎn nán.

Learning Chinese is a little difficult.

一點（兒）(yìdiǎn / yìdiǎr) ▸▸ NU-M: a little

例 我只懂一點日文。

Wǒ zhǐ dǒng yìdiǎn Rìwén.

Wǒ jhǐh dǒng yìdiǎn Rìhwún.

I only know a little Japanese.

9 難 (nán) ▸▸ SV: to be difficult

例 你覺得學英文難不難？

Nǐ juéde xué Yīngwén nán bùnán?

Nǐ jyuéde syué Yīngwún nán bùnán?

Do you think studying English is difficult?

10 話 (huà) ▸▸ N: words, spoken language

例 王先生要學德國話。

Wáng Xiānshēng yào xué Déguó huà.

Wáng Siānshēng yào syué Déguó huà.

Mr. Wang wants to study (spoken) German.

11 可以 (kěyǐ) ▸▸ AV: can, may, be permitted, O.K.

例 你現在不可以說英文。

Nǐ xiànzài bùkěyǐ shuō Yīngwén.

Nǐ siànzài bùkěyǐ shuō Yīngwún.

You are not permitted to speak English now.

12 教 (jiāo) ▸▸ V: to teach

例 請你教我一點中國話，好嗎？

Qǐng nǐ jiāo wǒ yìdiǎn Zhōngguó huà, hǎo ma?

Cǐng nǐ jiāo wǒ yìdiǎn Jhōngguó huà, hǎo ma?

Please teach me a little Chinese, OK?

教書 (jiāoshū) ▸▸ VO: to teach

例 王老師教書，教得很好。

Wáng lǎoshī jiāoshū, jiāode hěn hǎo.

Wáng lǎoshīh jiāoshū, jiāode hěn hǎo.

Teacher Wang teaches very well.

13 現在 (xiànzài / siànzài) ▸▸ ADV: now, right now

例 你現在很忙嗎？

Nǐ xiànzài hěn máng ma?

Nǐ siànzài hěn máng ma?

Are you very busy now?

14 還 (hái) ▸▸ ADV: still, yet, also

例 他的英文還說得不好。

Tāde Yīngwén hái shuōde bùhǎo.

Tāde Yīngwún hái shuōde bùhǎo.

He still doesn't speak English well.

例 她會唱歌，還會畫畫。

Tā huì chànggē, hái huì huàhuà.

Tā huèi chànggē, hái huèi huàhuà.

She is good at singing as well as drawing.

15 說 (shuō) ▸▸ V: to speak, to say

例 我哥哥會說法文。

Wǒ gēge huì shuō Fǎwén.

Wǒ gēge huèi shuō Fǎwún.

My older brother can speak French.

例 他‍說‍他‍很‍忙‍。

Tā shuō tā hěn máng.

He says he's very busy.

說‍話‍ (shuōhuà) ▶ VO: to speak, to say, to talk (words)

例 現‍在‍不‍可‍以‍說‍話‍。

Xiànzài bùkěyǐ shuōhuà.

Siànzài bùkěyǐ shuōhuà.

Right now talking is not permitted.

---

16 能‍ (néng) ▶ AV: can

例 你‍能‍不‍能‍給‍我‍那‍本‍書‍？

Nǐ néng bùnéng gěi wǒ nèiběn shū?

Can you give me that book?

---

17 會‍ (huì / huèi) ▶ AV: to know how to, to be able to

例 他‍姐‍姐‍會‍說‍日‍本‍話‍。

Tā jiějie huì shuō Rìběn huà.

Tā jiějie huèi shuō Rìhběn huà.

His older sister can speak Japanese.

---

18 唱‍ (chàng) ▶ V: to sing

例 你‍會‍不‍會‍唱‍中‍文‍歌‍？

Nǐ huì búhuì chàng Zhōngwén gē?

Nǐ huèi búhuèi chàng Jhōngwún gē?

Can you sing any Chinese songs?

---

19 歌‍（兒‍） (gē(r)) ▶ N: song（M: 首‍ shǒu）

例 我‍很‍喜‍歡‍唱‍歌‍。

Wǒ hěn xǐhuān chànggē.

Wǒ hěn sǐhuān chànggē.

I like to sing (songs) very much.

20 吃ㄔ (chī / chīh) ▶▶ V: to eat

例 你ㄋㄧˇ要ㄧㄠˋ吃ㄔ中ㄓㄨㄥ國ㄍㄨㄛˊ菜ㄘㄞˋ，還ㄏㄞˊ是ㄕˋ日ㄖˋ本ㄅㄣˇ菜ㄘㄞˋ？

Nǐ yào chī Zhōngguó cài, háishì Rìběn cài?

Nǐ yào chīh Jhōngguó cài, háishìh Rìhběn cài?

Do you want to eat Chinese cuisine or Japanese cuisine?

21 飯ㄈㄢˋ (fàn) ▶▶ N: food, meal

例 王ㄨㄤˊ先ㄒㄧㄢ生ㄕㄥ要ㄧㄠˋ請ㄑㄧㄥˇ我ㄨㄛˇ們ㄇㄣˊ吃ㄔ飯ㄈㄢˋ。

Wáng Xiānshēng yào qǐng wǒmen chīfàn.

Wáng Siānshēng yào cǐng wǒmen chīhfàn.

Mr. Wang wants to invite us for a meal.

22 菜ㄘㄞˋ (cài) ▶▶ N: food, cuisine

例 我ㄨㄛˇ很ㄏㄣˇ喜ㄒㄧˇ歡ㄏㄨㄢ吃ㄔ法ㄈㄚˇ國ㄍㄨㄛˊ菜ㄘㄞˋ。

Wǒ hěn xǐhuān chī Fǎguó cài.

Wǒ hěn sǐhuān chīh Fǎguó cài.

I really like French cuisine.

23 喝ㄏㄜ (hē) ▶▶ V: to drink

例 爸ㄅㄚˋ爸ㄅㄚ說ㄕㄨㄛ小ㄒㄧㄠˇ孩ㄏㄞˊ子ㄗ不ㄅㄨˋ可ㄎㄜˇ以ㄧˇ喝ㄏㄜ酒ㄐㄧㄡˇ。

Bàba shuō xiǎoháizi bùkěyǐ hējiǔ.

Bàba shuō siǎoháizih bùkěyǐ hējiǒu.

Father says children may not drink alcohol.

24 酒ㄐㄧㄡˇ (jiǔ / jiǒu) ▶▶ N: wine or liquor

例 李ㄌㄧˇ先ㄒㄧㄢ生ㄕㄥ喜ㄒㄧˇ歡ㄏㄨㄢ喝ㄏㄜ酒ㄐㄧㄡˇ嗎ㄇㄚ？

Lǐ Xiānshēng xǐhuān hē jiǔ ma?

Lǐ Siānshēng sǐhuān hē jiǒu ma?

Does Mr. Li like to drink?

SUPPLEMENTARY VOCABULARY

25 寫字 (xiězì / siězih) ▸▸ VO: to write characters

例 你喜不喜歡寫中國字？

Nǐ xǐ bùxǐhuān xiě Zhōngguó zì?

Nǐ sǐ bùsǐhuān siě Jhōngguó zih?

Do you like to write Chinese characters?

寫 (xiě / siě) ▸▸ V: to write

例 他不會寫你的名字。

Tā búhuì xiě nǐde míngzi.

Tā búhuèi siě nǐde míngzih.

He does not know how to write your name.

字 (zì / zìh) ▸▸ N: character

例 你會寫多少中國字？

Nǐ huì xiě duōshǎo Zhōngguó zì?

Nǐ huèi siě duōshǎo Jhōngguó zih?

How many Chinese characters can you write?

26 做事 (zuòshì / zuòshìh)

▸▸ VO: to take care of things, to do things, to do work

例 他很會做事。

Tā hěn huì zuòshì.

Tā hěn huèi zuòshìh.

He is very capable of handling things.

做 (zuò) ▸▸ V: to do, to make

例 他在做什麼？

Tā zài zuò shénme?

What is he doing?

事 (shì / shìh) ▸▸ N: matter, work

例 你有什麼事？

175

Nǐ yǒu shénme shì?

Nǐ yǒu shénme shìh?

What can I do for you? (lit."What business do you have?")

---

27 做飯 (zuòfàn) ▸▸ VO: to cook

例 王太太很會做飯。

Wáng Tàitai hěn huì zuòfàn.

Wáng Tàitai hěn huèi zuòfàn.

Mrs. Wang can really cook. (Mrs. Wang is a good cook.)

---

28 畫畫（兒）(huàhuà(r)) ▸▸ VO: to paint, to draw

例 那個孩子很喜歡畫畫。

Nèige háizi hěn xǐhuān huàhuà.

Nèige háizih hěn sǐhuān huàhuà.

That child likes to draw pictures a lot.

畫 (huà) ▸▸ V: to paint, to draw

畫（兒）(huà(r)) ▸▸ N: painting, picture（M: 張 zhāng / jhāng）

---

29 快 (kuài) ▸▸ SV/ADV: to be fast; quickly

例 老師寫字，寫得很快。

Lǎoshī xiězì, xiěde hěn kuài.

Lǎoshīh siězìh, siěde hěn kuài.

The teacher writes (characters) very quickly.

SYNTAX PRACTICE

---

1 Verb Object Compounds (VO)

When certain English verbs are translated into Chinese, their Chinese equivalents usually appear in the VO form. For example, the English verb "to speak" is translated as 說話, the literal meaning of which in Chinese is "to speak words."

V	(Mod.)	O
說		話

to speak (words)

說	中國	話

to speak Chinese (words)

看書　　　　　read (lit. look at＋book)
念書　　　　　study (lit. read aloud＋book)
寫字　　　　　write (lit. write＋word)
唱歌　　　　　sing (lit. sing＋song)
吃飯　　　　　eat (lit. eat＋meal)
喝酒　　　　　drink＋wine or alcohol
做事　　　　　work (lit. do＋thing)
做飯　　　　　cook (lit. make＋meal)
教書　　　　　teach (lit. teach＋book)
畫畫　　　　　paint (lit. paint＋picture)
跳舞 (tiàowǔ)*　dance (lit. leap＋dance)

1. 有的學生不喜歡念書。
2. 我不會寫漢字 (hànzì / hànzìh)*。
3. 你唱歌，他跳舞 (tiàowǔ)，好不好？
4. 小孩子不會做飯，只會吃飯。
5. 他想看書，不想做事。

* 跳舞 (tiàowǔ)：dance
漢字 (hànzì / hànzìh)：Chinese character

Answer the following questions.

1 你（不）喜歡做什麼？

2 你（不）會做什麼？

2 Progressive Aspect

If progressive marker 在 is placed in front of the verb, it means the action is currently in progress. Sometimes the particle 呢 is placed at the end of the sentence indicating that the situation or state of affairs is being sustained.

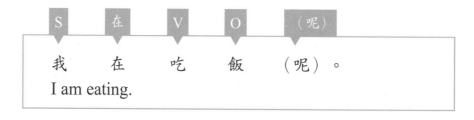

S	在	V	O	（呢）

我　　在　　吃　飯　（呢）。
I am eating.

1. 你們在做什麼？

　　我們在跳舞 (tiàowǔ)（呢）。

2. 孩子在做什麼？

　　孩子在念書（呢）。

3. 你聽，誰在唱歌？

　　我不知道誰在唱歌。

4. 你在寫字嗎？

　　不，我在畫畫（呢）。

Answer the questions below.

1　王太太在做什麼？

2　誰在寫字？

3　王先生在看什麼？

4　小狗在跳ㄊㄠˋ舞ˇ (tiàowǔ) 嗎？

3 Verb Object as the Topic

V	O	Comment
學	中文	不難。

It's not difficult to learn Chinese.

1. 吃飯不難，做飯難。

2. 看電影很有意思。

V	O	，	S	(Neg-)	SV
學	中文	，	我		喜歡。

I like studying Chinese.

1. 畫畫他不太喜歡。

2. 跳舞 (tiàowǔ)，我會；唱歌，我不會。

Provide the following sentences with a verb object topic.

1 ＿＿＿＿＿＿＿沒有意思。

2 ＿＿＿＿＿＿＿我很喜歡。

3 ＿＿＿＿＿＿＿很難。

4 ＿＿＿＿＿＿＿我會。

4 好 and 難 as Adverbial Prefixes

I . good or bad to look at / listen to / eat / drink/etc.

好看　　難看
好聽　　難聽
好吃　　難吃
好喝　　難喝

Ⅱ. easy or difficult to understand / study / do / write/etc.

好懂　　難懂
好學　　難學
好做　　難做
好寫　　難寫

1.中國字，有的好寫，有的不好寫。

2.他覺得德國酒真好喝。

3.這個歌好唱，也不難聽。

4.法國菜好吃，可是不好做。

Use 好 or 難 as adverbial prefixes to complete the following sentences.

1 Michael Jackson 的歌＿＿＿＿＿＿＿＿。

2 台灣菜＿＿＿＿＿＿＿＿＿＿＿＿＿。

3 法國酒＿＿＿＿＿＿＿＿＿＿＿＿＿。

4 那個字＿＿＿＿＿＿＿＿＿＿＿＿＿。

5 Picasso 的畫＿＿＿＿＿＿＿＿＿＿。

6 漢堡 (hànbǎo)＿＿＿＿＿＿＿＿＿＿。

7 德國話＿＿＿＿＿＿＿＿＿＿＿＿＿。

8 日本車＿＿＿＿＿＿＿＿＿＿＿＿＿。

5 Predicative Complements (Describing the Manner or the Degree of the Action)

Ⅰ.

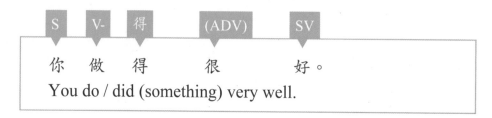

S	V-	得	(ADV)	SV

你 做 得 很 好。

You do / did (something) very well.

1. 他畫得真好。

2. 你寫得太小。

3. 她唱得很好聽。

Ⅱ. **S-V-O as the Topic**

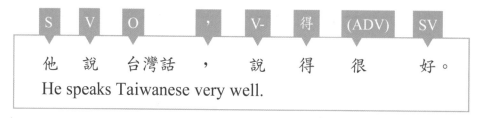

S	V	O	，	V-	得	(ADV)	SV

他 說 台灣話 ， 說 得 很 好。

He speaks Taiwanese very well.

1. 我說話，說得很快。

2. 他喝酒，喝得太多。

3. 你看中文書，看得很慢。

Ⅲ. **Subject as the Topic**

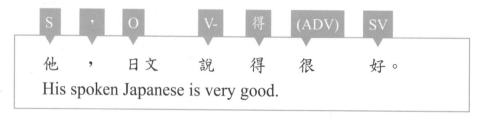

S	，	O	V-	得	(ADV)	SV

他 ， 日文 說 得 很 好。

His spoken Japanese is very good.

1. 我，中國字寫得不太好。

2. 你那位朋友，歌唱得很好聽。

3. 他兒子，書念得很好。

IV. S 的 O as the Topic

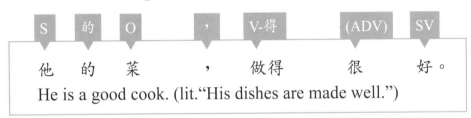

S	的	O	，	V-得	(ADV)	SV
他	的	菜	，	做得	很	好。

He is a good cook. (lit."His dishes are made well.")

1. 王小姐的法文，說得真好。

2. 你的英文字，寫得太小。

3. 李老師的中國畫，畫得很好看。

Answer the questions below.

1 你媽媽做飯，做得怎ㄗㄣˇ麼ㄇㄜˋ樣ㄧㄤˋ (zěnmeyàng) ？

2 你的英文歌，唱得怎麼樣？

3 你畫畫，畫得怎麼樣？

4 你的中文字，寫得怎麼樣？

5 你的舞ㄨˇ (wǔ)，跳ㄊㄧㄠˋ (tiào) 得怎麼樣？

APPLICATION ACTIVITIES

1 **Each person talks about their interests and talents.**

2 One person performs the action below. The other students describe his / her actions and give the actor an appraisal.

（唱歌，跳舞，畫畫，說日本話，寫中文字，吃飯，etc.）

e.g. 他在跳舞。

他跳舞（他的舞），跳得很好。

3 Situation

1. **Two students discuss their family members' hobbies, habits and talents.**

2. **A student invites another student out to have dinner, dance, watch a movie, etc.**

4 Try to sing

兩隻老虎
Liǎngzhī Lǎohǔ / Liǎngjhīh Lǎohǔ
TWO TIGERS

兩隻 老虎 兩隻 老虎 跑得 快 跑得 快

一隻沒有耳朵一隻沒有眼睛 真奇 怪 真奇 怪

兩隻老虎， 兩隻老虎， 跑得快！ 跑得快！
Liǎngzhī lǎohǔ, liǎngzhī lǎohǔ, pǎode kuài!Pǎode kuài!
Liǎngjhīh lǎohǔ, liǎngjhīh lǎohǔ, pǎode kuài!Pǎode kuài!
Two tigers, two tigers, running fast, running fast!

一隻沒有耳朵， 一隻沒有眼睛，
真奇怪！ 真奇怪！
Yìzhī méiyǒu ěrduo, yìzhī méiyǒu yǎnjīng,
Zhēn qíguài! Zhēn qíguài!
Yìjhīh méiyǒu ěrduo, yìjhīh méiyǒu yǎnjīng,
Jhēn cíguài! Jhēn cíguài!
One doesn't have ears, one doesn't have eyes,
Truly strange! Truly strange!

*

耳朵 (ěrduo)：ear	老虎 (lǎohǔ)：tiger
眼睛 (yǎnjīng)：eye	跑 (pǎo)：to run
奇怪 (qíguài / cíguài)：to be strange	

This song comes from the French song "Frere Jacques", which was adapted into Chinese. This Chinese song, as its French version, is a popular children's song.

 **NOTES**

---

1 V-得 complement：得 is placed directly after the verb or between the verb and its complement and indicates the manner or degree of the action.

> e.g. 他寫得很好。 He writes well.
>
> 我做得很快。 I do it very quickly.

---

2 可以，能，會 can all be translated into English as "can," but their meanings are not the same in Chinese. 可以 (can, may) is generally used to indicate that something is permitted.

> e.g. 我想請你吃飯，可以嗎？
> May I treat you to dinner?
>
> 老師，我現在可以說英文嗎？
> Teacher, may I speak English right now?

能 (can; be able to) is used to indicate physical ability or the possibility of something.

> e.g. 你能喝多少酒？
> How much (alcohol) can you drink?
>
> 一百塊錢能買多少東西？
> How much can I buy for one hundred dollars?
>
> 我沒有筆，不能寫字。
> I don't have a pen so I can't write.

Note that 能 sometimes can also take the place of 可以. Also, when the verb is omitted in a simple response to a question, then 可以 is used.

e.g. 你能不能給我一杯茶？
Can you give me a cup of tea?

可以。
I can.

會 (can; know how to)：indicates acquired ability or learned ability through practice.

e.g. 我會說一點兒中國話。
I can speak a little Chinese.

第 8 課

這是我們新買的電視機

DIALOGUE

Ⅰ

A：這是你們新買的電視機嗎？

B：是啊。

A：你常①看電視嗎？

B：常看，我最②愛③看王ㄨㄤˊ英ㄧㄥ英ㄧㄥ (Wáng Yīngyīng)＊唱歌。

A：對啊，她唱的歌都很好聽。

B：她跳舞④也跳得不錯⑤。

A：她穿⑥的衣服⑦，我也喜歡。

B：聽說⑧她還會唱不少外國歌，她的英文、法文⑨也都說得很好。

A：我想她一定⑩有很多外國朋友。

＊
王ㄨㄤˊ英ㄧㄥ英ㄧㄥ (Wáng Yīngyīng)：a Chinese name

Ⅱ

A：你在學中國畫嗎？

B：是啊，你看，這張㉚就是我畫的。

A：你畫的這張畫真好看。

B：謝謝。

A：教你中國畫的老師姓什麼？

B：他姓錢。他是很有名的畫家㉛。

A：㉜噢，我知道他，他也教書法㉝嗎？

B：對，他也教我書法。

A：你為什麼要學㉞書法？

B：㉟因為我覺得書法很㊱美，所以㊲我想學學。

ㄅ一ˋ ㄅㄚˊ ㄎㄜ˙ ▶ ㄓㄜˋ ㄕˋ ㄨㄛˇ ㄋ一ˊ ㄒ一ㄣ ㄇ一ㄥˊ ㄉㄜ˙ ㄅ一ㄢ˙ ㄕ ㄐ一

I

A：ㄓㄜˋ ㄕˋ ㄋ一ˇ ㄋ一ㄣ˙ ㄒ一ㄣ ㄇㄞˇ ㄉㄜ˙ ㄅ一ㄢˇ ㄕˋ ㄐ一 ㄇㄚ˙？

B：ㄕˋ ㄚ˙。

A：ㄋ一ˇ ㄔㄤ ㄎㄢˋ ㄅ一ㄢˇ ㄕˋ ㄇㄚ˙？

B：ㄔㄤˊ ㄎㄢˋ，ㄨㄛˇ ㄨㄟˋ ㄞˇ ㄎㄢˋ ㄨㄤˋ ㄥ一ㄥ ㄔㄤˊ ㄍㄜˋ。

A：ㄅㄟˇ ㄚ˙，ㄊㄚ ㄔㄤˊ ㄉㄜ˙ ㄍㄜˋ ㄅ一ㄢˇ ㄏㄣˇ ㄏㄠˇ ㄊㄥ。

B：ㄊㄚ ㄊㄠˇ ㄨˇ ㄝ˙ ㄊㄚˇ ㄅ一ˇ ㄘㄨㄛˇ。

A：ㄊㄚ ㄔㄨㄢˊ ㄉㄜ˙ 一 ㄈㄨˋ，ㄨㄛˇ ㄝ˙ 一ˇ ㄒㄢˋ。

B：ㄊㄜ ㄕㄨˇ ㄊㄚ ㄏㄜˇ ㄏㄨㄟ ㄔㄤˊ ㄅㄣ ㄕˇ ㄨ ㄍㄜˇ ㄍㄜ˙，ㄊㄚ ㄉㄜ˙ 一 ㄨˋ、ㄈㄨˇ ㄨ 一ˇ ㄝˋ ㄅㄡ ㄕㄨㄛˇ ㄉㄜ˙ ㄏㄣˇ ㄏㄠˇ。

A：ㄨㄛˇ ㄒㄤˇ ㄊㄚ 一ˋ ㄅ一ˇ 一ˇ ㄏㄜˇ ㄅ一ˇ ㄨ ㄍㄜˇ ㄆㄥˊ 一ㄡˇ。

II

A：ㄋ一ˇ ㄗㄞˋ ㄒ一ㄝˇ ㄓㄡ ㄍㄜˇ ㄍㄨˇ ㄚ˙？

B：ㄕˋ ㄚ˙，ㄋ一ˇ ㄎㄢˋ，ㄓㄜ ㄓㄨㄤ ㄐ一ㄡˇ ㄕˋ ㄨㄛˇ ㄍㄚˇ ㄉㄜ˙。

A：ㄋ一ˇ ㄏㄨㄚˇ ㄉㄜ˙ ㄓㄜ ㄓㄨㄤ ㄓˋ ㄏㄨˇ ㄎㄢ ㄏㄠˇ ㄎㄢˋ。

B：ㄒ一ㄝˊ ㄒ一ㄝ˙。

A：ㄐ一ㄠ ㄋ一ˇ ㄓㄨㄛˇ ㄍㄨㄛˋ ㄏㄨㄚ˙ ㄉㄜ˙ ㄕˋ ㄒ一ㄣˇ ㄇㄜ˙？

B：ㄊㄚ ㄒ一ㄥ ㄑ一ㄢˇ。ㄊㄚ ㄕˋ ㄏㄢˇ 一ˇ ㄇ一ˊ ㄉㄜ˙ ㄏㄨㄚ ㄐ一ㄚ。

A：ㄡˋ，ㄨㄛˇ ㄓ ㄉㄠˋ ㄊㄚ，ㄊㄚ ㄝˇ ㄐ一ㄠ ㄕㄨ ㄚˇ ㄇㄚ˙？

B：ㄅㄨˋ，ㄊㄚ 一ㄝˊ ㄐ一ㄡˇ ㄨˊ ㄈㄟ。

A : ㄓㄨㄕㄇㄜ一ㄒㄧㄝㄕㄈㄚ？

B : ㄣㄨㄛㄐㄉㄜㄕㄈㄏㄇㄟ，ㄙㄛ一ㄛㄤㄒㄧㄝ。

Dì Bā Kè   Zhè Shì Wǒmen Xīn Mǎide Diànshìjī

(Pinyin)

I

A : Zhè shì nǐmen xīn mǎide diànshìjī ma?

B : Shì a.

A : Nǐ cháng kàn diànshì ma?

B : Cháng kàn, wǒ zùi ài kàn Wáng Yīngyīng chànggē.

A : Dùi a, tā chàngde gē dōu hěn hǎotīng.

B : Tā tiàowǔ, yě tiàode búcuò.

A : Tā chuānde yīfú, wǒ yě xǐhuān.

B : Tīngshuō tā hái huì chàng bùshǎo wàiguó gē, tāde Yīngwén, Fǎwén yě dōu shuōde hěn hǎo.

A : Wǒ xiǎng tā yídìng yǒu hěn duō wàiguó péngyǒu.

II

A : Nǐ zài xué Zhōngguó huà ma?

B : Shì a, nǐ kàn, zhèizhāng jiù shì wǒ huàde.

A : Nǐ huàde zhèizhāng huà zhēn hǎokàn.

B : Xièxie.

A : Jiāo nǐ Zhōngguó huàde lǎoshī xìng shénme?

B : Tā xìng Qián. Tā shì hěn yǒumíngde huàjiā.

A : Òu, wǒ zhīdào tā, tā yě jiāo shūfǎ ma?

B : Dùi, tā yě jiāo wǒ shūfǎ.

A : Nǐ wèishénme yào xué shūfǎ?

B : Yīnwèi wǒ juéde shūfǎ hěn měi, suǒyǐ wǒ xiǎng xuéxué.

191

Dì Bā Kè > Jhè Shìh Wǒmen Sīn Mǎide Diànshìhjī

(Tongyong)

A : Jhè shìh nǐmen sīn mǎide diànshìhjī ma?

B : Shìh a.

A : Nǐ cháng kàn diànshìh ma?

B : Cháng kàn, wǒ zuèi ài kàn Wáng Yīngyīng chànggē.

A : Duèi a, tā chàngde gē dōu hěn hǎotīng.

B : Tā tiàowǔ, yě tiàode búcuò.

A : Tā chuānde yīfú, wǒ yě sǐhuān.

B : Tīngshuō tā hái huèi chàng bùshǎo wàiguó gē, tāde Yīngwún, Fǎwún yě dōu shuōde hěn hǎo.

A : Wǒ siǎng tā yídìng yǒu hěn duō wàiguó péngyǒu.

A : Nǐ zài syué Jhōngguó huà ma?

B : Shìh a, nǐ kàn, jhèijhāng jiòu shìh wǒ huàde.

A : Nǐ huàde jhèijhāng huà jhēn hǎokàn.

B : Sièsie.

A : Jiāo nǐ Jhōngguó huàde lǎoshīh sìng shénme?

B : Tā sìng Cián. Tā shìh hěn yǒumíngde huàjiā.

A : Òu, wǒ jhīhdào tā, tā yě jiāo shūfǎ ma?

B : Duèi, tā yě jiāo wǒ shūfǎ.

A : Nǐ wèishénme yào syué shūfǎ?

B : Yīnwèi wǒ jyuéde shūfǎ hěn měi, suǒyǐ wǒ siǎng syuésyué.

LESSON 8 — THIS IS OUR NEWLY PURCHASED TELEVISION

I

A : Is this the new TV set you just bought?

B : Yes, it is.

A : Do you watch television often?

B : Quite often. I like to watch Wang Yingying sing the most.

A : All the songs she sings are very pleasing to listen to.

B : She also dances very well.

A : I like the clothes she wears, too.

B : I heard she can sing quite a few foreign songs. She speaks English and French very well.

A : I think she must have a lot of foreign friends.

II

A : Are you studying Chinese brush painting?

B : Yes, I am! Look, here is one of my paintings.

A : This painting you painted is really beautiful.

B : Thank you.

A : What's the name of your Chinese painting teacher?

B : His last name is Qian. He is a very famous painter.

A : Oh, I know of him. Does he also teach calligraphy?

B : Right! He also teaches me calligraphy.

A : Why do you want to study calligraphy?

B : I think calligraphy is very beautiful, so I want to study it.

VOCABULARY

1 常（常） (cháng (cháng)) ▸ ADV: often, usually

例 他常（常）說他很忙。
Tā cháng (cháng) shuō tā hěn máng.
He often says he's very busy.

2 最 (zuì / zuèi) ▸ ADV: the most, -est

例 我覺得學法文最難。
Wǒ juéde xué Fǎwén zuì nán.
Wǒ jyuéde syué Fǎwún zuèi nán.
I think that studying French is most difficult.

3 愛 (ài) ▸ SV/AV: to love

例 李太太很愛她的孩子。
Lǐ Tàitai hěn ài tāde háizi.
Lǐ Tàitai hěn ài tāde háizih.
Mrs. Li loves her children very much.

例 他最愛吃台灣菜。
Tā zuì ài chī Táiwān cài.
Tā zuèi ài chīh Táiwān cài.
He loves to eat Taiwanese food most.

4 跳舞 (tiàowǔ) ▸ VO: to dance

例 他說他想學跳舞。
Tā shuō tā xiǎng xué tiàowǔ.
Tā shuō tā siǎng syué tiàowǔ.
He said he wants to learn to dance.

5 不錯 (búcuò) ▸ SV: to be not bad, pretty good, quite well

例 王先生唱歌，唱得不錯。

Wáng Xiānshēng chànggē, chàngde búcuò.

Wáng Siānshēng chànggē, chàngde búcuò.

Mr. Wang sings quite well.

錯 (cuò) ▶ AT/N: to be wrong, mistake, fault

例 這是我的錯。

Zhè shì wǒde cuò.

Jhè shìh wǒde cuò.

This is my fault.

6 穿 (chuān) ▶ V: to wear, to put on

例 這兩件衣服，你要穿哪件？

Zhè liǎngjiàn yīfú, nǐ yào chuān něijiàn?

Jhè liǎngjiàn yīfú, nǐ yào chuān něijiàn?

Which of these two clothes do you want to wear?

7 衣服 (yīfú) ▶ N: clothes, clothing（M: 件 jiàn）

例 我沒有很多新衣服。

Wǒ méiyǒu hěn duō xīn yīfú.

Wǒ méiyǒu hěn duō sīn yīfú.

I don't have many new clothes.

8 聽說 (tīngshuō) ▶ IE: hear, hear it said

例 我聽說他很會做飯。

Wǒ tīngshuō tā hěn huì zuòfàn.

Wǒ tīngshuō tā hěn huèi zuòfàn.

I heard that he really knows how to cook.

9 外國 (wàiguó) ▶ N: foreign, foreign country

例 學外國話有意思嗎？

Xué wàiguó huà yǒuyìsi ma?

Syué wàiguó huà yǒuyìsih ma?

Is studying foreign languages interesting?

外ㄨㄞˋ (wài) ▸▸ N: outside, exterior

外ㄨㄞˋ文ㄨㄣˊ (wàiwén / wàiwún) ▸▸ N: a foreign language / foreign languages

10 一ㄧ定ㄉㄧㄥˋ (yídìng) ▸▸ ADV: certainly, indeed, surely, must

例 我ㄨㄛˇ想ㄒㄧㄤˇ他ㄊㄚ一ㄧ定ㄉㄧㄥˋ是ㄕˋ美ㄇㄟˇ國ㄍㄨㄛˊ人ㄖㄣˊ。

Wǒ xiǎng tā yídìng shì Měiguó rén.

Wǒ siǎng tā yídìng shìh Měiguó rén.

I think he must be an American.

不ㄅㄨˋ一ㄧ定ㄉㄧㄥˋ (bùyídìng) ▸▸ ADV: uncertain, not for sure, not necessarily

例 貴ㄍㄨㄟˋ的ㄉㄜ˙東ㄉㄨㄥ西ㄒㄧ不ㄅㄨˋ一ㄧ定ㄉㄧㄥˋ好ㄏㄠˇ。

Guìde dōngxī bùyídìng hǎo.

Guèide dōngsī bùyídìng hǎo.

Expensive things are not necessarily good.

11 就ㄐㄧㄡˋ (jiù / jiòu) ▸▸ ADV: the very (exactly), only

例 A：請ㄑㄧㄥˇ問ㄨㄣˋ，哪ㄋㄟˇ位ㄨㄟˋ是ㄕˋ李ㄌㄧˇ小ㄒㄧㄠˇ姐ㄐㄧㄝˇ？
B：我ㄨㄛˇ就ㄐㄧㄡˋ是ㄕˋ。

A：Qǐngwèn, něiwèi shì Lǐ Xiǎojiě?

B：Wǒ jiù shì.

A：Cǐngwùn, něiwèi shìh Lǐ Siǎojiě?

B：Wǒ jiòu shìh.

A：**Excuse me, who is Miss Li?**

B：**I am. (I'm the very person.)**

例 我ㄨㄛˇ就ㄐㄧㄡˋ有ㄧㄡˇ一ㄧ百ㄅㄞˇ塊ㄎㄨㄞˋ錢ㄑㄧㄢˊ。

Wǒ jiù yǒu yìbǎikuài qián.

Wǒ jiòu yǒu yìbǎikuài cián.

I only have one hundred dollars.

12 畫ㄏㄨㄚˋ家ㄐㄧㄚ (huàjiā) ▸▸ N: a painter (an artist)

例 他ㄊㄚ哥ㄍㄜ哥ㄍㄜ˙是ㄕˋ一ㄧ個ㄍㄜˋ畫ㄏㄨㄚˋ家ㄐㄧㄚ。

Tā gēge shì yíge huàjiā.

Tā gēge shìh yíge huàjiā.

His older brother is a painter.

---

13 噢 (òu) ▸ I: Oh!

---

14 書法 (shūfǎ) ▸ N: calligraphy

例 張小姐的書法寫得很好。

Zhāng Xiǎojiěde shūfǎ xiěde hěn hǎo.

Jhāng Siǎojiěde shūfǎ siěde hěn hǎo.

Miss Zhang writes calligraphy very well.

---

15 為什麼 (wèishénme) ▸ ADV: why

例 他為什麼不念書？

Tā wèishénme bú niànshū?

Why doesn't he study?

---

16 因為 (yīnwèi) ▸ CONJ: because

例 我不能寫字，因為我沒有筆。

Wǒ bùnéng xiězì, yīnwèi wǒ méiyǒu bǐ.

Wǒ bùnéng siězìh, yīnwèi wǒ méiyǒu bǐ.

I can't write (characters) because I don't have a pen.

---

17 美 (měi) ▸ SV: to be beautiful

例 你買的這件衣服真美。

Nǐ mǎi de zhèijiàn yīfú zhēnměi.

Nǐ mǎi de jhèijiàn yīfú jhēnměi.

This outfit you bought is really beautiful.

---

18 所以 (suǒyǐ) ▸ CONJ: therefore, so

例 那位畫家，因為很會畫畫，所以很有名。

Nèiwèi huàjiā, yīnwèi hěn huì huàhuà, suǒyǐ hěn yǒumíng.

Nèiwèi huàjiā, yīnwèi hěn huèi huàhuà, suǒyǐ hěn yǒumíng.

That painter really knows how to paint, so he is famous.

SUPPLEMENTARY VOCABULARY

19 母親 (mǔqīn / mǔcīn) ▸▸ N: mother

例 我母親很喜歡買外國東西。

Wǒ mǔqīn hěn xǐhuān mǎi wàiguó dōngxī.

Wǒ mǔcīn hěn sǐhuān mǎi wàiguó dōngsī.

My mother really likes to buy foreign things.

20 父母 (fùmǔ) ▸▸ N: parents

例 我父母都很忙。

Wǒ fùmǔ dōu hěn máng.

My parents are both very busy.

父親 (fùqīn / fùcīn) ▸▸ N: father

21 生意 (shēngyì) ▸▸ N: business, trade

例 那個人很會做生意。

Nèige rén hěn huì zuò shēngyì.

Nèige rén hěn huèi zuò shēngyì.

That person can really do business.

22 有錢 (yǒuqián / yǒucián) ▸▸ SV: to have money, to be rich

例 做生意的（人）都有錢嗎？

Zuò shēngyì de (rén) dōu yǒuqián ma?

Zuò shēngyì de (rén) dōu yǒucián ma?

Are all businessmen rich? (lit. "Does everyone who does business have money?")

23 件_{ㄐㄧㄢ} (jiàn) ▶▶ M: measure word for clothes, things, affairs, etc.

例 這_{ㄓㄜ}件_{ㄐㄧㄢ}衣_ㄧ服_{ㄈㄨ}很_{ㄏㄣ}好_{ㄏㄠ}看_{ㄎㄢ}，也_{ㄧㄝ}不_{ㄅㄨ}貴_{ㄍㄨㄟ}。

Zhèijiàn yīfú hěn hǎokàn, yě búguì.

Jhèijiàn yīfú hěn hǎokàn, yě búguèi.

This outfit looks nice, and it's also inexpensive.

24 茶_{ㄔㄚ} (chá) ▶▶ N: tea

例 外_{ㄨㄞ}國_{ㄍㄨㄛ}人_{ㄖㄣ}都_{ㄉㄡ}喜_{ㄒㄧ}歡_{ㄏㄨㄢ}喝_{ㄏㄜ}台_{ㄊㄞ}灣_{ㄨㄢ}茶_{ㄔㄚ}嗎_{ㄇㄚ}？

Wàiguó rén dōu xǐhuān hē Táiwān chá ma?

Wàiguó rén dōu sǐhuān hē Táiwān chá ma?

Do foreigners all like to drink Taiwanese tea?

25 水_{ㄕㄨㄟ} (shuǐ / shuěi) ▶▶ N: water

例 我_{ㄨㄛ}有_{ㄧㄡ}一_ㄧ點_{ㄉㄧㄢ}冷_{ㄌㄥ}，請_{ㄑㄧㄥ}給_{ㄍㄟ}我_{ㄨㄛ}一_ㄧ杯_{ㄅㄟ}熱_{ㄖㄜ}水_{ㄕㄨㄟ}。

Wǒ yǒu yìdiǎn lěng, qǐng gěi wǒ yìbēi rèshuǐ.

Wǒ yǒu yìdiǎn lěng, cǐng gěi wǒ yìbēi rèshuěi.

I'm a bit cold. Please give me a cup of hot water.

26 容_{ㄖㄨㄥ}易_ㄧ (róngyì) ▶▶ SV/ADV: to be easy, easily

例 我_{ㄨㄛ}覺_{ㄐㄩㄝ}得_{ㄉㄜ}跳_{ㄊㄧㄠ}舞_ㄨ容_{ㄖㄨㄥ}易_ㄧ，唱_{ㄔㄤ}歌_{ㄍㄜ}難_{ㄋㄢ}。

Wǒ juéde tiàowǔ róngyì, chànggē nán.

Wǒ jyuéde tiàowǔ róngyì, chànggē nán.

I think dancing is easy, but singing is difficult.

例 我_{ㄨㄛ}的_{ㄉㄜ}中_{ㄓㄨㄥ}文_{ㄨㄣ}名_{ㄇㄧㄥ}字_ㄗ很_{ㄏㄣ}容_{ㄖㄨㄥ}易_ㄧ寫_{ㄒㄧㄝ}。

Wǒde Zhōngwén míngzi hěn róngyì xiě.

Wǒde Jhōngwún míngzih hěn róngyì siě.

My Chinese name is very easy to write.

SYNTAX PRACTICE

1 Nouns Modified by Clauses with 的

In Chinese the modifying clause must be placed before the noun it modifies. In addition, 的 is added after the modifying clause.

I .

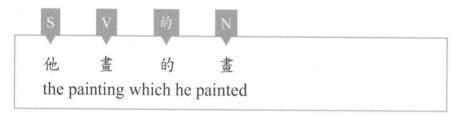

他　畫　的　畫
the painting which he painted

1. 老師說的話，我都懂。
2. 小孩子看的書都不難。
3. 他們賣的衣服都太貴。
4. 我最喜歡吃我母親做的菜。
5. 父母喜歡的東西，孩子不一定喜歡。

II .

喜歡　畫　畫　的　人
the person who enjoys painting

1. 愛看電視的孩子很多。
2. 懂中文的外國人不多。
3. 做生意的人不都有錢。
4. 說英文的人不都是美國人。
5. 喜歡唱歌的人不都喜歡跳舞。

Answer the questions below.

1　你做的菜好吃嗎？

2　你寫的中國字好看嗎？

3　你會唱的歌多不多？

4　你買的東西，你父母都喜歡嗎？

5　你最喜歡的台灣菜叫什麼？

6　想學中文的美國人多不多？

7　會說兩種外文的台灣人多嗎？

8　喜歡看書的人都常買書嗎？

9　會做衣服的美國小姐多不多？

10　會說中國話的人都會教中文嗎？

2　Specified Nouns Modified by Clauses with 的

When a noun is already specified by a demonstrative pronoun such as 這 or 那，
the modifying clause is often placed in front of the demonstrative pronoun.

I.

S	V	的	DEM	(NU)-	M	N
你	唱	的	這		個	歌

the song that you are singing

1. 她穿的那件衣服很好看。

2. 你喝的那杯茶是台灣茶。

3. 他寫的那兩本書都不錯。

4. 我很喜歡你照的這張相片。

5. 我買的這個照相機是日本貨。

Ⅱ.

(AV)	V	O	的	DEM	(NU)-	M	N
愛	唱	歌	的	那	兩	個	孩子

those two children who enjoy singing

1. 喝酒的那位先生要一個杯子。

2. 賣畫的那個人也賣筆。

3. 教書法的那位老師，畫也畫得不錯。

4. 會說法國話的那個美國學生有很多法國朋友。

5. 跳舞的那兩個人，一個是我哥哥，一個是他女朋友。

Look at the pictures and complete the sentences below.

1 唱歌的這位小姐是英國人嗎？

　　她唱的這個歌是哪國歌？你會不會唱？

　　她穿的這件衣服，你覺得好看嗎？

2 教中文的這位老師姓什麼？

他寫的那些字你都會念嗎？

學中文的這三個學生都是好學生嗎？

3 念書的這個孩子是男的還是女的？

他念的這本書叫什麼名字？

4 這兩個孩子，哪個胖？

5 我買的這輛車，你喜歡嗎？

3 Clausal Expressions Which Have Become Independent Nouns

Some modifying clauses with 的, such as those used to represent a profession, can function as nouns. However, such derived nouns are often not used in formal situations.

做生意的　　a businessman
賣報的　　　a newspaper vendor
做飯的　　　a cook
唱歌的　　　a singer

1. 聽說那個賣報的有七個孩子。
2. 那兩個做生意的都很有錢。
3. 那個做飯的只會做台灣菜。
4. 那個賣書的，英文說得不錯。
5. 那個唱歌的叫什麼名字？

Fill in the blanks with "VO 的".

1 _____ 常說：「我們賣的東西都好，也便宜」。

2 那個 _____ 問我要不要買報。

3 _____ 問我：「我做的菜，你喜歡嗎？」

4. 那個＿＿＿＿＿＿＿＿＿問我：「你要買什麼錶？」

5. 那個＿＿＿＿＿＿＿＿＿＿＿會唱很好聽的歌。

4　Conjunctions 因為⋯⋯所以⋯⋯ Used as Correlative Conjunctions

If the subject (which functions as the topic) in a preceding clause and its following clause remains the same, then the subject of the second clause can be omitted; the subject of the first clause can be placed at the beginning of the sentence without having to be repeated.

1. 因為我喜歡看書，所以（我）常常買書。

2. 他因為很熱，所以要喝水。

3. 因為這首ㄕㄡˇ (shǒu) 歌很容易，所以我們都會唱。

4. 因為她母親是法國人，所以她會說法國話。

5. 因為他有很多英國朋友，所以他英文說得不錯。

Answer the questions below using the 因為⋯⋯所以⋯⋯ pattern.

1. 你為什麼要學中文？

2. 你為什麼不喜歡那個人？

3. 你為什麼要買新電視機？

4. 為什麼你的錢常常不夠？

5. 那種車為什麼很貴？

APPLICATION ACTIVITIES

1 Insert the words given below into sentences.

e.g. 東西很貴。

那個	那個東西很貴。
小	那個小東西很貴。
他買的	他買的那個小東西很貴。

1. 孩子很有意思。

1 那個 _____

2 男 _____

3 小 _____

4 美國 _____

5 很胖的 _____

6 喜歡說話的 _____

2. 書叫什麼名字？

1 那本 _____

2 日文 _____

3 很有意思的 _____

4 你看的 _____

2 Talk about your favorite person, thing, and song; or about your least favorite song, activities, etc.

1 我最喜歡的人是＿＿＿＿＿＿。

2 我最喜歡的車是＿＿＿＿＿＿。

3 我最（不）喜歡看的電視節目 (jiémù)* 是＿＿＿＿＿＿。

4 我最（不）喜歡吃的（東西）是＿＿＿＿＿＿。

3 Every person should give his/her own opinions on the following topics.

1 ＿＿＿＿＿＿＿＿＿＿＿＿＿＿的人很多。

2 ＿＿＿＿＿＿＿＿＿＿＿＿＿＿的人很少。

3 ＿＿＿＿＿＿＿＿＿＿＿＿＿＿的人沒有錢。

4 ＿＿＿＿＿＿＿＿＿＿＿＿＿＿的學生是好學生。

5 ＿＿＿＿＿＿＿＿＿＿＿＿＿＿的老師是好老師。

6 ＿＿＿＿＿＿＿＿＿＿＿＿＿＿的父母是好父母。

7 ＿＿＿＿＿＿＿＿＿＿＿＿＿＿的太太是好太太。

*
節目 (jiémù)：program

第 9 課

你們學校在哪裡？①②

 **DIALOGUE**

I

A：你們學校在哪裡？

B：在大學路。③

A：學生多不多？

B：不太多，只有五、六千個學生。

A：有宿舍 (sùshè)*嗎？

B：有，圖書館④後面⑤的大樓⑥就是學生宿舍。

A：你常在宿舍裡看書嗎？⑦

B：不，宿舍裡人太多，我常在圖書館看書。

A：學校附近⑧有書店⑨嗎？

B：有，學校外面⑩有兩家⑪書店，學生都喜歡在那裡買書。⑫

A：那麼，⑬學生看書、買書都很方便。⑭

B：是啊。

*宿舍 (sùshè)：dormitory

II

A：請問，您這所房子^⑮要賣^⑯嗎？

B：是的。

A：我可不可以看看？

B：可以，可以。這是客廳^⑰。飯廳^⑱在那邊^⑲。飯廳旁邊^⑳的那間屋^㉑子是廚房^㉒(chúfáng)[*]。

A：樓上^㉓有幾個房間^㉔？

B：樓上有四個房間，都很大。

A：附近有小學^㉕嗎？

B：有，離^㉖這裡不遠^㉗。

A：在什麼地方^㉘？

B：就在東一路。

A：這所房子賣多少錢？

B：九百萬。

A：這所房子不錯，可是有一點貴，我要再想一想，謝謝您。再見。

B：再見。

*
廚房 (chúfáng)

209

ㄅㄧˋ ㄐㄧㄡˋ ㄎㄜˊ ▷ ㄋㄧˇ ㄇㄣ˙ ㄒㄩㄝˊ ㄒㄧㄠˋ ㄗㄞˋ ㄋㄚˇ ㄌㄧˇ？

I

A：ㄋㄧˇ ㄇㄣ˙ ㄒㄩㄝˊ ㄒㄧㄠˋ ㄗㄞˋ ㄋㄚˇ ㄌㄧˇ？

B：ㄗㄞˋ ㄅㄚˊ ㄒㄩㄝˊ ㄌㄨˋ。

A：ㄒㄩㄝˊ ㄕㄥ ㄅㄨˋ ㄅㄨㄛˊ？

B：ㄅㄨˋ ㄊㄞˋ ㄅㄨㄛˊ，ㄓˋ ㄧㄡˇ ㄨˇ、ㄌㄧㄡˋ ㄑㄧㄢ ㄍㄜˋ ㄒㄩㄝˊ ㄕㄥ。

A：ㄧㄡˇ ㄙㄨˋ ㄕㄜˋ ㄇㄚ˙？

B：ㄧㄡˇ，ㄊㄚ ㄕˋ ㄨㄛˇ ㄍㄨㄛ ㄇㄟˇ ㄉㄠˋ ㄅㄚ ㄌㄧㄡˋ ㄐㄧˋ ㄕˋ ㄒㄩㄝˊ ㄕㄥ ㄙㄨˋ ㄕㄜˋ。

A：ㄋㄧˇ ㄔㄤˊ ㄗㄞˋ ㄙㄨˋ ㄕㄜˋ ㄌㄧˇ ㄎㄢˋ ㄕㄨ ㄇㄚ˙？

B：ㄅㄨˋ，ㄙㄨˋ ㄕㄜˋ ㄌㄧˇ ㄖㄣˊ ㄊㄞˋ ㄅㄨㄛ，ㄨㄛˇ ㄔㄤˊ ㄗㄞˋ ㄊㄨˊ ㄕㄨ ㄍㄨㄢˇ ㄎㄢˋ ㄕㄨ。

A：ㄒㄩㄝˊ ㄒㄧㄠˋ ㄈㄨˋ ㄐㄧㄣˋ ㄧㄡˇ ㄕㄨ ㄉㄧㄢˋ ㄇㄚ˙？

B：ㄧㄡˇ，ㄒㄩㄝˊ ㄒㄧㄠˋ ㄈㄨˋ ㄐㄧㄣˋ ㄧㄡˇ ㄧˋ ㄉㄧㄢˋ ㄐㄧㄡˋ ㄕㄨ ㄉㄧㄢˋ，ㄒㄩㄝˊ ㄕㄥ ㄉㄡ ㄧˋ ㄍㄨㄛˋ ㄉㄞˋ ㄇㄞˇ ㄒㄧㄣ ㄉㄞˋ ㄕㄨ。

A：ㄋㄚˇ ㄇㄜ˙，ㄒㄩㄝˊ ㄕㄥ ㄎㄢ ㄕㄨ、ㄇㄞˇ ㄨˋ ㄉㄡ ㄏㄣˇ ㄈㄤ ㄅㄧㄢˋ。

B：ㄕˋ ㄚ˙。

II

A：ㄑㄧㄥˊ ㄨㄣˋ，ㄋㄧˇ ㄓ ㄙㄨㄣ ㄈㄤˊ ㄗˇ ㄠˋ ㄉㄞˋ ㄚ˙？

B：ㄕˋ ㄉㄜ˙。

A：ㄨㄛˇ ㄎㄜˇ ㄅㄨˋ ㄎㄜˇ ㄧˇ ㄎㄢˋ ㄎㄢˋ？

B：ㄎㄜˇ ㄧˇ，ㄎㄜˇ ㄧˇ。ㄓㄜˋ ㄕˋ ㄎㄜˋ ㄊㄧㄥ。ㄋㄚˋ ㄊㄧㄥ ㄞˊ ㄋㄟˋ ㄎㄢˇ。ㄋㄚˋ ㄊㄧㄥ ㄆㄤˊ ㄅㄧㄢ ㄉㄜ˙ ㄋㄟˋ ㄐㄧㄢ ㄨˋ ㄗˇ ㄕˋ ㄔㄨˊ ㄈㄤˊ。

A：ㄉㄡ ㄕㄤ ㄧ ㄐㄧ ㄍㄜ ㄈㄤ ㄐㄧㄢ ？

B：ㄉㄡ ㄕㄤ ㄙ ㄍㄜ ㄈㄤ ㄐㄧㄢ ，ㄅㄡ ㄏㄣ ㄅㄚ 。

A：ㄈㄨ ㄐㄧㄣ ㄧㄡ ㄒㄧ ㄒㄧㄠ ㄇㄚ ？

B：ㄧㄡ ，ㄉㄧ ㄜ ㄉㄧ ㄅㄨ ㄩㄢ 。

A：ㄗㄞ ㄕㄣ ㄇㄜ ㄉㄧ ㄤ ？

B：ㄐㄧㄡ ㄗㄞ ㄅㄨ ㄧ ㄨ 。

A：ㄓㄟ ㄙㄨㄥ ㄈㄤ ㄗ ㄞ ㄅㄨㄛ ㄑㄠ ㄑㄧㄢ ？

B：ㄐㄧㄡ ㄞ ㄨㄢ 。

A：ㄓㄟ ㄙㄨㄥ ㄈㄤ ㄗ ㄅㄨ ㄘㄨㄛ ，ㄎㄜ ㄕ ㄧ ㄉㄧㄢ ㄍㄨ ，ㄨ ㄧ ㄗ ㄒㄧㄤ ㄧ ㄒㄧㄤ ，ㄒㄧㄝ ㄊㄧㄝ ㄋㄧㄢ 。ㄞ ㄐㄧㄢ 。

B：ㄗㄞ ㄐㄧㄢ 。

Dì Jiǔ Kè　　Nǐmen Xuéxiào Zài Nǎlǐ?

(Pinyin)

I

A：Nǐmen xuéxiǎo zài nǎlǐ?

B：Zài Dàxué Lù.

A：Xuéshēng duō bùduō?

B：Bútài duō, zhǐ yǒu wǔ, liùqiān ge xuéshēng.

A：Yǒu sùshè ma?

B：Yǒu, túshūguǎn hòumiànde dàlóu jiùshì xuéshēng sùshè.

A：Nǐ cháng zài sùshèlǐ kànshū ma?

B：Bù, sùshèlǐ rén tài duō, wǒ cháng zài túshūguǎn kànshū.

A：Xuéxiào fùjìn yǒu shūdiàn ma?

B：Yǒu, xuéxiào wàimiàn yǒu liǎngjiā shūdiàn, xuéshēng dōu xǐhuān zài nàlǐ mǎi shū.

A ： Nàme, xuéshēng kànshū, mǎishū dōu hěn fāngbiàn.

B ： Shì a.

II

A ： Qǐngwùn, nín zhèisuǒ fángzi yào mài ma?

B ： Shìde.

A ： Wǒ kě bùkěyǐ kànkàn?

B ： Kěyǐ, kěyǐ. Zhè shì kètīng. Fàntīng zài nèibiān. Fàntīng pángbiānde nèijiān wūzi shì chúfáng.

A ： Lóushàng yǒu jǐge fángjiān?

B ： Lóushàng yǒu sìge fángjiān, dōu hěn dà.

A ： Fùjìn yǒu xiǎoxué ma?

B ： Yǒu, lí zhèlǐ bùyuǎn.

A ： Zài shénme dìfāng?

B ： Jiù zài Dōngyī Lù.

A ： Zhèisuǒ fángzi mài duōshǎo qián?

B ： Jiǔbǎiwàn.

A ： Zhèisuǒ fángzi búcuò, kěshì yǒu yìdiǎn guì, wǒ yào zài xiǎngyìxiǎng. Xièxie nín, zàijiàn.

B ： Zàijiàn.

 Dì Jiǒu Kè ⟩ Nǐmen Syuésiào Zài Nǎlǐ?

(Tongyong)

 I

A ： Nǐmen syuésiào zǎi nǎlǐ?

B ： Zài Dàsyué Lù.

A ： Syuéshēng duō bùduō?

B ： Bútài duō, jhǐh yǒu wǔ, liòuciān ge syuéshēng.

A ： Yǒu sùshè ma?

B：Yǒu, túshūguǎn hòumiànde dàlóu jiòushìh syuéshēng sùshè.

A：Nǐ cháng zài sùshèlǐ kànshū ma?

B：Bù, sùshèlǐ rén tài duō, wǒ cháng zài túshūguǎn kànshū.

A：Syuésiào fùjìn yǒu shūdiàn ma?

B：Yǒu, syuésiào wàimiàn yǒu liǎngjiā shūdiàn, syuéshēng dōu sǐhuān zài nàlǐ mǎi shū.

A：Nàme, syuéshēng kànshū, mǎishū dōu hěn fāngbiàn.

B：Shìh a.

A：Cǐngwùn, nín jhèisuǒ fángzih yào mài ma?

B：Shìhde.

A：Wǒ kě bùkěyǐ kànkàn?

B：Kěyǐ, kěyǐ. Jhè shìh kètīng. Fàntīng zài nèibiān. Fàntīng pángbiānde nèijiān wūzih shìh chúfáng.

A：Lóushàng yǒu jǐge fángjiān?

B：Lóushàng yǒu sìhge fángjiān, dōu hěn dà.

A：Fùjìn yǒu siǎosyué ma?

B：Yǒu, lí jhèlǐ bùyuǎn.

A：Zài shénme dìfāng?

B：Jiòu zài Dōngyī Lù.

A：Jhèisuǒ fángzih mài duōshǎo cián?

B：Jiǒubǎiwàn.

A：Jhèisuǒ fángzih búcuò, kěshìh yǒu yìdiǎn guèi, wǒ yào zài siǎngyìsiǎng. Sièsie nín, zàijiàn.

B：Zàijiàn.

LESSON 9 ▷ WHERE IS YOUR SCHOOL?

I

A : Where is your school?

B : It's on University Road.

A : Does your school have many students?

B : Not very many. It only has five to six thousand students.

A : Does it have dormitories?

B : Yes, it does. The big building behind the library is the student dormitory.

A : Do you often study in the dormitory?

B : No, there are too many people in the dormitory; I often go to the library to study.

A : Is there a bookstore near the school?

B : Yes, there are two bookstores outside the school. All the students like to buy their books there.

A : Well, in that case, it's very convenient for students to read and buy books.

B : Yes.

II

A : Excuse me, do you want to sell this house?

B : Yes.

A : May I take a look at it?

B : You certainly can. This is the living room. The dining room is over there. That room next to the dining room is the kitchen.

A : How many rooms are there upstairs?

B : There are four rooms upstairs, all very large.

A : Is there an elementary school nearby?

B：Yes there is, and it's not far from here.

A：Where is it?

B：On First East Road.

A：How much is this house selling for?

B：Nine million dollars.

A：This house is nice, but it's a little expensive. I want to think it over.

　　Thank you, good-bye.

B：Good-bye.

🗣 NARRATION

　　我父親的書房㉙在樓下㉚。書房裡有一些書，有中文的，也有外文的。房間當中ㄉㄤㄓㄨㄥ (dāngzhōng / dāngjhōng)* 有一張桌子，桌子旁邊有一個椅子㉜。我父親常在這裡看書。

　　桌子上有筆，有杯子，還有一些小東西。椅子後面的牆ㄑㄧㄤ (qiáng / ciáng)* 上有一張很好看的畫。

　　現在書房裡沒有人，可是我們的小貓在桌子底下㉝。

---

*
當中ㄉㄤㄓㄨㄥ (dāngzhōng / dāngjhōng)：in the middle of, the center
牆ㄑㄧㄤ (qiáng / ciáng)：wall

ㄨㄛˇ ㄈㄨˋ ㄑㄧㄣ ˙ㄉㄜ ㄕㄨ ㄈㄤˊ ㄗㄞˋ ㄌㄡˊ ㄒㄧㄚˋ。ㄕㄨ ㄈㄤˊ ㄌㄧˇ ㄧㄡˇ ㄧˋ ㄒㄧㄝ ㄕㄨ，ㄧㄡˇ

ㄓㄨㄥ ㄨㄣˊ ˙ㄉㄜ，ㄧㄝˇ ㄧㄡˇ ㄨㄞˋ ㄨㄣˊ ˙ㄉㄜ。ㄈㄤˊ ㄐㄧㄢ ㄉㄤ ㄓㄨㄥ ㄧㄡˇ ㄧˋ ㄓㄤ ㄓㄨㄛ ˙ㄗ，ㄓㄨㄛ ˙ㄗ

ㄆㄤˊ ㄅㄧㄢ ㄧㄡˇ ㄧˊ ˙ㄍㄜ ㄧˇ ˙ㄗ。ㄨㄛˇ ㄈㄨˋ ㄑㄧㄣ ㄔㄤˊ ㄗㄞˋ ㄓㄜˋ ㄌㄧˇ ㄎㄢˋ ㄕㄨ。

ㄓㄨㄛ ˙ㄗ ㄕㄤˋ ㄧㄡˇ ㄅㄧˇ，ㄧㄡˇ ㄅㄟ ˙ㄗ，ㄏㄞˊ ㄧㄡˇ ㄧˋ ㄒㄧㄝ ㄒㄧㄠˇ ㄉㄨㄥ ㄒㄧ。ㄧˇ ˙ㄗ

ㄏㄡˋ ㄇㄧㄢˋ ˙ㄉㄜ ㄑㄧㄤˊ ㄕㄤˋ ㄧㄡˇ ㄧˋ ㄓㄤ ㄏㄣˇ ㄏㄠˇ ㄎㄢˋ ˙ㄉㄜ ㄏㄨㄚˋ。

ㄒㄧㄢˋ ㄗㄞˋ ㄕㄨ ㄈㄤˊ ㄌㄧˇ ㄇㄟˊ ㄧㄡˇ ㄖㄣˊ，ㄎㄜˇ ㄕˋ ㄨㄛˇ ˙ㄇㄣ ˙ㄉㄜ ㄒㄧㄠˇ ㄇㄠ ㄗㄞˋ ㄓㄨㄛ ˙ㄗ

ㄉㄧˇ ㄒㄧㄚˋ。

Wǒ fùqīnde shūfáng zài lóuxià. Shūfánglǐ yǒu yìxiē shū, yǒu Zhōngwénde, yě yǒu wàiwénde. Fángjiān dāngzhōng yǒu yìzhāng zhuōzi, zhuōzi pángbiān yǒu yíge yǐzi. Wǒ fùqīn cháng zài zhèlǐ kànshū.

Zhuōzishàng yǒu bǐ, yǒu bēizi, hái yǒu yìxiē xiǎo dōngxī. Yǐzi hòumiànde qiángshàng yǒu yìzhāng hěn hǎokànde huà.

Xiànzài shūfánglǐ méiyǒu rén, kěshì wǒmende xiǎo māo zài zhuōzi dǐxià.

Wǒ fùcīnde shūfáng zài lóusià. Shūfáng lǐ yǒu yìsiē shū, yǒu Jhōngwúnde, yě yǒu wàiwúnde. Fángjiān dāngjhōng yǒu yìjhāng jhuōzih, jhuōzih pángbiān yǒu yíge yǐzih. Wǒ fùcīn cháng zài jhèlǐ kànshū.

Jhuōzihshàng yǒu bǐ, yǒu bēizih, hái yǒu yìsiē siǎo dōngsī. Yǐzih hòumiànde ciángshàng yǒu yìjhāng hěn hǎokànde huà.

Siànzài shūfánglǐ méiyǒu rén, kěshìh wǒmende siǎo māo zài jhuōzih dǐsià.

My father's study is downstairs. There are some books in the study, including Chinese and foreign books. In the middle of the room there is a desk, and beside the desk there is a chair. My father often studies here.

On the desk are pens and cups and a few other small things. On the wall behind the chair there is a beautiful painting.

Right now there is no one in the study, but our little cat is under the desk.

VOCABULARY

1 在 (zài) ▶ V/CV: to be (at, in, on, etc.)

例 妹妹的小學在東一路。
Mèimeide xiǎoxué zài Dōngyī Lù.
Mèimeide siǎosyué zài Dōngyī Lù.
My little sister's elementary school is on First East Road.

例 我常常在那家書店買書。
Wǒ chángcháng zài nèijiā shūdiàn mǎi shū.
I often buy books at that bookstore.

2 哪裡 / 哪兒 (nǎlǐ / nǎr) ▶ N (QW): where

例 你家在哪裡？
Nǐ jiā zài nǎlǐ?
Where is your home?

3 路 (lù) ▶ N: road（M: 條 tiáo）

例 學校後面的那條路是什麼路？
Xuéxiào hòumiànde nèitiáolù shì shénme lù?
Syuésiào hòumiànde nèitiáolù shìh shénme lù?
What is the name of that road behind the school?

4 圖書館 (túshūguǎn) ▶ N: library

例 她不在書店，她在圖書館看書。
Tā búzài shūdiàn, tā zài túshūguǎn kànshū.
She's not at the bookstore. She's at the library reading books.

5 後面 (hòumiàn) ▶ N (PW): behind, back

例 你後面是張先生。
Nǐ hòumiàn shì Zhāng Xiānshēng.

Nǐ hòumiàn shìh Jhāng Siānshēng.

Behind you is Mr. Zhang.

後 (hòu) ▸▸ N: after, behind

面 (miàn) ▸▸ N: surface, side

---

6 大樓 (dàlóu) ▸▸ N: big building, skyscraper（M: 座 zuò）

例 台北*101是一座很有名的大樓。

Táiběi Yīlíngyī shì yízuò hěn yǒumíng de dàlóu.

Táiběi Yīlíngyī shìh yízuò hěn yǒumíng de dàlóu.

Taipei 101 is a very famous skyscraper.

樓 (lóu) ▸▸ N: floor, story

例 圖書館的二樓有很多外文書。

Túshūguǎn de èrlóu yǒu hěnduō wàiwénshū.

Túshūguǎn de èrlóu yǒu hěnduō wàiwúnshū.

The second floor of the library has a lot of foreign books.

---

7 裡 (lǐ) ▸▸ N: in

例 圖書館裡有很多書。

Túshūguǎnlǐ yǒu hěn duō shū.

There are many books in the library.

裡面 (lǐmiàn) ▸▸ N (PN): inside

例 誰在屋子裡面唱歌？

Shéi zài wūzi lǐmiàn chànggē.

Shéi zài wūzih lǐmiàn chànggē.

Who is singing inside the room?

---

8 附近 (fùjìn) ▸▸ N (PW): nearby

例 我家附近沒有大學。

Wǒ jiā fùjìn méiyǒu dàxué.

Wǒ jiā fùjìn méiyǒu dàsyué.

臺 / 台北 (Táiběi)：Taipei

There is no university near my home.

近ㄐㄧㄣ (jìn) ▶ SV: to be near

9 書ㄕㄨ店ㄉㄧㄢ (shūdiàn) ▶ N: bookstore

例 那ㄋㄟ家ㄐㄧㄚ書ㄕㄨ店ㄉㄧㄢ裡ㄌㄧ有ㄧㄡ很ㄏㄣ多ㄉㄨㄛ學ㄒㄩㄝ生ㄕㄥ。
Nèijiā shūdiànlǐ yǒu hěn duō xuéshēng.
Nèijiā shūdiànlǐ yǒu hěn duō syuéshēng.
There are many students in that bookstore.

店ㄉㄧㄢ (diàn) ▶ N/BF: store, shop

10 外ㄨㄞ面ㄇㄧㄢ (wàimiàn) ▶ N (PW): outside

例 他ㄊㄚ在ㄗㄞ圖ㄊㄨ書ㄕㄨ館ㄍㄨㄢ外ㄨㄞ面ㄇㄧㄢ和ㄏㄢ朋ㄆㄥ友ㄧㄡ說ㄕㄨㄛ話ㄏㄨㄚ。
Tā zài túshūguǎn wàimiàn hàn péngyǒu shuōhuà.
He is speaking with friends outside the library.

11 家ㄐㄧㄚ (jiā) ▶ M: measure word for stores

例 那ㄋㄟ家ㄐㄧㄚ書ㄕㄨ店ㄉㄧㄢ就ㄐㄧㄡ賣ㄇㄞ中ㄓㄨㄥ文ㄨㄣ書ㄕㄨ。
Nèijiā shūdiàn jiù mài Zhōngwén shū.
Nèijiā shūdiàn jiòu mài Jhōngwún shū.
That bookstore sells Chinese books only.

12 那ㄋㄚ裡ㄌㄧ / 那ㄋㄚ兒ㄦ (nàlǐ / nàr) ▶ N (PW): there

例 你ㄋㄧ的ㄉㄜ衣ㄧ服ㄈㄨ不ㄅㄨ在ㄗㄞ那ㄋㄚ裡ㄌㄧ。
Nǐde yīfú bú zài nàlǐ.
Your clothes are not there.

13 那ㄋㄚ麼ㄇㄜ (nàme) ▶ ADV: well, in that case

例 A：他ㄊㄚ不ㄅㄨ在ㄗㄞ客ㄎㄜ廳ㄊㄥ。
B：那ㄋㄚ麼ㄇㄜ，他ㄊㄚ一ㄧ定ㄉㄧㄥ在ㄗㄞ書ㄕㄨ房ㄈㄤ。
A：Tā bú zài kètīng.

B : Nàme, tā yídìng zài shūfáng.

A : He's not in the living room.

B : Well, then he must be in the study.

14 方　便　(fāngbiàn) ▸▸ SV: to be convenient

例 我　家　附　近　有　很　多　書　店　，所　以　買　書　很　方　便　。

Wǒ jiā fùjìn yǒu hěn duō shūdiàn, suǒyǐ mǎi shū hěn fāngbiàn.

Near my home there are many bookstores; therefore, buying books is very convenient.

15 所　(suǒ) ▸▸ M: measure word for building

例 東　一　路　有　一　所　學　校　。

Dōngyī Lù yǒu yìsuǒ xuéxiào.

Dōngyī Lù yǒu yìsuǒ syuésiào.

There is a school on First East Road.

16 房　子　(fángzi / fángzih) ▸▸ N: house（M: 所　/ 棟　dòng）

例 王　先　生　新　買　的　那　棟　房　子　很　大　。

Wáng Xiānshēng xīnmǎide nèidòng fángzi hěndà.

Wáng Siānshēng sīnmǎide nèidòng fángzih hěndà.

That new house Mr. Wang just bought is very large.

17 客　廳　(kètīng) ▸▸ N: living room

例 我　家　的　客　廳　不　大　，可　是　房　間　都　不　小　。

Wǒjiā de kètīng búdà, kěshì fángjiān dōu bùxiǎo.

Wǒjiā de kètīng búdà, kěshìh fángjiān dōu bùsiǎo.

The living room in my home isn't large, but none of the rooms are small.

18 飯　廳　(fàntīng) ▸▸ N: dining room

例 他　們　在　飯　廳　吃　飯　呢　。

Tāmen zài fàntīng chīfàn ne.

Tāmen zài fàntīng chīhfàn ne.

They are eating in the dining room.

19 那邊 (nèibiān) ▸▸ N (PW): there, over there

例 我們學校那邊沒有很多大樓。

Wǒmen xuéxiào nèibiān méiyǒu hěnduō dàlóu.

Wǒmen syuésiào nèibiān méiyǒu hěnduō dàlóu.

There aren't many tall buildings over there by our school.

邊 (biān) ▸▸ N (PW): side

這邊 (zhèibiān / jhèibiān) ▸▸ N (PW): here, over here

20 旁邊 (pángbiān) ▸▸ N (PW): beside

例 她在我旁邊寫字。

Tā zài wǒ pángbiān xiězì.

Tā zài wǒ pángbiān siězìh.

She is writing characters beside me.

21 間 (jiān) ▸▸ M: measure word for rooms

例 那間是客廳，旁邊是飯廳。

Nèijiān shì kètīng, pángbiān shì fàntīng.

Nèijiān shìh kètīng, pángbiān shìh fàntīng.

That room is the living room, and beside it is the dining room.

22 屋子 (wūzi / wūzih) ▸▸ N: room

例 那間屋子裡有人在看電視。

Nèijiān wūzilǐ yǒu rén zài kàndiànshì.

Nèijiān wūzihlǐ yǒu rén zài kàndiànshìh.

There are people in that room watching television.

23 樓上 (lóushàng) ▸▸ N (PW): upstairs

例 我的書房在樓上。
Wǒde shūfáng zài lóushàng.
My study is upstairs.

上 (shàng) ▸▸ N: up, on

上面 (shàngmiàn) ▸▸ N (PW): above, up there

例 我說的書店在一樓，上面是一家咖啡店。
Wǒ shuō de shūdiàn zài yìlóu, shàngmiàn shì yìjiā kāfēidiàn.
Wǒ shuō de shūdiàn zài yìlóu, shàngmiàn shìh yìjiā kāfēidiàn.
The bookstore I'm talking about is on the first floor, and above it is a coffee shop.

24 房間 (fángjiān) ▸▸ N: room

例 這是我妹妹的房間。
Zhè shì wǒ mèimeide fángjiān.
Jhè shìh wǒ mèimeide fángjiān.
This is my younger sister's room.

25 小學 (xiǎoxué / siǎosyué) ▸▸ N: elementary school

例 我弟弟念的那所小學有很多學生。
Wǒ dìdi niàn de nèisuǒ xiǎoxué yǒu hěnduō xuéshēng.
Wǒ dìdi niàn de nèisuǒ siǎosyué yǒu hěnduō syuéshēng.
That elementary school my younger brother attends has many students.

26 離 (lí) ▸▸ CV: be away from, apart from, separated from

例 我家離他家很近。
Wǒ jiā lí tā jiā hěn jìn.
My home is very close to his.

27 遠 (yuǎn) ▸▸ SV: to be far

例 台灣離美國很遠。
Táiwān lí Měiguó hěn yuǎn.
Taiwan is far from America.

28 地方 (dìfāng) ▶ N: place

例 你家在什麼地方？
Nǐ jiā zài shénme dìfāng?
Where is your home?

地 (dì) ▶ N: the earth, land, soil

SUPPLEMENTARY VOCABULARY

29 書房 (shūfáng) ▶ N: study

例 他在書房裡看書呢。
Tā zài shūfánglǐ kànshū ne.
He is studying in the study.

30 樓下 (lóuxià / lóusià) ▶ N (PW): downstairs

例 樓下的兩個房間是書房和飯廳。
Lóuxià de liǎngge fángjiān shì shūfáng hàn fàntīng.
Lóusià de liǎngge fángjiān shìh shūfáng hàn fàntīng.
The two rooms downstairs are the study and the dining room.

下 (xià / sià) ▶ N: down, under

下面 (xiàmiàn / siàmiàn) ▶ N (PW): under, below

例 你的筆在書下面。
Nǐde bǐ zài shū xiàmiàn.
Nǐde bǐ zài shū siàmiàn.
Your pen is under the book.

31 桌子 (zhuōzi / jhuōzih) ▶ N: table

例 你的書在那張桌子上。
Nǐde shū zài nèizhāng zhuōzishàng.
Nǐde shū zài nèijhāng jhuōzihshàng.
Your book is on that table.

桌 (zhuō / jhuō) ▸▸ BF: table

書桌 (shūzhuō / shūjhuō) ▸▸ N: desk

32 椅子 (yǐzi / yǐzih) ▸▸ N: chair

33 底下 (dǐxià / dǐsià) ▸▸ N (PW): underneath, below, beneath

例 椅子底下沒有東西。
Yǐzi dǐxià méiyǒu dōngxī.
Yǐzih dǐsià méiyǒu dōngsī.
There is nothing under the chair.

34 前面 (qiánmiàn / ciánmiàn) ▸▸ N (PW): front, ahead

例 我家就在前面，離這裡很近。
Wǒ jiā jiù zài qiánmiàn, lí zhèlǐ hěn jìn.
Wǒ jiā jiòu zài ciánmiàn, lí jhèlǐ hěn jìn.
My home is right ahead, very close to here.

前 (qián / cián) ▸▸ N: front, forward, before

35 這裡 / 這兒 (zhèlǐ, zhèr / jhèlǐ, jhèr) ▸▸ N (PW): here

例 他的書在這裡，不在樓上。
Tāde shū zài zhèlǐ, búzài lóushàng.
Tāde shū zài jhèlǐ, búzài lóushàng.
His book is here, not upstairs.

36 飯館（兒） (fànguǎn / fànguǎr) ▸▸ N: restaurant

例 那家飯館的菜真不錯，所以我們常常去吃。

Nèijiā fànguǎn de cài zhēn búcuò, suǒyǐ wǒmen chángcháng qù chī.

Nèijiā fànguǎn de cài jhēn búcuò, suǒyǐ wǒmen chángcháng cyù chīh.

That restaurant's dishes are really great, so we often go there to eat.

---

37 商店 (shāngdiàn) ▶▶ N: store

例 我家附近有不少商店，買東西很方便。

Wǒjiā fùjìn yǒu bùshǎo shāngdiàn, mǎi dōngxī hěn fāngbiàn.

Wǒjiā fùjìn yǒu bùshǎo shāngdiàn, mǎi dōngsī hěn fāngbiàn.

There are many stores near my home; buying things is very convenient.

---

38 餐廳 (cāntīng) ▶▶ N: restaurant

例 我喜歡去那家法國餐廳吃飯。

Wǒ xǐhuān qù nèijiā Fǎguó cāntīng chīfàn.

Wǒ sǐhuān cyù nèijiā Fǎguó cāntīng chīhfàn.

I like to go to that French restaurant to eat.

SYNTAX PRACTICE

1 Place Words

Ⅰ. Proper Noun used as a Place Word

中國、美國、日本、台灣、台北 (Táiběi)、紐約 (Niǔyuē / Niǒuyuē)*，etc.

---

*

紐約 (Niǔyuē / Niǒuyuē)：New York

II. Positional Noun used as a Place Word

上面、下面、裡面、外面、前面、後面、上邊、下邊、裡邊、外邊、前邊、後邊、旁邊、這裡、那裡、當中、底下，etc.

III. Noun＋Positional Noun used as a Place Word

桌子上（面）、房子裡（面）、學校前面、椅子底下、我家後面、我這兒、你旁邊，etc.

---

2 在 as Main Verb (with Complement Place Word) Indicating "Y Is Located at X."

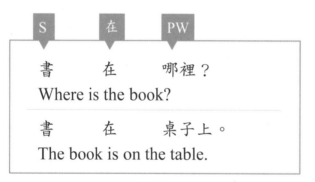

| S | 在 | PW |

書　　　在　　　哪裡？
Where is the book?

書　　　在　　　桌子上。
The book is on the table.

1. 我父母都在日本。
2. 請問，洗ㄒㄧˇ手ㄕㄡˇ間ㄐㄧㄢ (xǐshǒujiān / sǐshǒujiān)* 在哪裡？
   洗手間在那邊。
3. 他的東西在椅子底下。
4. 你的筆在我這裡。
5. 現在他不在家，他在學校裡。
6. 爸爸不在書房，也不在客廳。

---

* 洗ㄒㄧˇ手ㄕㄡˇ間ㄐㄧㄢ (xǐshǒujiān / sǐshǒujiān)：bathroom, restroom

Look at the pictures and complete the sentences below.

1 大衛(Dàwèi)在哪裡？

2 書在哪裡？

3 筆在哪裡？

4 狗在哪裡？

5 桌子在哪裡？

---

3 **Existence in a Place**

When 有 ("there is") is used after a place word, the meaning conveyed is "in X there is Y."

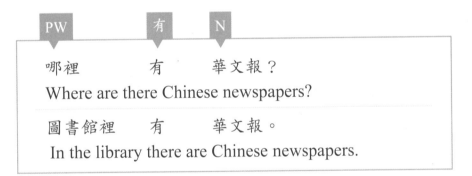

1. 樓上有三個房間。

2. 桌子上有一個杯子。

3. 我家那裡沒有好飯館。

4. 學校附近有很多商店。

5. 那間屋子裡沒有人。

6. 那邊有很多房子。

Look at the pictures and complete the sentences below.

1 椅子底下有什麼？

2 桌子上面有什麼東西？

3 桌子旁邊有幾個人？

4 屋子裡有什麼？

4 在 as a Coverb of Location

在, which is used as a coverb (or preposition) to show where the action of the subject is taking place, is generally placed together with its object in front of the main verb.

S	在	PW	V	O
他	在	大學	念	書。

He is studying at (the) university.

1. 父親在書房裡看書呢。

2. 我不常在餐廳吃飯。

3. 你現在在哪裡做事？

   我在大學教書。

4. 媽媽在客廳裡看電視呢。

5. 他哥哥姐姐都在美國念書。

6. 他們在大樓前面說話呢。

Look at the pictures and complete the sentences below.

1 父親在＿＿＿＿＿＿＿＿＿＿＿＿＿。
2 母親在＿＿＿＿＿＿＿＿＿＿＿＿＿。
3 哥哥在＿＿＿＿＿＿＿＿＿＿＿＿＿。
4 姐姐在＿＿＿＿＿＿＿＿＿＿＿＿＿。
5 妹妹在＿＿＿＿＿＿＿＿＿＿＿＿＿。
6 弟弟在＿＿＿＿＿＿＿＿＿＿＿＿＿。

5　Nouns Modified by Place Expressions

(在)　　桌子上　的　　那本書。
that book on the table

1. 前面的那個人是我朋友。
2. 東一路的那些房子都很貴。
3. 在你家前面的那輛汽車是我的。
4. 我家附近的飯館都不錯。
5. 他家在學校後面（的）那個大樓的五樓。
6. 你前面（的）那本書上的那枝筆是他的。

Look at the pictures and complete the sentences below.

1 _____ 的那位先生是張先生。

2 _____ 的那位太太是張太太。

3 _____ 的那個孩子是張先生的女兒。

4 _____ 的那個人是張先生的朋友。

5 _____ 的那輛車是張家的。

6 _____ 的那輛車是張家朋友的。

7 _____ 的那隻狗很大。

6 **Distance with Coverb 離**

The coverb **離** is used to indicate the distance from one place to another (e.g. X離 Y 遠 / 近).

N	離	N	(ADV)	遠 / 近
我家	離	學校	不太	遠。

My home is not too far from school.

1. 台灣離美國真遠。

2. 我家離他家不近。

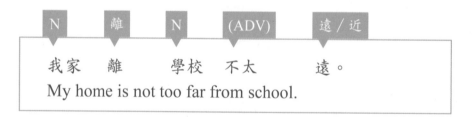

車房 (chēfáng) / 車庫 (chēkù)：garage

3. 那家法國餐廳離這裡不遠。

4. 他買的那所房子離學校不太遠，也不太近。

5. 圖書館離宿舍 (sùshè) 很近。

Look at the pictures and complete the sentences below.

1 我家離飯館＿＿＿＿＿＿＿＿＿。

2 我家離圖書館＿＿＿＿＿＿＿。

3 老師家離圖書館＿＿＿＿＿＿＿。

4 我家離老師家＿＿＿＿＿＿＿。

5 書店離我家＿＿＿＿＿＿＿。

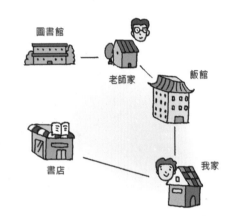

 APPLICATION ACTIVITIES

1 Describe the things in your classroom, and describe where they are located. (The teacher may want to write the names of the objects on the objects themselves or on the blackboard.)

* 黑板 (hēibǎn)：blackboard

233

2 Draw a picture describing your room.

3 Have one student orally describe objects in the room in the picture, while the other students listen and draw another picture. Compare pictures when finished.

*

床 (chuáng)：bed

檯燈 (táidēng)：desk lamp

書架 (shūjià)：bookcase

門 (mén)：door

窗 (chuāng)：window

衣-櫃 (yīguì / yīguèi)：wardrobe

4 Situation

For example: Take a friend along and describe your new house to him or her.

 **NOTES**

1 The positional suffix 面, can be interchanged with 頭 (tóu) or 邊.

e.g.
上面＝上頭＝上邊   above, on top of
下面＝下頭＝下邊   below, under
裡面＝裡頭＝裡邊   inside
外面＝外頭＝外邊   outside
前面＝前頭＝前邊   front, in front of
後面＝後頭＝後邊   back, behind

2 Positional nouns, such as 上面、外面、底下 , etc., can be used like any other noun: they can also be added to the end of other nouns. When they are used in this way, with the Chinese words for 上 "on" or 裡 "in," for example, the suffix 面／頭 and 邊 are often omitted.

e.g. 下面有筆。
There are pens below. There are pens on the bottom.

他在外面。
He is outside.

你的書在桌子上（面）。
Your book is on the table.

屋子裡（頭）的那個人是我弟弟。
The person inside the room is my younger brother.

3 If city, country or proper nouns occur after 在, they never take the positional suffix 裡面 or 裡.

e.g. 在台灣有很多有名的畫家。
There are many famous painters in Taiwan.

在台灣裡有很多有名的畫家。(incorrect)

在台灣裡面有很多有名的畫家。(incorrect)

Note that some place nouns such as 家 or 學校 that occur after 在 can also omit the localizer 裡.

e.g. 我媽媽不在家。
My mother isn't home.

王先生在不在學校？
Is Mr. Wang at school?

4 是的 is translated as "right" in English; however, it is more formal in meaning than 是啊 which also expresses affirmation.

5 屋子 and 房間 both mean "room" in English. However their usage is slightly different. 屋子 is generally used to describe any kind of rooms, whereas 房間 is usually used to describe a room in a home, a hotel or a dormitory, etc.

6 When using 在 if there is no place word after the noun (the object of the sentence), then 這裡／這兒 or 那裡／那兒 must be added after the noun or the object.

e.g. 請在我這裡吃飯。
Please eat at my place.

第10課

我到日本去了①②

DIALOGUE

Ⅰ

A：聽說你到日本去了。

B：是啊。

A：你是為什麼去的？

B：是去玩的。③

A：你是一個人去的嗎？

B：不是，我是跟兩個朋④
　　友一塊兒去的。⑤

A：你們是怎麼去的？⑥

B：我們是坐飛機去的。⑦⑧

A：現在到日本去玩的人多不多？飛機票好買嗎？⑨

B：現在去的人不太多，飛機票不難買。

A：你們玩得怎麼樣？⑩

B：我們玩得很好。

A：你們是什麼時候回來的？⑪⑫

B：我們是昨天晚上回來的，所以現在很累。⑬⑭⑮

237

Ⅱ

A：你到哪裡去？

B：我到學校去。

A：你走路去啊？⑯

B：是啊。

A：為什麼不開車去呢？⑰

B：這個時候，在學校裡停車的地方不好找。⑱ ⑲

A：走路去不累嗎？

B：還好。我們學校離這裡不遠。⑳

ㄉㄧˋ ㄕˊ ㄎㄜˋ　　ㄨㄛˇ ㄉㄠˋ ㄖˋ ㄅㄣˇ ㄑㄩˋ ㄌㄜ˙

I

A： ㄊㄥˊ ㄗㄨㄛˊ ㄋㄧˇ ㄉㄠˋ ㄖˋ ㄅㄣˇ ㄑㄩˋ ㄌㄜ˙ 。

B： ㄕˋ ㄚ˙ 。

A： ㄋㄧˇ ㄕˋ ㄨㄟˋ ㄕㄣˊ ㄇㄜ˙ ㄑㄩˋ ㄉㄜ˙ ？

B： ㄨㄛˇ ㄕˋ ㄑㄩˋ ㄨㄢˊ ㄉㄜ˙ 。

A： ㄋㄧˇ ㄕˋ ㄧ ㄍㄜˋ ㄖˊ ㄑㄩˋ ㄉㄜ˙ ㄇㄚ˙ ？

B： ㄅㄨˋ ㄕˋ ，ㄨㄛˇ ㄕˋ ㄍㄣ ㄉㄤˋ ㄍㄜˋ ㄆㄥˊ ㄧㄡˇ ㄧˋ ㄎㄨㄞˋ ㄦ ㄑㄩˋ ㄉㄜ˙ 。

A： ㄋㄧˇ ㄇㄣ˙ ㄕˋ ㄗㄣˇ ㄇㄜ˙ ㄑㄩˋ ㄉㄜ˙ ？

B： ㄨㄛˇ ㄇㄣ˙ ㄕˋ ㄗㄨㄛˋ ㄈㄟ ㄐㄧ ㄑㄩˋ ㄉㄜ˙ 。

A： ㄒㄧㄢ ㄗㄞˋ ㄉㄠˋ ㄖˋ ㄅㄣˇ ㄑㄩˋ ㄨㄢˊ ㄖㄣˊ ㄅㄟˋ ㄅㄨˋ ？ ㄈㄟ ㄐㄧ ㄆㄧㄠˋ ㄏㄠˇ ㄇㄞˇ ㄇㄚ˙ ？

B： ㄒㄧㄢ ㄗㄞˋ ㄑㄩˋ ㄉㄜ˙ ㄖㄣˊ ㄅㄨˋ ㄉㄨㄛ ，ㄈㄟ ㄐㄧ ㄆㄧㄠˋ ㄅㄨˋ ㄋㄢˊ ㄇㄞˇ 。

A： ㄋㄧˇ ㄇㄣ˙ ㄨㄢˊ ㄉㄜ˙ ㄗㄣˇ ㄇㄜ˙ ㄧㄤˋ ？

B： ㄨㄛˇ ㄇㄣ˙ ㄨㄢˊ ㄉㄜ˙ ㄏㄣˇ ㄏㄠˇ 。

A： ㄋㄧˇ ㄇㄣ˙ ㄕˋ ㄗㄣˊ ㄇㄜ˙ ㄗˋ ㄏㄡˋ ㄏㄨㄟˊ ㄌㄞˊ ㄉㄜ˙ ？

B： ㄨㄛˇ ㄇㄣ˙ ㄕˋ ㄗㄨㄛˊ ㄊㄧㄢ ㄨㄢˇ ㄕㄤˋ ㄏㄨㄟˊ ㄌㄞˊ ㄉㄜ˙ ，ㄙㄨㄛˇ ㄧˇ ㄒㄧㄢ ㄏㄞˊ ㄏㄣˇ ㄌㄟˋ 。

II

A： ㄋㄧˇ ㄉㄠˋ ㄋㄚˇ ㄌㄧˇ ㄑㄩˋ ？

B： ㄨㄛˇ ㄉㄠˋ ㄒㄩㄝˊ ㄒㄧㄠˋ ㄑㄩˋ 。

A： ㄋㄧˇ ㄗㄡˇ ㄌㄨˋ ㄑㄩˋ ㄚ˙ ？

B： ㄕˋ ㄚ˙ 。

A：ㄨㄟˇ ㄕㄣˊ ㄇㄜ˙ ㄋㄧˇ ㄎㄨㄞˋ ㄔㄜ ㄑㄩˋ ㄋㄜ˙？

B：ㄓㄜˋ ㄍㄜ˙ ㄕ ㄏㄡˋ，ㄗㄞˋ ㄒㄩㄝ ㄒㄧㄠ ㄌㄧˇ ㄊㄥˊ ㄔㄜ ㄊㄜ˙ ㄉㄜ ㄉㄞ ㄈㄣ ㄏㄠˇ ㄓㄠˇ。

A：ㄗㄡˇ ㄌㄨˋ ㄑㄧㄥ ㄅㄨˋ ㄌㄟˋ ㄇㄚ？

B：ㄏㄞˊ ㄏㄠˇ。ㄨㄛˇ ㄇㄣˊ ㄒㄧㄝ ㄒㄧㄠ ㄌㄧˇ ㄓㄜ ㄌㄧˊ ㄅㄨˋ ㄩㄢˇ。

Dì Shí Kè　　Wǒ Dào Rìběn Qùle

(Pinyin)

I

A：Tīngshuō nǐ dào Rìběn qùle.

B：Shì a.

A：Nǐ shì wèishénme qùde?

B：Wǒ shì qù wánde.

A：Nǐ shì yíge rén qùde ma?

B：Búshì, wǒ shì gēn liǎngge péngyǒu yíkuàr qùde.

A：Nǐmen shì zěnme qùde?

B：Wǒmen shì zuò fēijī qùde.

A：Xiànzài dào Rìběn qù wánde rén duō bùduō? Fēijī piào hǎo mǎi ma?

B：Xiànzài qùde rén bútài duō, fēijī piào bùnán mǎi.

A：Nǐmen wánde zěnmeyàng?

B：Wǒmen wánde hěn hǎo.

A：Nǐmen shì shénme shíhòu huíláide?

B：Wǒmen shì zuótiān wǎnshàng huíláide, suǒyǐ xiànzài hěn lèi.

II

A：Nǐ dào nǎlǐ qù?

B：Wǒ dào xuéxiào qù.

A：Nǐ zǒulù qù a?

B：Shì a.

A : Wèishénme bù kāichē qù ne?

B : Zhège shíhòu, zài xuéxiàolǐ tíngchēde dìfāng bùhǎo zhǎo.

A : Zǒulù qù búlèi ma?

B : Hái hǎo. Wǒmen xuéxiào lí zhèlǐ bùyuǎn.

 Dì Shíh Kè > Wǒ Dào Rìhběn Cyùle

(Tongyong)

 I

A : Tīngshuō nǐ dào Rìhběn cyùle.

B : Shìh a.

A : Nǐ shìh wèishénme cyùde?

B : Wǒ shìh cyù wánde.

A : Nǐ shìh yíge rén cyùde ma?

B : Búshìh, wǒ shìh gēn liǎngge péngyǒu yíkuàr cyùde.

A : Nǐmen shìh zěnme cyùde?

B : Wǒmen shìh zuò fēijī cyùde.

A : Siànzài dào Rìhběn cyù wánde rén duō bùduō? Fēijī piào hǎo mǎi ma?

B : Siànzài cyùde rén bútài duō, fēijī piào bùnán mǎi.

A : Nǐmen wánde zěnmeyàng?

B : Wǒmen wánde hěn hǎo.

A : Nǐmen shìh shénme shíhhòu huéiláide?

B : Wǒmen shìh zuótiān wǎnshàng huéiláide, suǒyǐ siànzài hěn lèi.

 II

A : Nǐ dào nǎlǐ cyù?

B : Wǒ dào syuésiào cyù.

A : Nǐ zǒulù cyù a?

B : Shìh a.

A : Wèishénme bù kāichē cyù ne?

B : Jhège shíhhòu, zài syuésiàolǐ tíngchēde dìfāng bùhǎo jhǎo.

A : Zǒulù cyù búlèi ma?

B : Hái hǎo. Wǒmen syuésiào lí jhèlǐ bùyuǎn.

LESSON 10 > I WENT TO JAPAN

 I

A : I heard you went to Japan.

B : That's right.

A : Why did you go there?

B : I went for pleasure.

A : Did you go by yourself?

B : No, I went together with two friends.

A : How did you get there?

B : We went by plane.

A : Are there many people going to Japan for pleasure now? Are airplane tickets easy to buy?

B : There aren't many people going now. Airplane tickets aren't difficult to buy.

A : How was the trip?

B : We had a lot of fun.

A : When did you come back?

B : We came back last night, so now we're very tired.

 II

A : Where are you going?

B : I'm going to school.

A : Are you walking there?

B : Yes.

A：Why don't you drive there?

B：At this time of day, a parking space at school is hard to find.

A：Aren't you getting tired from walking?

B：I'm alright. Our school is not far from here.

NARRATION

大明：

　　昨天早上㉑我跟父母一塊兒㉒從臺灣坐飛機到日本來了。我們是在飛機上吃的午飯㉓，飛機上的飯很好吃。這兩天，我們開汽車到很多地方去玩。我父親開車，開得不錯。現在我還不知道什麼時候回國。我母親說日本離臺灣不遠，她要坐船㉔回去。可是我父親覺得坐船太慢，船票也不便宜。我想坐飛機跟坐船都好，都很方便。

美美上

ㄉㄚˋ ㄇㄧㄥˊ：

　　ㄗㄨㄛˊ ㄊㄧㄢ ㄗㄠˇ ㄕㄤˋ ㄨㄛˇ ㄍㄣ ㄈㄨˋ ㄇㄨˇ ㄧˊ ㄎㄨㄞˋ ㄦ ㄘㄨㄥˊ ㄊㄞˊ ㄨㄢ ㄗㄨㄛˋ ㄈㄟ ㄐㄧ ㄉㄠˋ ㄖˋ ㄅㄣˇ ㄌㄞˊ ˙ㄌㄜ。ㄨㄛˇ ˙ㄇㄣ ㄕˋ ㄗㄞˋ ㄈㄟ ㄐㄧ ㄕㄤˋ ㄔ ˙ㄉㄜ ㄨˇ ㄈㄢˋ，ㄈㄟ ㄐㄧ ㄕㄤˋ ˙ㄉㄜ ㄈㄢˋ ㄏㄣˇ ㄏㄠˇ ㄔ。ㄓㄜˋ ㄌㄧㄤˇ ㄊㄧㄢ，ㄨㄛˇ ˙ㄇㄣ ㄎㄞ ㄑㄧˋ ㄔㄜ ㄉㄠˋ ㄏㄣˇ ㄉㄨㄛ ㄉㄧˋ ㄈㄤ ㄑㄩˋ ㄨㄢˊ。ㄨㄛˇ ㄈㄨˋ ㄑㄧㄣ ㄎㄞ ㄔㄜ，ㄎㄞ ˙ㄉㄜ ㄅㄨˊ ㄘㄨㄛˋ。ㄒㄧㄢˋ ㄗㄞˋ ㄨㄛˇ ㄏㄞˊ ㄅㄨˋ ㄓ ㄉㄠˋ ㄕㄣˊ ˙ㄇㄜ ㄕˊ ㄏㄡˋ ㄏㄨㄟˊ ㄍㄨㄛˊ。ㄨㄛˇ ㄇㄨˇ ㄑㄧㄣ ㄕㄨㄛ ㄖˋ ㄅㄣˇ ㄌㄧˊ ㄊㄞˊ ㄨㄢ ㄅㄨˋ ㄩㄢˇ，ㄊㄚ ㄧㄠˋ ㄗㄨㄛˋ ㄔㄨㄢˊ ㄏㄨㄟˊ ㄑㄩˋ。ㄎㄜˇ ㄕˋ ㄨㄛˇ ㄈㄨˋ ㄑㄧㄣ ㄐㄩㄝˊ ˙ㄉㄜ ㄗㄨㄛˋ ㄔㄨㄢˊ ㄊㄞˋ ㄇㄢˋ，ㄔㄨㄢˊ ㄆㄧㄠˋ ㄧㄝˇ ㄅㄨˋ ㄆㄧㄢˊ ㄧˊ。ㄨㄛˇ ㄒㄧㄤˇ ㄗㄨㄛˋ ㄈㄟ ㄐㄧ ㄍㄣ ㄗㄨㄛˋ ㄔㄨㄢˊ ㄉㄡ ㄏㄠˇ，ㄉㄡ ㄏㄣˇ ㄈㄤ ㄅㄧㄢˋ。

ㄇㄟˇ ㄇㄟˇ ㄕㄤˋ

Dàmíng:

　　Zuótiān zǎoshàng wǒ gēn fùmǔ yíkuàr cóng Táiwān zuò fēijī dào Rìběn láile. Wǒmen shì zài fēijīshàng chīde wǔfàn, fēijīshàngde fàn hěn hǎochī. Zhè liǎngtiān, wǒmen kāi qìchē dào hěnduō dìfāng qù wán. Wǒ fùqīn kāichē, kāide búcuò. Xiànzài wǒ hái bù zhīdào shénme shíhòu huíguó. Wǒ mǔqīn shuō Rìběn lí Táiwān bùyuǎn, tā yào zuò chuán huíqù. Kěshì wǒ fùqīn juéde zuò chuán tài màn, chuánpiào yě bùpiányí. Wǒ xiǎng zuò fēijī gēn zuò chuán dōu hǎo, dōu hěn fāngbiàn.

Měiměi shàng

245

Dàmíng:

Zuótiān zǎoshàng wǒ gēn fùmǔ yíkuàr cóng Táiwān zuò fēijī dào Rìhběn láile. Wǒmen shìh zài fēijīshàng chīhde wǔfàn, fēijīshàngde fàn hěn hǎochīh. Jhè liǎngtiān, wǒmen kāi cìchē dào hěnduō dìfāng cyù wán. Wǒ fùcīn kāichē, kāide búcuò. Siànzài wǒ hái bù jhīhdào shénme shíhhòu huéiguó. Wǒ mǔcīn shuō Rìhběn lí Táiwān bùyuǎn, tā yào zuò chuán huéicyù. Kěshìh wǒ fùcīn jyuéde zuò chuán tài màn, chuánpiào yě bùpiányí. Wǒ siǎng zuò fēijī gēn zuò chuán dōu hǎo, dōu hěn fāngbiàn.

Měiměi shàng

. . . .

Daming:

Yesterday morning my parents and I arrived in Japan by airplane from Taiwan. We ate lunch on the plane. The food was quite good. These two days we've driven to many places. My father has driven quite well. Right now I still don't know when I will be going back. My mother says Japan is not far from Taiwan, so she wants to go back by ship. But my father thinks a ship is too slow and that the tickets also aren't cheap. Either by plane or by ship is fine with me. They are both convenient.

Meimei

VOCABULARY

1 到 (dào) ▸ CV/V: to leave for; to reach, to arrive

例 我要到學校去上課。
Wǒ yào dào xuéxiào qù shàngkè.
Wǒ yào dào syuésiào cyù shàngkè.
I am going to school to attend class.

例 他已經到家了。
Tā yǐjīng dào jiā le.
He arrived home, already.

2 了 (le) ▸ P: It indicates the completion of an action, and in some situations can be translated as past tense in English.

例 張太太到美國去了。
Zhāng Tàitai dào Měiguó qùle.
Jhāng Tàitai dào Měiguó cyùle.
Mrs. Zhang went to America.

3 玩（兒） (wán / wár) ▸ V: to play, to have fun

例 小孩子都很喜歡玩。
Xiǎoháizi dōu hěn xǐhuān wán.
Siǎoháizih dōu hěn sǐhuān wán.
Little children all like to play.

4 跟 (gēn) ▸ CV/CONJ: with, and

例 謝先生跟謝太太都是德國人。
Xiè Xiānshēng gēn Xiè Tàitai dōushì Déguó rén.
Siè Siānshēng gēn Siè Tàitai dōushìh Déguó rén.
Mr. and Mrs. Xie are both German.

5 一塊兒 (yíkuàr) ▸▸ ADV: together, together with, with

例 我不要跟他一塊兒去日本。

Wǒ búyào gēn tā yíkuàr qù Rìběn.

Wǒ búyào gēn tā yíkuàr cyù Rìhběn.

I don't want to go to Japan with him.

6 怎麼 (zěnme) ▸▸ ADV (QW): how

例 你的中文名字怎麼寫?

Nǐde Zhōngwén míngzi zěnme xiě?

Nǐde Jhōngwún míngzih zěnme siě?

How do you write your Chinese name?

7 坐 (zuò) ▸▸ V/CV: to "sit" on a plane, boat or train, etc., (to go) by

例 我爸爸是坐飛機到法國去的。

Wǒ bàba shì zuò fēijī dào Fǎguó qùde.

Wǒ bàba shìh zuò fēijī dào Fǎguó cyùde.

My father went to France by airplane.

請坐 (qǐng zuò / cǐng zuò) ▸▸ IE: have a seat, sit down, please.

8 飛機 (fēijī) ▸▸ N: airplane（M: 架 jià）

例 他說坐飛機很有意思。

Tā shuō zuò fēijī hěn yǒu yìsi.

Tā shuō zuò fēijī hěn yǒu yìsih.

He said flying on a plane is very interesting.

飛 (fēi) ▸▸ V: to fly

9 票 (piào) ▸▸ N: ticket（M: 張 zhāng / jhāng）

例 請問,電影票一張多少錢?

Qǐngwèn, diànyǐng piào yìzhāng duōshǎo qián?

Cǐngwùn, diànyǐng piào yìjhāng duōshǎo cián?

Excuse me, how much is it for one movie ticket?

⑩ 怎麼樣 (zěnmeyàng) ▸▸ IE: How about...? How's everything?

例 那個飯館的菜怎麼樣？
Nèige fànguǎn de cài zěnmeyàng?
How is the food at that restaurant?

⑪ 什麼時候 (shénme shíhòu / shénme shíhhòu)
▸▸ ADV (QW): when, what time

例 他什麼時候去美國？
Tā shénme shíhòu qù Měiguó?
Tā shénme shíhhòu cyù Měiguó?
When will he go to America?

時候 (shíhòu / shíhhòu) ▸▸ N: time

⑫ 回來 (huílái / huéilái) ▸▸ V: to return, to come back

例 我哥哥昨天從德國回來了。
Wǒ gēge zuótiān cóng Déguó huílái le.
Wǒ gēge zuótiān cóng Déguó huéilái le.
My older brother came back from Germany yesterday.

回 (huí / huéi) ▸▸ V: to return

回去 (huíqù / huéicyù) ▸▸ V: to leave, to go back

例 你現在要回去嗎？
Nǐ xiànzài yào huíqù ma?
Nǐ siànzài yào huéicyù ma?
Do you want to go back now?

來 (lái) ▸▸ V: to come

例 我朋友很想到這裡來學中文。
Wǒ péngyǒu hěn xiǎng dào zhèlǐ lái xué Zhōngwén.
Wǒ péngyǒu hěn siǎng dào jhèlǐ lái syué Jhōngwún.

My friend wants very much to come here to study Chinese.

13 昨天 (zuótiān) ▸ ADV/N (TW): yesterday

例 他昨天沒到學校來。

Tā zuótiān méi dào xuéxiào lái.

Tā zuótiān méi dào syuésiào lái.

He didn't come to school yesterday.

天 (tiān) ▸ N/M: day, sky

14 晚上 (wǎnshàng) ▸ ADV/N (TW): evening

例 昨天晚上你念書了嗎？

Zuótiān wǎnshàng nǐ niànshūle ma?

Did you study last night?

晚 (wǎn) ▸ SV: to be late

晚飯 (wǎnfàn) ▸ N: dinner, supper

例 王先生不常在家吃晚飯。

Wáng Xiānshēng bùcháng zài jiā chī wǎnfàn.

Wáng Siānshēng bùcháng zài jiā chīh wǎnfàn.

Mr. Wang doesn't eat dinner at home very often.

15 累 (lèi) ▸ SV: to be tired

例 今天我覺得很累，想坐車回去。

Jīntiān wǒ juéde hěn lèi, xiǎng zuòchē huíqù.

Jīntiān wǒ juéde hěn lèi, siǎng zuòchē huéicyù.

I feel very tired today. I want to go back by car.

16 走路 (zǒulù) ▸ VO: to walk (on the road or street)

例 他很喜歡走路去上課。

Tā hěn xǐhuān zǒulù qù shàngkè.

Tā hěn sǐhuān zǒulù cyù shàngkè.

He very much likes to walk to class.

走ㄗㄡˇ (zǒu) ▶▶ V: to walk, to leave

例 他ㄊㄚ很ㄏㄣˇ累ㄌㄟˋ，所ㄙㄨㄛˇ以ㄧˇ走ㄗㄡˇ得ㄉㄜ˙很ㄏㄣˇ慢ㄇㄢˋ。
Tā hěn lèi, suǒyǐ zǒude hěn màn.
He's very tired, so he's walking very slowly.

例 她ㄊㄚ昨ㄗㄨㄛˊ天ㄊㄧㄢ已ㄧˇ經ㄐㄧㄥ走ㄗㄡˇ了ㄌㄜ˙，回ㄏㄨㄟˊ日ㄖˋ本ㄅㄣˇ了ㄌㄜ˙。
Tā zuótiān yǐjīng zǒu le, huí Rìběn le.
Tā zuótiān yǐjīng zǒu le, huéi Rìhběn le.
She already left yesterday; she returned to Japan.

17 開ㄎㄞ車ㄔㄜ (kāichē) ▶▶ VO: to drive (a car)

例 李ㄌㄧˇ小ㄒㄧㄠˇ姐ㄐㄧㄝˇ開ㄎㄞ車ㄔㄜ開ㄎㄞ得ㄉㄜ˙很ㄏㄣˇ快ㄎㄨㄞˋ。
Lǐ Xiǎojiě kāichē kāide hěn kuài.
Lǐ Siǎojiě kāichē kāide hěn kuài.
Miss Li drives very fast.

開ㄎㄞ (kāi) ▶▶ V: to drive, to open, to turn on

18 停ㄊㄧㄥˊ車ㄔㄜ (tíngchē) ▶▶ VO: to park a car

例 這ㄓㄜˋ裡ㄌㄧˇ不ㄅㄨˋ可ㄎㄜˇ以ㄧˇ停ㄊㄧㄥˊ車ㄔㄜ。
Zhèlǐ bùkěyǐ tíngchē.
Jhèlǐ bùkěyǐ tíngchē.
No parking is allowed here.

停ㄊㄧㄥˊ (tíng) ▶▶ V: to stop

19 找ㄓㄠˇ (zhǎo / jhǎo) ▶▶ V: to look for, to search, to invite (informally)

例 你ㄋㄧˇ在ㄗㄞˋ找ㄓㄠˇ什ㄕˊ麼ㄇㄜ˙？
Nǐ zài zhǎo shénme?
Nǐ zài jhǎo shénme?
What are you looking for?

例 王ㄨㄤˊ小ㄒㄧㄠˇ姐ㄐㄧㄝˇ找ㄓㄠˇ我ㄨㄛˇ一ㄧ塊ㄎㄨㄞˋ兒ㄦ去ㄑㄩˋ買ㄇㄞˇ東ㄉㄨㄥ西ㄒㄧ。
Wáng Xiǎojiě zhǎo wǒ yíkuàr qù mǎi dōngxī.

Wáng Siǎojiě jhǎo wǒ yíkuàr cyù mǎi dōngsī.

Ms. Wang asked me to go shopping with her.

20 還好 (háihǎo) ▸▸ IE: OK, not bad, passable, tolerable

例 A：你的新房子離學校遠不遠？

B：還好，不太遠。

A：Nǐde xīn fángzi lí xuéxiào yuǎn bùyuǎn?

B：Háihǎo, bútàiyuǎn.

A：Nǐde sīn fángzih lí syuésiào yuǎn bùyuǎn?

B：Háihǎo, bútàiyuǎn.

A：Is your new house far from school?

B：It's alright, not too far.

SUPPLEMENTARY VOCABULARY

21 早上 (zǎoshàng) ▸▸ ADV/N (TW): morning

例 他明天早上不做事。

Tā míngtiān zǎoshàng búzuòshì.

Tā míngtiān zǎoshàng búzuòshìh.

He is not working tomorrow morning.

早飯 (zǎofàn) ▸▸ N: breakfast

22 從 (cóng) ▸▸ CV: from

例 那個學生不是從日本來的。

Nèige xuéshēng búshì cóng Rìběn lái de.

Nèige syuéshēng búshìh cóng Rìhběn lái de.

That student is not from Japan.

23 午飯 / 中飯 (wǔfàn, zhōngfàn / wǔfàn, jhōngfàn) ▸▸ N: lunch

例 我常常在那家飯館吃午飯。

Wǒ chángcháng zài nèijiā fànguǎn chī wǔfàn.

Wǒ chángcháng zài nèijiā fànguǎn chīh wǔfàn.

I often eat lunch at that restaurant.

午ˇ (wǔ) ▸ BF: noon, midday

上ㄕㄤˋ午ˇ (shàngwǔ) ▸ ADV/N (TW): before noon, morning

例 他ㄊㄚ明ㄇㄧㄥˊ天ㄊㄧㄢ上ㄕㄤˋ午ˇ不ㄅㄨˋ能ㄋㄥˊ來ㄌㄞˊ這ㄓㄜˋ裡ㄌㄧˇ。

Tā míngtiān shàngwǔ bùnéng lái zhèlǐ.

Tā míngtiān shàngwǔ bùnéng lái jhèlǐ.

He can't come here tomorrow morning.

中ㄓㄨㄥ午ˇ (zhōngwǔ / jhōngwǔ) ▸ ADV/N (TW): noon

下ㄒㄧㄚˋ午ˇ (xiàwǔ / siàwǔ) ▸ ADV/N (TW): afternoon

---

24 船ㄔㄨㄢˊ (chuán) ▸ N: ship, boat（M: 艘ㄙㄠ sāo，隻ㄓ zhī / jhīh，條ㄊㄧㄠˊ tiáo）

例 我ㄨㄛˇ不ㄅㄨˋ喜ㄒㄧˇ歡ㄏㄨㄢ坐ㄗㄨㄛˋ船ㄔㄨㄢˊ，常ㄔㄤˊ常ㄔㄤˊ坐ㄗㄨㄛˋ飛ㄈㄟ機ㄐㄧ。

Wǒ bù xǐhuān zuò chuán, chángcháng zuò fēijī.

Wǒ bù sǐhuān zuò chuán, chángcháng zuò fēijī.

I don't like traveling by ship; I often go by plane.

---

25 火ㄏㄨㄛˇ車ㄔㄜ (huǒchē) ▸ N: train（M: 列ㄌㄧㄝˋ liè）

例 我ㄨㄛˇ們ㄇㄣ要ㄧㄠˋ坐ㄗㄨㄛˋ火ㄏㄨㄛˇ車ㄔㄜ去ㄑㄩˋ台ㄊㄞˊ中ㄓㄨㄥ玩ㄨㄢˊ。

Wǒmen yào zuò huǒchē qù Táizhōng wán.

Wǒmen yào zuò huǒchē cyù Táijhōng wán.

We want to train to Taichung (to have fun there).

火ㄏㄨㄛˇ (huǒ) ▸ N: fire

---

*

臺ㄊㄞˊ / 台ㄊㄞˊ中ㄓㄨㄥ (Táizhōng / Táijhōng)：Taichung, a city in central Taiwan

26 公共汽車 (gōnggòngqìchē / gōnggòngcìchē)
▸▸ N: city bus（M: 輛 liàng）

例 從我家到學校有很多公共汽車。
Cóng wǒ jiā dào xuéxiào yǒu hěn duō gōnggòngqìchē.
Cóng wǒ jiā dào syúesiào yǒu hěn duō gōnggòngcìchē.
There are a lot of buses from my house to school.

公車 (gōngchē) ▸▸ N: city bus

27 捷運 (jiéyùn) ▸▸ N: metro, rapid transit

例 我要從台北車站坐捷運去101大樓。
Wǒ yào cóng Táiběichēzhàn zuò jiéyùn qù Yīlíngyī dàlóu.
Wǒ yào cóng Táiběichējhàn zuò jiéyùn cyù Yīlíngyī dàlóu.
I'm going to take the metro from Taipei Main Station to the Taipei 101 building.

28 明天 (míngtiān) ▸▸ ADV/N (TW): tomorrow

例 明天我有事，不能去他那裡。
Míngtiān wǒ yǒushì, bùnéng qù tā nàlǐ.
Míngtiān wǒ yǒushìh, bùnéng cyù tā nàlǐ.
I'm occupied with something tomorrow and can't go to his place.

29 已經 (yǐjīng) ▸▸ ADV: already

例 王老師不在台灣，她已經回國了。
Wáng lǎoshī búzài Táiwān, tā yǐjīng huíguó le.
Wáng lǎoshīh búzài Táiwān, tā yǐjīng huéiguó le.
Teacher Wang isn't in Taiwan; she already returned to her country.

30 看見 (kànjiàn) ▸▸ V: to see

例 你昨天看見珍妮了嗎？
Nǐ zuótiān kànjiàn Zhēnní le ma?
Nǐ zuótiān kànjiàn Jhēnní le ma?
Did you see Jenny yesterday?

31 今ㄐㄧㄣ天ㄊㄧㄢ (jīntiān) ▸ ADV/N (TW): today

例 你ㄋㄧ今ㄐㄧㄣ天ㄊㄧㄢ早ㄗㄠ上ㄕㄤ是ㄕ跟ㄍㄣ誰ㄕㄟ一ㄧ塊ㄎㄨㄞ兒ㄦ來ㄌㄞ學ㄒㄩㄝ校ㄒㄧㄠ的ㄉㄜ？

Nǐ jīntiān zǎoshàng shì gēn shéi yíkuàr lái xuéxiào de?

Nǐ jīntiān zǎoshàng shìh gēn shéi yíkuàr lái syuésiào de?

Whom did you come to school with this morning?

🔍 SYNTAX PRACTICE

1 Coming and Going

Verbs 來 and 去 both indicate motion (come / go) and direction. 來 indicates motion towards the speaker, whereas 去 indicates motion towards some point away from the speaker.

I. From and to

從 and 到 are coverbs that indicate motion and direction. 從 indicates motion away from some point, whereas 到 indicates motion towards a point.

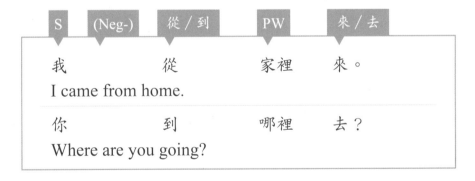

S	(Neg-)	從 / 到	PW	來 / 去
我		從	家裡	來。
I came from home.				
你		到	哪裡	去？
Where are you going?				

1. 請你到我這裡來。

2. 你從哪裡來？

   我從東一路來。

3. 我們不從家裡去，我們從學校去。

4. 我從樓上到樓下來吃晚飯。

II. Means of Travel or Means of Transportation

坐 is a coverb indicating means of transportation. 坐 and its object precede the main verb and usually mean getting or traveling from one place to another.

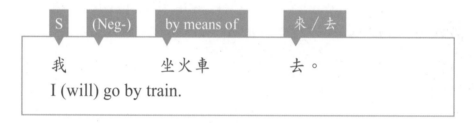

S	(Neg-)	by means of	來／去
我		坐火車	去。

I (will) go by train.

1. 你怎麼去？

   我坐公共汽車去。

2. 他坐船來嗎？

   不，他坐飛機來。

3. 你們開車去還是坐飛機去？

   我們坐飛機去。

4. 你坐捷運來學校嗎？

   不，我走路來學校。

III. Purpose of Coming and Going

The reason, or purpose, for coming or going is placed either immediately before or after the main verb 來 or 去.

If 來 or 去 appears before the verb phrase, it then emphasizes "purpose."

If 去 appears after the verb phrase, it then emphasizes "direction."

A.

S	(Neg-)	來／去	Purpose
我		來	學中文。

I came in order to study Chinese.

B.

S	(Neg-)	Purpose	去

我 　　　　 學 中 文 　　 去。

I came (here) to study Chinese.

1. 你去做什麼?

   我去買報。

2. 他買什麼去?

   他買筆去。

3. 她到你家來做什麼?

   她來念書。

4. 我明天要到圖書館看書去,你去不去?

   好,我也去。

Have a conversation based on the picture.

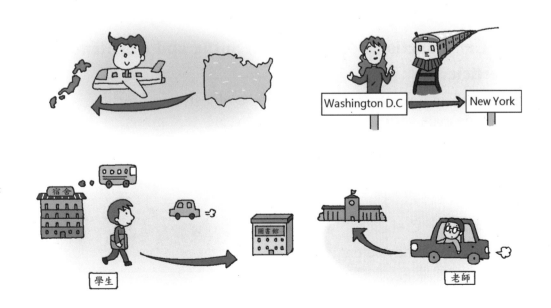

257

② The Particle 了 Indicating the Completion of the Action or of the Predicate.

Ⅰ. 了 as a Sentence Final Particle

When 了 is used as a sentence final particle, it usually indicates that the action or the affair has already taken place.

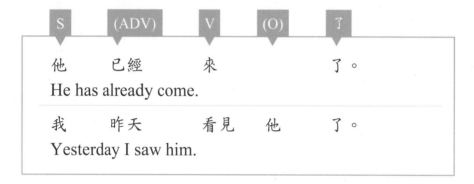

S	(ADV)	V	(O)	了
他	已經	來		了。

He has already come.

我	昨天	看見	他	了。

Yesterday I saw him.

1. 她已經走了。

2. 他們都已經回家了。

3. 我昨天去看電影了。

4. 我們今天早上學中文了。

5. 孩子昨天念書了，也寫字了。

Ⅱ. 了 Can Function Both as a Verb Suffix and a Sentence Final Particle

If a verb in a sentence carries a simple object, then了can be placed both after the main verb and at the end of the sentence. This usage often indicates the action has "already" been completed.

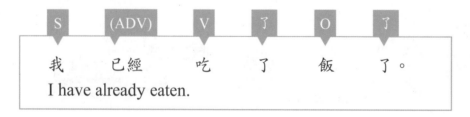

S	(ADV)	V	了	O	了
我	已經	吃	了	飯	了。

I have already eaten.

1. 我已經買了書了。

2. 爸爸已經看了報了。

3. 媽媽已經做了飯了。

4. 你昨天已經給了我錢了。

Answer the questions below.

1 你昨天做什麼了？(Give at least five different answers.)

2 今天你已經做了什麼事了？

3 昨天你到哪裡去了？

3 **Negation of Completed Action with 沒（有）**

S	(ADV)	沒	V	O
我	今天	沒	吃	早飯。

I didn't eat breakfast today.

1. 我昨天沒看電視。

2. 他今天早上沒到學校來。

3. 昨天我們沒唱歌，也沒跳舞。

4. 昨天下午我沒在圖書館看書。

Answer the questions below.

1 你昨天沒做什麼？(Give a minimum of five actions.)

2 你昨天沒到哪裡去？

4 Negated and Not Yet Completed Action with 還沒（有）……（呢）

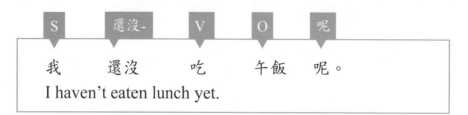

S	還沒-	V	O	呢
我	還沒	吃	午飯	呢。

I haven't eaten lunch yet.

1. 我還沒寫字呢。

2. 我還沒給你錢呢。

3. 老師還沒回去呢。

4. 今天的報，我還沒看呢。

Answer the questions below.

1 什麼事是你要做，可是還沒做的？

2 什麼地方是你要去，可是還沒去的？

5 Types of Questions of Completed Action

Ⅰ.

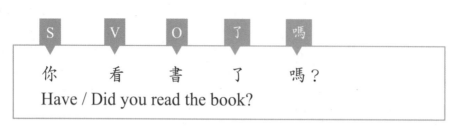

S	V	O	了	嗎
你	看	書	了	嗎？

Have / Did you read the book?

Ⅱ.

S	沒-	V	O	嗎
你	沒	看	書	嗎？

Haven't / Didn't you read the book?

Ⅲ.

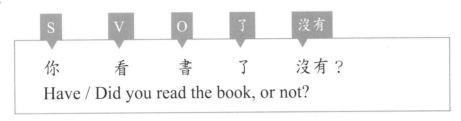

你　　看　　書　　了　　沒有？

Have / Did you read the book, or not?

Ⅳ.

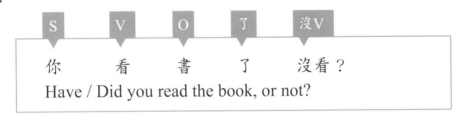

你　　看　　書　　了　　沒看？

Have / Did you read the book, or not?

1. a. 他昨天來了嗎？

   b. 他昨天沒來嗎？

   c. 他昨天來了沒有？

   d. 他昨天來了沒來？

2. a. 你吃早飯了嗎？

   b. 你沒吃早飯嗎？

   c. 你吃早飯了沒有？

   d. 你吃早飯了沒吃？

Ask your classmates what they did.

6 是……的 Construction Stressing Circumstances Connected with the Action of the Main Verb

When one wants to emphasize the time that an action is occurring, the place where the action is occurring, the starting point of the action, the place to which the person or thing went, the means of conveyance used, the purpose of coming (or going), etc., place 是 in front of the words you want to stress, and 的 at the

261

end of the sentence or after the main verb.

This pattern is often used when the action took place in the past.

In an affirmative sentence, 是 can be omitted from the pattern, but in a negative sentence it cannot.

S/O	(Neg-)	是	Subject/Time/Place/Means	V	(O)	的	(O)
我		是	昨天	買		的	書。
It was yesterday I bought the book.							
我		是	在那家書店	買		的	書。
It was at that bookstore that I bought the book.							
我		是	跟我姐姐去	買		的	書。
It was with my older sister that I went to buy the book.							
這本書		是	我	買		的。	
It was I that bought the book.							

1. 這本書是誰寫的？

2. 你是不是坐汽車來的？

3. 我是從法國來的，不是從英國來的。

4. 他是昨天中午來的，不是晚上來的。

5. 我昨天是在飯館吃的晚飯。

6. 今天我是跟朋友一塊兒吃的中飯。

One student asks questions according to the sentences given by the teacher and other students answer the questions.

1 王老師買房子了。

2 李小姐去看電影了。

3 張先生去英國了。

4 趙太太有一個新錶。

APPLICATION ACTIVITIES

1 **Each person should describe how they spent their time yesterday.**

For example: What did they do? What did they eat? Where did they go to eat? Where did they go? How did they get there? etc.

2 **Each person should describe their plan for the day.**

For example: What do they want to do in the morning? Where do they want to go? Where do they want to eat lunch? What do they want to do in the afternoon? etc.

3 **Situations**

1. **Two students meet on Friday and inquire about plans for the weekend.**

2. **Two students meet on Monday and ask each other what they did over the weekend.**

 **NOTES**

1
When using 從 or 到 if there is no place word after the noun (the object of the sentence), then 這裡 / 這兒 or 那裡 / 那兒 must be added after the noun or the object.

e.g. 我從他那裡來。

I'm coming from his place.

你要不要到他那裡去？

Do you want to go to his place or not?

第11課

你幾①點鐘下課②？

DIALOGUE

Ⅰ

A：今天下午你有課嗎？

B：有，下午我有兩個鐘頭③的課。

A：你幾點鐘下課？

B：三點半。

A：我也是三點半下課。聽說有一個電影不錯，我們一起去④
　　看，好不好？

B：好啊！電影是幾點鐘的？

A：五點一刻⑤。我想下了課，馬上⑥就⑦去買票。

B：那麼，我三點四十分⑧在學校門口⑨等⑩你，好嗎？

A：好啊！下午見。

II

(At the hotel counter)

A：您好。今天玩得很好吧[11]？

B：很好。可是太累了。現在幾點鐘了？

A：已經十點過七分了[12]。明天早上要[13]叫您起床[14]嗎？

B：要。請您差五分七點[15]叫我。

A：您在房間吃早飯嗎？

B：不，我七點半到樓下來吃早飯。吃了早飯，就到火車站[16]
去。

A：您坐幾點鐘的火車？

B：我坐八點二十分的火車。

A：票已經買了嗎？

B：已經買了。

A：那一定沒問題[17]。明天見。

B：明天見。

ㄅㄟˋ ㄕˊ ㄧ ㄎㄜ 　ㄋㄧˇ ㄐㄧˇ ㄉㄧㄢˇ ㄓㄨㄥ ㄒㄧㄚˋ ㄎㄜˊ？

I

A：ㄐㄧㄣ ㄊㄧㄢ ㄒㄧㄚˋ ㄨˇ ㄋㄧˇ ㄧㄡˇ ㄎㄜˋ ㄇㄚ˙？

B：ㄧㄡˇ，ㄒㄧㄚˋ ㄨˇ ㄨㄛˇ ㄧㄡˇ ㄌㄧㄤˇ ㄍㄜˋ ㄓㄨㄥ ㄊㄡˊ ㄉㄜ˙ ㄎㄜˋ。

A：ㄋㄧˇ ㄐㄧˇ ㄉㄧㄢˇ ㄓㄨㄥ ㄒㄧㄚˋ ㄎㄜˋ？

B：ㄙㄢ ㄉㄧㄢˇ ㄅㄢˋ。

A：ㄨㄛˇ ㄧㄝˇ ㄕˋ ㄙㄢ ㄉㄧㄢˇ ㄅㄢˋ ㄒㄧㄚˋ ㄎㄜˋ。ㄊㄚ ㄕㄨㄛ ㄧㄡˇ ㄧ ㄍㄜˋ ㄅㄢˋ ㄅㄧㄥˇ ㄎㄜˋ，ㄨㄛˇ ㄇㄣ˙
ㄧˋ ㄑㄧˇ ㄑㄩˋ ㄑㄩㄢˊ，ㄏㄠˇ ㄅㄨˋ ㄏㄠˇ？

B：ㄏㄠˇ ㄚ˙！ㄅㄢˋ ㄙㄜˊ ㄐㄧ ㄉㄧㄢˇ ㄓㄨㄥ ㄉㄜ˙？

A：ㄨˇ ㄉㄧㄢˇ ㄧˋ ㄎㄜˋ。ㄨㄛˇ ㄒㄧㄤˇ ㄒㄧㄚˋ ㄎㄜˋ，ㄇㄚ ㄕㄤˋ ㄐㄧㄡˋ ㄑㄩˋ ㄇㄞˇ ㄆㄠˋ。

B：ㄋㄚˇ ㄇㄜ˙，ㄨㄛˇ ㄙㄢ ㄉㄧㄢˇ ㄙˋ ㄕˋ ㄈㄣ ㄗㄞˋ ㄒㄩㄝˊ ㄒㄧㄤ ㄇㄣˊ ㄎㄡˇ ㄉㄥˇ ㄋㄧˇ，ㄏㄠˇ ㄚ˙？

A：ㄏㄠˇ ㄚ˙！ㄒㄧㄚˋ ㄨˇ ㄐㄧㄢˋ。

II

(At the hotel counter)

A：ㄋㄧˊ ㄏㄠˇ。ㄐㄧㄣ ㄊㄧㄢ ㄨㄢˇ ㄉㄜ˙ ㄏㄣˊ ㄏㄠˇ ㄚ˙？

B：ㄏㄣˊ ㄏㄠˇ。ㄎㄜˇ ㄕˋ ㄊㄞˋ ㄌㄧㄢˇ ㄉㄜ˙。ㄒㄧㄢˇ ㄗㄞˋ ㄐㄧ ㄉㄧㄢˇ ㄓㄨㄥ ㄉㄜ˙？

A：ㄧˊ ㄐㄧㄥˋ ㄕˋ ㄅㄢˇ ㄍㄨˇ ㄑㄧ ㄈㄣ ㄉㄜ˙。ㄇㄧㄥˊ ㄊㄧㄢ ㄗㄠˇ ㄕㄤ ㄠˇ ㄐㄧㄠˇ ㄋㄧˇ ㄨㄤˇ ㄚ˙？

B：ㄠˇ。ㄑㄧˇ ㄋㄧˇ ㄔㄚ ㄨˇ ㄈㄣ ㄑㄧ ㄉㄧㄢˇ ㄐㄧㄠˇ ㄨㄛˇ。

A：ㄋㄧˇ ㄗㄞˋ ㄈㄤˊ ㄐㄧㄢ ㄔ ㄗㄠˇ ㄘㄢ ㄇㄚ˙？

B：ㄅㄨˋ，ㄨㄛˇ ㄑㄧˋ ㄉㄧㄢˇ ㄅㄢˇ ㄉㄠˋ ㄌㄡˇ ㄒㄧㄚˋ ㄌㄞˊ ㄔ ㄗㄠˇ ㄘㄢ。ㄔ ㄉㄜ˙ ㄗㄠˇ ㄘㄢ，ㄐㄧㄡˋ ㄉㄠˋ ㄏㄨㄛˇ
ㄔㄜ ㄓㄢˋ ㄑㄩˋ。

A：ㄋㄧˇ ㄗㄞˋ ㄐㄧ ㄉㄧㄢˇ ㄓㄨㄥ ㄉㄠˋ ㄏㄨㄛˇ ㄔㄜ？

B：ㄨㄛˋ ㄗㄨㄛˋ ㄅㄚ ㄅㄞ ㄦ ㄕˊ ㄈㄣ ˙ㄉㄜ ㄏㄡˇ ㄔㄜ 。

A：ㄆㄠˋ ㄧˇ ㄐㄧㄥ ㄇㄞˇ ˙ㄉㄜ ˙ㄇㄚ ？

B：ㄧˇ ㄐㄧㄥ ㄇㄞˇ ˙ㄉㄜ 。

A：ㄋㄚˇ ㄧˇ ㄅㄧㄥ ㄨㄟˋ ㄅㄢ ㄊㄧ 。 ㄇㄧㄥˊ ㄊㄢ ㄐㄧㄢˋ 。

B：ㄇㄧㄥˊ ㄊㄢ ㄐㄧㄢˋ 。

 Dì Shíyī Kè Nǐ Jǐdiǎnzhōng Xiàkè?

(Pinyin)

A：Jīntiān xiàwǔ nǐ yǒu kè ma?

B：Yǒu, xiàwǔ wǒ yǒu liǎngge-zhōngtóu-de kè.

A：Nǐ jǐdiǎnzhōng xiàkè?

B：Sāndiǎn-bàn.

A：Wǒ yě shì sāndiǎn-bàn xiàkè. Tīngshuō yǒu yíge diànyǐng búcuò, wǒmen yìqǐ qù kàn, hǎo bùhǎo?

B：Hǎo a! Diànyǐng shì jǐdiǎnzhōng-de?

A：Wǔdiǎn yíkè. Wǒ xiǎng xiàle kè, mǎshàng jiù qù mǎi piào.

B：Nàme, wǒ sāndiǎn-sìshí-fēn zài xuéxiào ménkǒu děng nǐ, hǎo ma?

A：Hǎo a! Xiàwǔ jiàn.

(At the hotel counter)

A：Nín hǎo. Jīntiān wánde hěnhǎo ba?

B：Hěn hǎo. Kěshì tài lèi le. Xiànzài jǐdiǎnzhōng le?

A：Yǐjīng shídiǎn guò qīfēn le. Míngtiān zǎoshàng yào jiào nín qǐchuáng ma?

B：Yào. Qǐng nín chà wǔfēn qīdiǎn jiào wǒ.

A：Nín zài fángjiān chī zǎofàn ma?

B：Bù, wǒ qīdiǎn-bàn dào lóuxià lái chī zǎofàn. Chīle zǎofàn, jiù dào huǒchēzhàn qù.

A：Nín zuò jǐdiǎnzhōng-de huǒchē?

B：Wǒ zuò bādiǎn-èrshífēn-de huǒchē.

A：Piào yǐjīng mǎile ma?

B：Yǐjīng mǎile.

A：Nà yídìng méi wèntí. Míngtiān jiàn.

B：Míngtiān jiàn.

 Dì Shíhyī Kè Nǐ Jǐdiǎnjhōng Siàkè?

(Tongyong)

 I

A：Jīntiān siàwǔ nǐ yǒu kè ma?

B：Yǒu, siàwǔ wǒ yǒu liǎngge-jhōngtóu-de kè.

A：Nǐ jǐdiǎnjhōng siàkè?

B：Sāndiǎn-bàn.

A：Wǒ yě shìh sāndiǎn-bàn siàkè. Tīngshuō yǒu yíge diànyǐng búcuò, wǒmen yìcǐ cyù kàn, hǎo bùhǎo?

B：Hǎo a! Diànyǐng shìh jǐdiǎnjhōng-de?

A：Wǔdiǎn yíkè. Wǒ siǎng siàle kè, mǎshàng jiòu cyù mǎi piào.

B：Nàme, wǒ sāndiǎn-sìhshíh-fēn zài syuésiào ménkǒu děng nǐ, hǎo ma?

A：Hǎo a! Siàwǔ jiàn.

 II

(At the hotel counter)

A：Nín hǎo. Jīntiān wánde hěnhǎo ba?

B：Hěn hǎo. Kěshìh tài lèi le. Siànzài jǐdiǎnjhōng le?

A：Yǐjīng shíhdiǎn guò cīfēn le. Míngtiān zǎoshàng yào jiào nín cǐchuáng ma?

B ： Yào. Cǐng nín chà wǔfēn cīdiǎn jiào wǒ.

A ： Nín zài fángjiān chīh zǎofàn ma?

B ： Bù, wǒ cīdiǎn-bàn dào lóusià lái chīh zǎofàn. Chīhle zǎofàn, jiòu dào huǒchējhàn cyù.

A ： Nín zuò jǐdiǎnjhōng-de huǒchē?

B ： Wǒ zuò bādiǎn-èrshíhfēn-de huǒchē.

A ： Piào yǐjīng mǎile ma?

B ： Yǐjīng mǎile.

A ： Nà yídìng méi wùntí. Míngtiān jiàn.

B ： Míngtiān jiàn.

LESSON 11 WHEN DO YOU GET OUT OF CLASS?

I

A ： Do you have class this afternoon?

B ： Yes, this afternoon I have two hours of class.

A ： What time do you get out of class?

B ： At 3:30 p.m.

A ： I also get out of class at 3:30. I heard there's a pretty good movie (showing). Let's go see it together, OK?

B ： Great! When is the movie (starting)?

A ： 5:15. I think after class (I'll / we'll) go buy tickets right away.

B ： In that case I'll wait for you at the school entrance at 3:40, OK?

A ： OK. See you this afternoon.

II

(At the hotel counter)

A ： Hello, did you have a very good time today?

B : Very good, but (today was) too tiring. What time is it now?

A : It's already seven minutes past ten. Do you want me to wake you up tomorrow morning?

B : Yes. Please call me at five minutes to seven.

A : Will you be eating breakfast in your room?

B : No. At seven thirty I will come downstairs to eat breakfast. Right after having breakfast I'm heading to the train station.

A : Which (lit. "What time is the") train are you catching?

B : I'm taking the eight twenty train.

A : Have you already bought your ticket?

B : Yes, I have.

A : Well, then you won't have any problems. See you tomorrow.

B : See you tomorrow.

NARRATION

　　我每天早上七點鐘起床。七點一刻吃早飯。吃了飯，看了報，就開車到公司去。我們公司九點上班，下午五點下班，中午休息一個鐘頭。

　　晚上回家吃了晚飯，有的時候看一會兒電視，有的時候看看書，做做別的事。差不多十一點半睡覺。

晚飯／餐

ㄨㄛˇ ㄇㄟˇ ㄊㄧㄢ ㄗㄠˇ ㄕㄤˋ ㄑㄧ ㄉㄧㄢˇ ㄓㄨㄥ ㄑㄧˇ ㄔㄨㄤˊ。 ㄑㄧ ㄉㄧㄢˇ ㄧˊ ㄎㄜˋ ㄔ ㄗㄠˇ ㄈㄢˋ。

ㄔ ˙ㄌㄜ ㄈㄢˋ， ㄎㄢˋ ˙ㄌㄜ ㄅㄠˋ， ㄐㄧㄡˋ ㄎㄞ ㄔㄜ ㄉㄠˋ ㄍㄨㄥ ㄙ ㄑㄩˋ。 ㄨㄛˇ ˙ㄇㄣ ㄍㄨㄥ ㄙ ㄐㄧㄡˇ ㄉㄧㄢˇ ㄕㄤˋ ㄅㄢ， ㄒㄧㄚˋ ㄨˇ ㄨˇ ㄉㄧㄢˇ ㄒㄧㄚˋ ㄅㄢ， ㄓㄨㄥ ㄨˇ ㄒㄧㄡ ㄒㄧˊ ㄧˊ ˙ㄍㄜ ㄓㄨㄥ ㄊㄡˊ。

ㄨㄢˇ ㄕㄤˋ ㄏㄨㄟˊ ㄐㄧㄚ ㄔ ˙ㄌㄜ ㄨㄢˇ ㄈㄢˋ， ㄧㄡˇ ˙ㄉㄜ ㄕˊ ㄏㄡˋ ㄎㄢˋ ㄧˋ ㄏㄨㄟˇ ㄦ ㄉㄧㄢˋ ㄕˋ， ㄧㄡˇ ˙ㄉㄜ ㄕˊ ㄏㄡˋ ㄎㄢˋ ㄎㄢˋ ㄕㄨ， ㄗㄨㄛˋ ㄗㄨㄛˋ ㄅㄧㄝˊ ˙ㄉㄜ ㄕˋ。 ㄔㄚˋ ˙ㄅㄨ ㄉㄨㄛ ㄕˊ ㄧ ㄉㄧㄢˇ ㄅㄢˋ ㄕㄨㄟˋ ㄐㄧㄠˋ。

Wǒ měitiān zǎoshàng qīdiǎnzhōng qǐchuáng. Qīdiǎn yíkè chī zǎofàn. Chīle fàn, kànle bào, jiù kāichē dào gōngsī qù. Wǒmen gōngsī jiǔdiǎn shàngbān, xiàwǔ wǔdiǎn xiàbān. Zhōngwǔ xiūxí yíge-zhōngtóu.

Wǎnshàng huíjiā chīle wǎnfàn, yǒude shíhòu kàn yìhuǐr diànshì, yǒude shíhòu kànkàn shū, zuòzuò biéde shì. Chàbùduō shíyīdiǎn-bàn shuìjiào.

Wǒ měitiān zǎoshàng cīdiǎnjhōng cǐchuáng. Cīdiǎn yíkè chīh zǎofàn. Chīhle fàn, kànle bào, jiòu kāichē dào gōngsīh cyù. Wǒmen gōngsīh jiǒudiǎn shàngbān, siàwǔ wǔdiǎn siàbān. Jhōngwǔ siōusí yíge-jhōngtóu.

Wǎnshàng huéijiā chīhle wǎnfàn, yǒude shíhhòu kàn yìhuěir diànshìh, yǒude shíhhòu kànkàn shū, zuòzuò biéde shìh. Chàbùduō shíhyīdiǎn-bàn shuèijiào.

I get up every morning at seven o'clock. I eat breakfast at a quarter past seven. After eating breakfast and reading the newspaper, I drive to the company. Our company starts work at nine in the morning, and ends work at five in the afternoon, with an hour break at noon.

In the evening, after returning home and eating dinner, I sometimes watch a little television, while other times I do a bit of reading or do other things. I go to sleep around eleven thirty.

VOCABULARY

1 點（鐘）(diǎn (zhōng) / diǎn (jhōng)) ▸ M: o'clock

> 例 我今天下午一點（鐘）有課。
> Wǒ jīntiān xiàwǔ yìdiǎn (zhōng) yǒukè.
> Wǒ jīntiān siàwǔ yìdiǎn (jhōng) yǒukè.
> **I have class this afternoon at one o'clock.**

點 (diǎn) ▸ M/N: o'clock; point, dot

> 例 你每天幾點來學校？
> Nǐ měitiān jǐdiǎn lái xuéxiào?
> Nǐ měitiān jǐdiǎn lái syuésiào?
> **What time do you come to school every day?**

鐘 (zhōng / jhōng) ▸ N: clock

2 下課 (xiàkè / siàkè) ▸ VO/IE: to get out of class, end of class

> 例 我們還沒下課呢。
> Wǒmen hái méi xiàkè ne.
> Wǒmen hái méi siàkè ne.
> **We have not finished class yet.**

下 (xià / sià) ▸ V: to disembark, to get off (a vehicle, plane, boat, etc.)

> 例 你在哪裡下車？
> Nǐ zài nǎlǐ xià chē?
> Nǐ zài nǎlǐ sià chē?
> **Where do you get off (at)?**

課 (kè) ▸ N/M: class; measure word for lessons

> 例 我明天沒有課，可以跟你一塊兒去看電影。
> Wǒ míngtiān méiyǒu kè, kěyǐ gēn nǐ yíkuàr qù kàn diànyǐng.

275

Wǒ míngtiān méiyǒu kè, kěyǐ gēn nǐ yíkuàr cyù kàn diànyǐng.

I don't have any classes tomorrow. I can go with you to watch a movie.

例 這課不太難，我沒有問題。

Zhèikè bútài nán, wǒ méiyǒu wèntí.

Jhèikè bútài nán, wǒ méiyǒu wùntí.

This lesson isn't very difficult. I don't have any questions (about it).

3 鐘頭 (zhōngtóu / jhōngtóu) ▸▸ N: hour (小時 xiǎoshí / siǎoshíh)

例 我每天學兩個鐘頭的中文。

Wǒ měitiān xué liǎngge-zhōngtóu-de Zhōngwén.

Wǒ měitiān syué liǎngge-jhōngtóu-de Jhōngwún.

Every day I study Chinese for two hours.

4 一起 (yìqǐ / yìcǐ) ▸▸ ADV: together

例 他是跟朋友一起來台灣的。

Tā shì gēn péngyǒu yìqǐ lái Táiwān de.

Tā shìh gēn péngyǒu yìcǐ lái Táiwān de.

He came to Taiwan together with his friends.

5 刻 (kè) ▸▸ M: a quarter of an hour

例 現在是五點一刻，五點半我要回家。

Xiànzài shì wǔdiǎn-yíkè, wǔdiǎnbàn wǒ yào huíjiā.

Siànzài shìh wǔdiǎn-yíkè, wǔdiǎnbàn wǒ yào huéijiā.

It is now five fifteen. At five thirty I will go home.

6 馬上 (mǎshàng) ▸▸ ADV: immediately

例 請等一會兒，他馬上來。

Qǐng děng yìhuǐr, tā mǎshàng lái.

Cǐng děng yìhuěir, tā mǎshàng lái.

Please wait a moment. He'll come immediately.

7 就ㄐㄧㄡˋ (jiù / jiòu) ▸▸ ADV: then, right away

例 昨ㄗㄨㄛˊ天ㄊㄧㄢ你ㄋㄧˇ下ㄒㄧㄚˋ了ㄌㄜ課ㄎㄜˋ，就ㄐㄧㄡˋ回ㄏㄨㄟˊ家ㄐㄧㄚ了ㄌㄜ嗎ㄇㄚ？

Zuótiān nǐ xiàle kè, jiù huíjiā le ma?

Zuótiān nǐ siàle kè, jiòu huéijiā le ma?

Did you go home right after class yesterday?

8 分ㄈㄣ（鐘ㄓㄨㄥ） (fēn (zhōng) / fēn (jhōng)) ▸▸ M (-N): minute

例 現ㄒㄧㄢˋ在ㄗㄞˋ是ㄕˋ八ㄅㄚ點ㄉㄧㄢˇ十ㄕˊ分ㄈㄣ，我ㄨㄛˇ們ㄇㄣ還ㄏㄞˊ沒ㄇㄟˊ上ㄕㄤˋ課ㄎㄜˋ呢ㄋㄜ。

Xiànzài shì bādiǎn-shífēn, wǒmen hái méi shàngkè ne.

Siànzài shìh bādiǎn-shíhfēn, wǒmen hái méi shàngkè ne.

It is eight ten right now. We still haven't started class.

例 他ㄊㄚ們ㄇㄣ公ㄍㄨㄥ司ㄙ每ㄇㄟˇ天ㄊㄧㄢ中ㄓㄨㄥ午ㄨˇ休ㄒㄧㄡ息ㄒㄧˊ四ㄙˋ十ㄕˊ分ㄈㄣ鐘ㄓㄨㄥ。

Tāmen gōngsī měitiān zhōngwǔ xiūxí sìshí fēnzhōng.

Tāmen gōngsīh měitiān jhōngwǔ siōusí sìhshíh fēnjhōng.

Their company has a forty-minute break every day at noon.

9 門ㄇㄣˊ口ㄎㄡˇ (ménkǒu) ▸▸ N: entrance, doorway

門ㄇㄣˊ (mén) ▸▸ N: door, gate

10 等ㄉㄥˇ (děng) ▸▸ V: to wait

例 請ㄑㄧㄥˇ你ㄋㄧˇ明ㄇㄧㄥˊ天ㄊㄧㄢ上ㄕㄤˋ午ㄨˇ九ㄐㄧㄡˇ點ㄉㄧㄢˇ半ㄅㄢˋ在ㄗㄞˋ圖ㄊㄨˊ書ㄕㄨ館ㄍㄨㄢˇ門ㄇㄣˊ口ㄎㄡˇ等ㄉㄥˇ我ㄨㄛˇ。

Qǐng nǐ míngtiān shàngwǔ jiǔdiǎn-bàn zài túshūguǎn ménkǒu děng wǒ.

Cǐng nǐ míngtiān shàngwǔ jiǒudiǎn-bàn zài túshūguǎn ménkǒu děng wǒ.

Please wait for me at the entrance to the library tomorrow at 9:30 a.m.

11 吧ㄅㄚ (ba) ▸▸ P: question particle, implying probability

例 你ㄋㄧˇ們ㄇㄣ昨ㄗㄨㄛˊ天ㄊㄧㄢ在ㄗㄞˋ王ㄨㄤˊ先ㄒㄧㄢ生ㄕㄥ家ㄐㄧㄚ玩ㄨㄢˊ得ㄉㄜ好ㄏㄠˇ吧ㄅㄚ？

Nǐmen zuótiān zài Wáng Xiānshēng jiā wánde hǎo ba?

277

Nǐmen zuótiān zài Wáng Siānshēng jiā wánde hǎo ba?

You enjoyed yourselves at Mr. Wang's house yesterday, didn't you?

12 過 (guò) ▸▸ V: to pass

例 現在是九點過三分。

Xiànzài shì jiǔdiǎn guò sānfēn.

Siànzài shìh jiǒudiǎn guò sānfēn.

It is now three minutes past nine o'clock.

例 A：八點半到了嗎？

B：已經過了。

A：Bādiǎn-bàn dàole ma?

B：Yǐjīng guòle.

A：Is it 8:30 yet?

B：It is already after 8:30.

13 叫 (jiào) ▸▸ V: to call (someone) (for some reason)

例 請你明天早上六點叫我起床。

Qǐng nǐ míngtiān zǎoshàng liùdiǎn jiào wǒ qǐchuáng.

Cǐng nǐ míngtiān zǎoshàng liòudiǎn jiào wǒ cǐchuáng.

Please call me and wake me up tomorrow at 6:00 a.m.

14 起床 (qǐchuáng / cǐchuáng) ▸▸ VO: to get up

例 我今天早上是六點起床的。

Wǒ jīntiān zǎoshàng shì liùdiǎn qǐchuáng de.

Wǒ jīntiān zǎoshàng shìh liòudiǎn cǐchuáng de.

This morning I got up at six o'clock.

床 (chuáng) ▸▸ N: bed（M: 張 zhāng / jhāng）

15 差 (chà) ▸▸ V: to lack, to be short of

例 我的錢不夠，還差十塊錢。

Wǒde qián búgòu, hái chà shíkuài qián.

Wǒde cián búgòu, hái chà shíhkuài cián.

I don't have enough money. I'm still ten dollars short.

例 現在是差十分五點。

Xiànzài shì chà shífēn wǔdiǎn.

Siànzài shìh chà shíhfēn wǔdiǎn.

It is now ten minutes to five.

差不多 (chàbùduō) ▸ ADV: about, almost

例 他說的話，我差不多都懂。

Tā shuōde huà, wǒ chàbùduō dōu dǒng.

I understand almost everything he says.

16 火車站 (huǒchēzhàn / huǒchējhàn) ▸ N: train station

例 我家離火車站很遠，所以我不常坐火車。

Wǒ jiā lí huǒchēzhàn hěn yuǎn, suǒyǐ wǒ bùcháng zuò huǒchē.

Wǒ jiā lí huǒchējhàn hěn yuǎn, suǒyǐ wǒ bùcháng zuò huǒchē.

My home is very far from the train station, so I don't take the train often.

站 (zhàn / jhàn) ▸ V/N: to stand; (train, bus) station

公車站 (gōngchēzhàn / gōngchējhàn) ▸ N: bus stand, bus stop

17 沒問題 (méiwèntí / méiwùntí) ▸ IE: no problem

例 A：你明天能來嗎？

B：沒問題，我一定能來。

A：Nǐ míngtiān néng lái ma?

B：Méi wèntí, wǒ yídìng néng lái.

B：Méi wùntí, wǒ yídìng néng lái.

A：Can you come tomorrow?

B：No problem, I can definitely come.

問題 (wèntí / wùntí) ▸ N: question, problem

例 我ㄨㄛˇ有ㄧㄡˇ一ㄧ個ㄍㄜˋ問ㄨㄣˋ題ㄊㄧˊ想ㄒㄧㄤˇ請ㄑㄧㄥˇ問ㄨㄣˋ您ㄋㄧㄣˊ。

Wǒ yǒu yíge wèntí xiǎng qǐngwèn nín.

Wǒ yǒu yíge wùntí siǎng cǐngwùn nín.

I have a question I want to ask you.

SUPPLEMENTARY VOCABULARY

18 每ㄇㄟˇ (měi) ▸▸ DEM: every

例 我ㄨㄛˇ弟ㄉㄧˋ弟ㄉㄧ每ㄇㄟˇ天ㄊㄧㄢ七ㄑㄧ點ㄉㄧㄢˇ起ㄑㄧˇ床ㄔㄨㄤˊ。

Wǒ dìdi měitiān qīdiǎn qǐchuáng.

Wǒ dìdi měitiān cīdiǎn cǐchuáng.

My younger brother gets up every day at seven.

19 公ㄍㄨㄥ司ㄙ (gōngsī / gōngsīh) ▸▸ N: company（M: 家ㄐㄧㄚ jiā）

例 他ㄊㄚ的ㄉㄜ公ㄍㄨㄥ司ㄙ在ㄗㄞˋ什ㄕㄣˊ麼ㄇㄜ路ㄌㄨˋ？離ㄌㄧˊ他ㄊㄚ家ㄐㄧㄚ遠ㄩㄢˇ不ㄅㄨˋ遠ㄩㄢˇ？

Tāde gōngsī zài shénme lù? Lí tājiā yuǎn bùyuǎn?

Tāde gōngsīh zài shénme lù? Lí tājiā yuǎn bùyuǎn?

What road is his company on? Is it far from his home?

20 上ㄕㄤˋ班ㄅㄢ (shàngbān) ▸▸ VO: to begin work, to start work, to go to work

例 你ㄋㄧˇ每ㄇㄟˇ天ㄊㄧㄢ幾ㄐㄧˇ點ㄉㄧㄢˇ上ㄕㄤˋ班ㄅㄢ？幾ㄐㄧˇ點ㄉㄧㄢˇ下ㄒㄧㄚˋ班ㄅㄢ？

Nǐ měitiān jǐdiǎn shàngbān? Jǐdiǎn xiàbān?

Nǐ měitiān jǐdiǎn shàngbān? Jǐdiǎn siàbān?

What time do you go to work every day? What time do you get off work?

班ㄅㄢ (bān) ▸▸ N/M: class

21 休ㄒㄧㄡ息ㄒㄧˊ (xiūxí / siōusí) ▸▸ V: to rest

例 我ㄨㄛˇ有ㄧㄡˇ一ㄧ點ㄉㄧㄢˇ累ㄌㄟˋ，要ㄧㄠˋ休ㄒㄧㄡ息ㄒㄧˊ一ㄧ下ㄒㄧㄚˋ。

Wǒ yǒu yìdiǎn lèi, yào xiūxí yíxià.

Wǒ yǒu yìdiǎn lèi, yào siōusí yísià.

I'm a bit tired and would like to rest for a moment.

22 一會兒 (yìhuǐr / yìhuěir)

▸▸ ADV/N: a moment, a short while （一下 yíxià / yísià）

例 我去買東西，一會兒就回來。

Wǒ qù mǎi dōngxī, yìhuǐr jiù huílái.

Wǒ cyù mǎi dōngsī, yìhuěir jiòu huéilái.

I'm going to go buy some things. I'll be back in a while.

例 請你在這裡等一會兒 / 一下。

Qǐng nǐ zài zhèlǐ děng yìhuǐr / yíxià.

Cǐng nǐ zài jhèlǐ děng yìhuěir / yísià.

Please wait here a moment.

23 別的 (biéde) ▸▸ N: other

例 我就有一張桌子，沒有別的。

Wǒ jiù yǒu yìzhāng zhuōzi, méiyǒu biéde.

Wǒ jiòu yǒu yìjhāng jhuōzih, méiyǒu biéde.

I only have one table. I don't have any others.

別人 (biérén) ▸▸ N: other people

例 他們幾個人，只有她會唱中文歌，別人都不會。

Tāmen jǐge rén, zhǐyǒu tā huì chàng Zhōngwén gē, biérén dōu búhuì.

Tāmen jǐge rén, jhǐyǒu tā huèi chàng Jhōngwún gē, biérén dōu búhuèi.

She's the only one of them who knows how to sing Chinese songs. The others can't.

別 (bié) ▸▸ ADV: don't

例 現在上中文課，別說英文！

Xiànzài shàng Zhōngwén kè, bié shuō Yīngwén!

Siànzài shàng Jhōngwún kè, bié shuō Yīngwún!

We're having Chinese class right now. Don't speak English!

24 睡覺 (shuìjiào / shuèijiào) ▸▸ VO: to sleep

例 我昨天太累，吃了晚飯，就睡覺了。

Wǒ zuótiān tàilèi, chīle wǎnfàn jiù shuìjiào le.

Wǒ zuótiān tàilèi, chīhle wǎnfàn jiòu shuèijiào le.

I was too tired yesterday. I went to sleep right after having dinner.

睡 (shuì / shuèi) ▸▸ V: to sleep

覺 (jiào) ▸▸ N: sleep

25 上 (shàng) ▸▸ V: to board

例 他早上十點半上飛機，差不多三個鐘頭可以到台北。

Tā zǎoshàng shídiǎn-bàn shàng fēijī, chàbùduō sānge zhōngtóu kěyǐ dào Táiběi.

Tā zǎoshàng shíhdiǎn-bàn shàng fēijī, chàbùduō sānge jhōngtóu kěyǐ dào Táiběi.

He boarded the plane at 10:30 a.m. He can arrive in Taipei in about three hours.

26 夜裡 (yèlǐ) ▸▸ ADV/N (TW): night

例 昨天夜裡很冷，我睡得不好。

Zuótiān yèlǐ hěn lěng, wǒ shuìde bùhǎo.

Zuótiān yèlǐ hěn lěng, wǒ shuèide bùhǎo.

Last night it was very cold. I didn't sleep well.

夜 (yè) ▸▸ N/M: night

27 對不起 (duìbùqǐ / duèibùcǐ) ▸▸ IE: I'm sorry, excuse me

例 對不起，我明天有事，不能去你家。

Duìbùqǐ, wǒ míngtiān yǒushì, bùnéng qù nǐjiā.

Duèibùcǐ, wǒ míngtiān yǒushìh, bùnéng cyù nǐjiā.

Sorry, I have something to attend to tomorrow and cannot go to your house.

例 對不起，請問現在幾點鐘？

Duìbùqǐ, qǐngwèn xiànzài jǐdiǎnzhōng.

Duèibùcǐ, cǐngwùn siànzài jǐdiǎnjhōng.

Excuse me, could you please tell me what time it is?

SYNTAX PRACTICE

1 Time Expressions

I. Telling the Time: "Time When" Expressions

	三點鐘	three o'clock (3:00)
	三點（零／過）五分	five minutes past three (3:05)
	三點十分	three ten (3:10)
	三點十五分（or 三點一刻）	three fifteen (3:15)
	三點二十（分）	three twenty (3:20)
	三點三十分（or 三點半）	three thirty (3:30)
	三點四十五（分）or 三點三刻 or 差一刻四點 or 四點差一刻	three forty-five (3:45), quarter till four (3:45)
	三點五十（分）or 差十分四點 or 四點差十分	three fifty (3:50), or ten minutes to four (3:50)
	三點多鐘	past three o'clock, between three and four o'clock
	三、四點鐘	three or four o'clock

Ⅱ. Duration of Time: "Time Span" Expressions

一分鐘	one minute
兩、三分鐘	two or three minutes
十分鐘	ten minutes
十幾分鐘（or 十多分鐘）	more than ten minutes (11-19 minutes)
十五分鐘（or 一刻鐘）	fifteen minutes, a quarter of an hour
三十分鐘（or 半個鐘頭）	thirty minutes, half an hour
四十五分鐘（or 三刻鐘）	fortyfive minutes, three quarters of an hour
一個鐘頭	one hour
一個鐘頭零五分鐘	one hour and five minutes
一個半鐘頭	one and a half hours
一個多鐘頭	more than one hour (1-2 hours)
兩、三個鐘頭	two or three hours
十幾個鐘頭	over ten hours (11-19 hours)

2 Time of Occurrence Precedes the Verb

(S)	Time When	(S)	V	O
你	什麼時候		吃	晚飯？
When do you eat dinner?				
我	六點半		吃	晚飯。
I eat dinner at 6:30.				

1. 你每天幾點鐘起床？

   我每天七點鐘起床。

2. 你明天下午幾點鐘來學校？

   我兩點十分來。

3. 你們什麼時候到他家去？

   我們今天下午去。

4. 她幾點鐘上飛機？

   她九點鐘上飛機。

5. 昨天他是幾點鐘睡覺的？

   夜裡一點多。

Look at the pictures and complete the sentences below.

1 他早上什麼時候起床？

2 他幾點鐘吃午飯？

3 他的火車幾點鐘開？

4 他幾點鐘回家？

3 Duration of Time Goes After the Verb

Ⅰ.

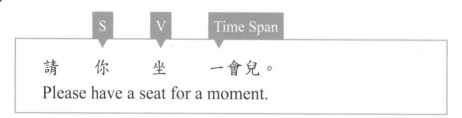

S	V	Time Span
請 你	坐	一會兒。

Please have a seat for a moment.

1. 我要休息十分鐘。

2. 對不起，請您等一會兒。

Ⅱ.

A.

S	(ADV)	V	Time Span	(的)	O
我	每天	寫	一個鐘頭	的	中國字。

Every day I practice writing Chinese characters for one hour.

B.

S	(ADV)	V	O,	V	Time Span
我	每天	寫	中國字，	寫	一個鐘頭。

Every day I practice writing Chinese characters for one hour.

1. a. 你每天上幾個鐘頭的中文課？

　　我每天上兩個鐘頭的中文課。

　b. 你每天上中文課，上幾個鐘頭？

　　我每天上中文課，上兩個鐘頭。

2. a. 我今天要教一個鐘頭的英文。

　b. 我今天教英文，要教一個鐘頭。

3. a. 他每天睡六、七個鐘頭的覺。

　b. 他每天睡覺，睡六、七個鐘頭。

Answer the questions below.

1 你每天睡幾個鐘頭的覺？

2 你每天上幾個鐘頭的中文課？

3 你每天看幾個鐘頭的電視？

4 現在你要休息幾分鐘？

4 S V 了 O as a Dependent Clause

When the sentence pattern S V 了 O appears, it generally means that the sentence is unfinished. In this case there must follow a subsequent statement serving as the main clause that completes the sentence. Such a main clause is usually introduced by the fixed adverb 就. When this type of sentence pattern is used, the initial action in the beginning of the sentence is followed almost immediately by a second action.

I. Past

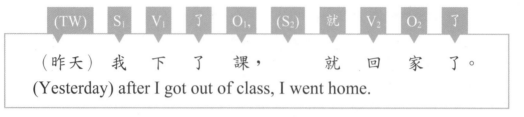

（昨天）我 下 了 課， 就 回 家 了。

(Yesterday) after I got out of class, I went home.

II. Habitual Action

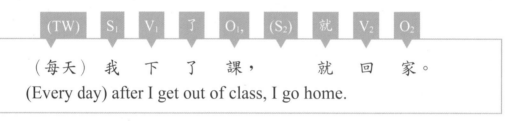

（每天）我 下 了 課， 就 回 家。

(Every day) after I get out of class, I go home.

III. Future

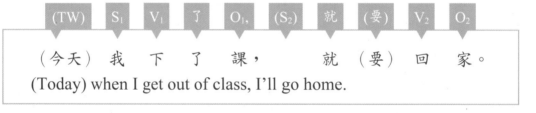

（今天）我 下 了 課， 就 （要） 回 家。

(Today) when I get out of class, I'll go home.

1. a. 今天我吃了早飯，就到學校來了。

   b. 每天我吃了早飯，就到學校來。

   c. 明天我吃了早飯，就要到學校來。

2. a. 她昨天吃了晚飯，就念書了。

   b. 她每天吃了晚飯，就念書。

   c. 她今天吃了晚飯，就要念書。

3. a. 昨天下了班，我們就去喝酒了。

   b. 每天下了班，我們就去喝酒。

   c. 今天下了班，我們就要去喝酒。

4. a. 那個孩子昨天到了家，就看電視了。

　　b. 那個孩子每天到了家，就看電視。

　　c. 那個孩子說他到了家，就要看電視。

5. a. 昨天我很累，吃了飯，就睡覺了。

　　b. 每天我都很累，吃了飯，就睡覺。

　　c. 今天我很累，吃了飯，就要睡覺。

Please complete the following sentences.

1 我每天早上看了報，＿＿＿＿＿＿＿＿＿＿＿。

2 他昨天回了家，＿＿＿＿＿＿＿＿＿＿＿。

3 我今天下了課，＿＿＿＿＿＿＿＿＿＿＿。

4 ＿＿＿＿＿＿＿＿＿＿＿，就休息了。

5 ＿＿＿＿＿＿＿＿＿＿＿，就回家。

6 ＿＿＿＿＿＿＿＿＿＿，就要去買東西。

APPLICATION ACTIVITIES

1 Use "你每天V多少時候的 O？" and "你每天VO，V多少時候？" to ask a classmate questions. After answering, everybody should explain his or her daily schedule.

2 Use "昨天你是幾點鐘VO的？" to ask a classmate questions. Each student should describe what happened to him or her yesterday.

3 Use "S V₁了O₁，就 V₂ O₂" to describe consecutive actions in another student's daily schedule.

4 **Situation**

Two students plan to go see a movie, play basketball（打籃球 dǎlánqiú / dǎláncióu）, or watch a basketball game（看籃球賽 kàn lánqiúsài / kàn láncióusài）, etc.

 **NOTES**

1 The units for expressing the current time or the time of an occurrence in Chinese are: 點 (for hours), 刻 (for quarter-hours), and 分 (for minutes). If one wishes to indicate the exact time as "(hour) o'clock," 鐘 (clock) is often added after 點. However, 鐘 is typically omitted if there are minutes or quarters in the time expression.

e.g. 三點鐘	3:00
三點一刻	3:15
三點五十分	3:50

Note that when telling the time, if the unit of time is over ten minutes, then 分 can be omitted.

e.g. 三點四十　　　　3:40

五點十七　　　　5:17

When telling the time and the time unit after the hour is under ten minutes, a 零 (zero) or 過 (to pass) can be inserted.

e.g. 三點零五分　　　3:05

五點過五分　　　5:05

If only a few minutes remain before the hour, say "差 X 分 Y 點" or "Y 點 差 X 分"

e.g. 差三分十點／十點差三分　　　　9:57

2

When expressing the time of day in Chinese, the English word "hour" can be indicated by either 鐘頭 or 小時. One important difference between the two is that 鐘頭 must always use the measure word 個, whereas 小時 does not usually need this measure word. The reason that 小時 does not need 個 is because 小時 itself can act as a measure word. Also, of these two units for "hour" in Chinese, 小時 is often used in written Chinese, whereas 鐘頭 is not.

e.g. 一個鐘頭　　　one hour

一（個）小時　　one hour

第12課

我到外國去了八個多月①

DIALOGUE

Ⅰ

A：好久不見，聽說你到歐洲②去了。

B：是啊，我到歐洲去了八個多月。

A：你都到了哪些國家③？

B：我去了德國、英國，還有法國。

A：明年④我也想到德國去旅行⑤，什麼時候去最好？

B：我想從六月到十月天氣都不錯。冬天太冷⑥了。

A：春天⑦呢？

B：春天有的地方常下雨⑧。

A：那，我應該⑨夏天⑩去。

B：對啊，夏天去最好。

Ⅱ

A：最近都沒看到你，你到哪裡去了？

B：我跟父母到日本去了一個星期，昨天剛回來的。我們什麼
　　時候考試，你知道嗎？

A：下星期三。

B：一共考多少課？

A：老師說一共考十二課。

B：你念了幾課了？

A：我已經念了七課了，你呢？

B：我在日本只看了兩課，還有十課沒看呢，怎麼辦？

A：別著急，還有一星期呢。我現在要到圖書館去看書，你去
　　不去？

B：好啊，我跟你一起去。

ㄅ一ˋ　ㄕˊ　ㄦ　ㄎㄜ　▶　ㄨㄛˋ　ㄅㄠ　ㄨㄞ　ㄍㄨㄛˋ　ㄑㄩ　ㄉㄜ˙　ㄅㄚ　ㄍㄜˋ　ㄅㄨㄛˋ　ㄩㄝˋ

I

A：ㄏㄠˇ　ㄐㄧㄡˇ　ㄅㄨˊ　ㄐㄧㄢˋ，ㄊㄥ　ㄕㄨㄛ　ㄋㄧˇ　ㄅㄧㄠ　ㄡ　ㄓㄜˋ　ㄑㄩ　ㄌㄜ。

B：ㄕˋ　ㄚ˙，ㄨㄛˇ　ㄅㄠ　ㄡ　ㄓㄡ　ㄑㄩ　ㄌㄜ　ㄅㄚ　ㄍㄜˋ　ㄅㄨㄛˋ　ㄩㄝˋ。

A：ㄋㄧˇ　ㄅㄡ　ㄅㄠ　ㄉㄜ˙　ㄋㄚˇ　ㄒㄧ　ㄍㄨㄛˋ　ㄐㄧㄚ？

B：ㄨㄛˇ　ㄑㄩ　ㄌㄜ　ㄉㄜˊ　ㄍㄨㄛˋ、ㄧˋ　ㄍㄨㄛˇ，ㄏㄞˊ　ㄧㄡˇ　ㄈㄚˇ　ㄍㄨㄛˊ。

A：ㄇㄥˊ　ㄋㄧㄢˊ　ㄋㄧˇ　ㄧˋ　ㄒㄧㄤ　ㄉㄠ　ㄍㄨㄛˋ　ㄑㄩ　ㄌㄧㄥˊ，ㄕㄣ　ㄇㄜ˙　ㄕˊ　ㄏㄡˋ　ㄑㄩ　ㄗㄨㄟˋ　ㄏㄠˇ？

B：ㄨㄛˇ　ㄒㄧㄤ　ㄘㄨㄣ　ㄐㄩˋ　ㄉㄠˋ　ㄕˋ　ㄩㄝˋ　ㄊㄧㄢ　ㄑㄧˋ　ㄅㄨˋ　ㄅㄛˇ　ㄙㄨㄛˋ。ㄅㄨ　ㄊㄢ　ㄊㄞ　ㄌㄥˊ　ㄉㄜ。

A：ㄔㄨㄣ　ㄊㄧㄢ　ㄋㄜˊ？

B：ㄔㄨㄣ　ㄊㄧㄢ　ㄧㄡˇ　ㄉㄜˊ　ㄅㄚ　ㄈㄥ　ㄔㄨ　ㄒㄧㄚ　ㄩˇ。

A：ㄋㄚˇ，ㄨㄛˇ　ㄧˇ　ㄍㄜ　ㄒㄧㄚ　ㄊㄧㄢ　ㄑㄩˋ。

B：ㄅㄨˋ　ㄚ˙，ㄒㄧㄚ　ㄊㄧㄢ　ㄑㄩ　ㄗㄨㄟˋ　ㄏㄠˇ。

II

A：ㄗㄨㄟˇ　ㄐㄧㄣ　ㄅㄡ　ㄟˇ　ㄎㄢ　ㄉㄠ　ㄋㄧˇ，ㄋㄧˇ　ㄅㄠ　ㄋㄧˇ　ㄉㄚ　ㄑㄩ　ㄉㄜˊ？

B：ㄨㄛˇ　ㄍㄣ　ㄈㄨ　ㄇㄨ　ㄅㄠ　ㄖㄣˊ　ㄑㄩ　ㄉㄜ˙　ㄧ　ㄜ　ㄒㄧㄥ　ㄑㄧ，ㄗㄨㄛˋ　ㄊㄞ　ㄍㄨㄢ　ㄏㄨㄟˇ　ㄌㄞˊ　ㄉㄜ。　ㄨㄛˇ　ㄇㄣ˙　ㄗㄣ　ㄇㄜ˙　ㄕˋ　ㄏㄡˋ　ㄎㄢ　ㄕˋ，ㄋㄧˇ　ㄓ　ㄉㄠˋ　ㄇㄚ˙？

A：ㄒㄧㄚ　ㄒㄧ　ㄑㄧˋ　ㄙㄢ。

B：ㄧˊ　ㄍㄨㄥˋ　ㄎㄢ　ㄅㄨㄛˋ　ㄗㄠ　ㄎㄜ˙？

A：ㄉㄠˇ　ㄕˋ　ㄗㄨㄛˋ　ㄧˇ　ㄨˋ　ㄎㄢ　ㄕˋ　ㄦˊ　ㄎㄜ。

B：ㄋㄧˇ　ㄋㄢˋ　ㄉㄜˊ　ㄐㄧˇ　ㄎㄢ　ㄉㄜˊ？

A：ㄨㄛˇ　ㄧˇ　ㄐㄧ　ㄋㄧˇ　ㄉㄜ˙　ㄑㄧ　ㄎㄢ　ㄉㄜˊ，ㄋㄧˇ　ㄋㄜ˙？

B：ㄨㄛˇ ㄗㄞˋ ㄖㄣˋ ㄅㄣˇ ㄓㄨˋ ㄎㄢˋ ㄌㄜ˙ ㄉㄧㄢˇ ㄎㄜˋ，ㄏㄞˊ ㄧㄡˇ ㄕˊ ㄎㄜˋ ㄇㄟˊ ㄎㄠˇ ㄋㄜ˙，ㄗㄣˇ ㄇㄜ˙ ㄅㄢˋ？

A：ㄅㄧㄝˊ ㄓㄠˊ ㄐㄧ，ㄏㄞˊ ㄧㄡˇ ㄧˋ ㄒㄧㄥˊ ㄑㄧˊ ㄋㄜ˙。ㄨㄛˇ ㄒㄧㄢˇ ㄗㄞˋ ㄉㄠˋ ㄠˋ ㄨㄨˋ ㄑㄩˋ ㄎㄢˋ ㄕㄨˋ ，ㄋㄧˇ ㄑㄩˋ ㄅㄨˋ ㄑㄩˋ？

B：ㄏㄠˇ ㄚ˙，ㄨㄛˇ ㄍㄣˋ ㄋㄧˇ ㄧˊ ㄎㄨㄞˋ ㄑㄩˋ。

Dì Shíèr Kè　Wǒ Dào Wàiguó Qùle Bāge-duō Yuè

(Pinyin)

I

A：Hǎo jiǔ bújiàn, tīngshuō nǐ dào Ōuzhōu qùle.

B：Shì a, wǒ dào Ōuzhōu qùle bāge-duō yuè.

A：Nǐ dōu dàole něixiē guójiā?

B：Wǒ qùle Déguó, Yīngguó, háiyǒu Fǎguó.

A：Míngnián wǒ yě xiǎng dào Déguó qù lǚxíng, shénme shíhòu qù zuì hǎo?

B：Wǒ xiǎng cóng liùyuè dào shíyuè tiānqì dōu búcuò. Dōngtiān tài lěng le.

A：Chūntiān ne?

B：Chūntiān yǒude dìfāng cháng xiàyǔ.

A：Nà, wǒ yīnggāi xiàtiān qù.

B：Duì a, xiàtiān qù zuì hǎo.

II

A：Zuìjìn dōu méikàndào nǐ, nǐ dào nǎlǐ qùle?

B：Wǒ gēn fùmǔ dào Rìběn qùle yíge xīngqí, zuótiān gāng huílái de. Wǒmen shénme shíhòu kǎoshì, nǐ zhīdào ma?

A：Xià xīngqísān.

B：Yígòng kǎo duōshǎokè?

A：Lǎoshī shuō yígòng kǎo shíèr kè.

B：Nǐ niànle jǐkè le?

A : Wǒ yǐjīng niànle qīkè le, nǐ ne?

B : Wǒ zài Rìběn zhǐ niànle liǎngkè, hái yǒu shíkè méiniàn ne, zěnmebàn?

A : Bié zhāojí, hái yǒu yìxīngqí ne. Wǒ xiànzài yào dào túshūguǎn qù kànshū, nǐ qù búqù?

B : Hǎo a, wǒ gēn nǐ yìqǐ qù.

 Dì Shíhèr Kè Wǒ Dào Wàiguó Cyùle Bāge-duō Yuè

(Tongyong)

 I

A : Hǎo jiǒu bújiàn, tīngshuō nǐ dào Ōujhōu cyùle.

B : Shìh a, wǒ dào Ōujhōu cyùle bāge-duō yuè.

A : Nǐ dōu dàole něisiē guójiā?

B : Wǒ cyùle Déguó, Yīngguó, háiyǒu Fǎguó.

A : Míngnián wǒ yě siǎng dào Déguó cyù lyǔsíng, shénme shíhhòu cyù zuèi hǎo?

B : Wǒ siǎng cóng liòuyuè dào shíhyuè tiāncì dōu búcuò. Dōngtiān tài lěng le.

A : Chūntiān ne?

B : Chūntiān yǒude dìfāng cháng siàyǔ.

A : Nà, wǒ yīnggāi siàtiān cyù.

B : Duèi a, siàtiān cyù zuèi hǎo.

 II

A : Zuèijìn dōu méikàndào nǐ, nǐ dào nǎlǐ cyùle?

B : Wǒ gēn fùmǔ dào Rìhběn cyùle yíge sīngcí, zuótiān gāng huéilái de. Wǒmen shénme shíhhòu kǎoshìh, nǐ jhīhdào ma?

A : Sià sīngcísān.

B : Yígòng kǎo duōshǎokè?

A : Lǎoshīh shuō yígòng kǎo shíhèr kè.

B : Nǐ niànle jǐkè le?

A : Wǒ yǐjīng niànle cīkè le, nǐ ne?

B : Wǒ zài Rìhběn jhǐh niànle liǎngkè, hái yǒu shíhkè méiniàn ne, zěnmebàn?

A : Bié jhāojí, hái yǒu yìsīngcí ne. Wǒ siànzài yào dào túshūguǎn cyù kànshū, nǐ cyù búcyù?

B : Hǎo a, wǒ gēn nǐ yìcǐ cyù.

LESSON 12 > I WENT ABROAD FOR MORE THAN EIGHT MONTHS

 I

A : Long time no see. I heard you went to Europe.

B : Yes, I went to Europe for more than eight months.

A : Which countries did you go to?

B : I went to Germany, England, and France, too.

A : I am also thinking of taking a trip to Germany next year. What's the best time to go?

B : I think from June to October the weather is pretty good. Winter is too cold.

A : How about spring?

B : In spring it rains quite often in some places.

A : Well, in that case I should go in summer.

B : Right, it's best to go in summer.

 II

A : I haven't seen you recently. Where did you go?

B : I went to Japan for a week with my parents, and just came back yesterday. When are we going to have our test? Do you know?

A : Next Wednesday.

B：How many chapters will we be tested on?

A：The teacher said there would be a total of twelve chapters covered on the test.

B：How many chapters have you read?

A：I've already read seven chapters, and you?

B：I only read two chapters while in Japan. I still have ten chapters left unread. What do I do?

A：Don't be nervous. You still have one week. I'm going to the library right now to study. Do you want to go?

B：OK, I'll go with you.

NARRATION

　　今年八月張老師在歐洲旅行了兩個星期，去了很多有名的地方，覺得很有意思。他說歐洲的夏天天氣很好，旅行的人最多。冬天太冷，秋天不冷不熱，可是有的地方常下雨，所以到歐洲去旅行，春天、夏天是最好的季節⑱。

　　張老師在歐洲只去了德國、法國兩個國家，他還想到別的地方去看看，可是時間⑲⑳不夠，明年春天他要再到歐洲去，他聽說那裡的春天風景⑳很美。

ㄐㄧㄣˉ ㄋㄧㄢˊ ㄅㄚˉ ㄩㄝˋ ㄓㄤ ㄌㄠˇ ㄕ ㄗㄞˋ ㄡ ㄓㄡ ㄌㄩˇ ㄒㄧㄥˊ ㄌㄜ˙ ㄌㄧㄤˇ ㄍㄜ˙ ㄒㄧㄥ ㄑㄧˊ， ㄑㄩˋ ㄌㄜ˙ ㄏㄣˇ ㄉㄨㄛ ㄧㄡˇ ㄇㄧㄥˊ ㄉㄜ˙ ㄉㄧˋ ㄈㄤ， ㄐㄩㄝˊ ㄉㄜ˙ ㄏㄣˇ ㄧㄡˇ ㄧˋ ㄙ˙。 ㄊㄚ ㄕㄨㄛ ㄡ ㄓㄡ ㄉㄜ˙ ㄒㄧㄚˋ ㄊㄧㄢ ㄊㄧㄢ ㄑㄧˋ ㄏㄣˇ ㄏㄠˇ， ㄌㄩˇ ㄒㄧㄥˊ ㄉㄜ˙ ㄖㄣˊ ㄗㄨㄟˋ ㄉㄨㄛ。 ㄉㄨㄥ ㄊㄧㄢ ㄊㄞˋ ㄌㄥˇ， ㄑㄧㄡ ㄊㄧㄢ ㄅㄨˋ ㄌㄥˇ ㄅㄨˊ ㄖㄜˋ， ㄎㄜˇ ㄕˋ ㄧㄡˇ ㄉㄜ˙ ㄉㄧˋ ㄈㄤ ㄔㄤˊ ㄒㄧㄚˋ ㄩˇ， ㄙㄨㄛˇ ㄧˇ ㄉㄠˋ ㄡ ㄓㄡ ㄑㄩˋ ㄌㄩˇ ㄒㄧㄥˊ， ㄔㄨㄣ ㄊㄧㄢ、 ㄒㄧㄚˋ ㄊㄧㄢ ㄕˋ ㄗㄨㄟˋ ㄏㄠˇ ㄉㄜ˙ ㄐㄧˋ ㄐㄧㄝˊ。

ㄓㄤ ㄌㄠˇ ㄕ ㄗㄞˋ ㄡ ㄓㄡ ㄓˇ ㄑㄩˋ ㄌㄜ˙ ㄉㄜˊ ㄍㄨㄛˊ、 ㄈㄚˇ ㄍㄨㄛˊ ㄌㄧㄤˇ ㄍㄜ˙ ㄍㄨㄛˊ ㄐㄧㄚ， ㄊㄚ ㄏㄞˊ ㄒㄧㄤˇ ㄉㄠˋ ㄅㄧㄝˊ ㄉㄜ˙ ㄉㄧˋ ㄈㄤ ㄑㄩˋ ㄎㄢˋ ㄎㄢˋ， ㄎㄜˇ ㄕˋ ㄕˊ ㄐㄧㄢ ㄅㄨˊ ㄍㄡˋ， ㄇㄧㄥˊ ㄋㄧㄢˊ ㄔㄨㄣ ㄊㄧㄢ ㄊㄚ ㄧㄠˋ ㄗㄞˋ ㄉㄠˋ ㄡ ㄓㄡ ㄑㄩˋ， ㄊㄚ ㄊㄧㄥ ㄕㄨㄛ ㄋㄚˋ ㄌㄧˇ ㄉㄜ˙ ㄔㄨㄣ ㄊㄧㄢ ㄈㄥ ㄐㄧㄥˇ ㄏㄣˇ ㄇㄟˇ。

Jīnnián bāyuè Zhāng lǎoshī zài Ōuzhōu lǚxíngle liǎngge xīngqí, qùle hěn duō yǒumíngde dìfāng, juéde hěn yǒuyìsi. Tā shuō Ōuzhōude xiàtiān tiānqì hěn hǎo, lǚxíngde rén zuì duō. Dōngtiān tài lěng, qiūtiān bùlěng búrè, kěshì yǒude dìfāng cháng xiàyǔ, suǒyǐ dào Ōuzhōu qù lǚxíng, chūntiān, xiàtiān shì zuì hǎode jìjié.

Zhāng lǎoshī zài Ōuzhōu zhǐ qùle Déguó, Fǎguó liǎngge guójiā, tā hái xiǎng dào biéde dìfāng qù kànkàn, kěshì shíjiān búgòu, míngnián chūntiān tā yào zài dào Ōuzhōu qù, tā tīngshuō nàlǐde chūntiān fēngjǐng hěn měi.

Jīnnián bāyuè Jhāng lǎoshīh zài Ōujhōu lyǔsíngle liǎngge sīngcí, cyùle hěn duō yǒumíngde dìfāng, jyuéde hěn yǒuyìsih. Tā shuō Ōujhōude siàtiān tiāncì hěn hǎo, lyǔsíngde rén zuèi duō. Dōngtiān tài lěng, ciōutiān bùlěng búrè, kěshìh yǒude dìfāng cháng siàyǔ, suǒyǐ dào Ōujhōu cyù lyǔsíng, chūntiān, siàtiān shìh zuèi hǎode jìjié.

Jhāng lǎoshīh zài Ōujhōu jhǐh cyùle Déguó, Fǎguó liǎngge guójiā, tā hái siǎng dào biéde dìfāng cyù kànkàn, kěshìh shíhjiān búgòu, míngnián chūntiān tā yào zài dào Ōujhōu cyù, tā tīngshuō nàlǐde chūntiān fōngjǐng hěn měi.

In August of this year Mr. Zhang, our teacher, took a trip to Europe for two weeks, visiting many famous places and thinking it was very interesting. He said the weather in Europe is the best in summer and that's when the most people travel. It's too cold in winter. Fall is neither cold nor hot; however, in some places it rains quite often. So spring and summer are the best seasons to travel in Europe.

In Europe, Mr. Zhang only visited Germany and France. He wished he could have gone to see other places, but there wasn't enough time. Next year he wants to go back to Europe again. He heard that the springtime scenery is very beautiful there.

VOCABULARY

1 月 (yuè) ▸▸ N: month

> 例 你的生日是幾月幾號？
> Nǐde shēngrì shì jǐyuè jǐhào?
> Nǐde shēngrìh shìh jǐyuè jǐhào?
> **What date is your birthday on?**

2 歐洲 (Ōuzhōu / Ōujhōu) ▸▸ N: Europe

> 例 明年我想到歐洲去看朋友。
> Míngnián wǒ xiǎng dào Ōuzhōu qù kàn péngyǒu.
> Míngnián wǒ siǎng dào Ōujhōu cyù kàn péngyǒu.
> **Next year I want to go to Europe to see a friend.**

3 國家 (guójiā) ▸▸ N: nation, country

> 例 美國是一個很大的國家。
> Měiguó shì yíge hěn dàde guójiā.
> Měiguó shìh yíge hěn dàde guójiā.
> **The United States is a very large country.**

4 明年 (míngnián) ▸▸ ADV/N (TW): next year

> 例 明年你要到哪裡去旅行？
> Míngnián nǐ yào dào nǎlǐ qù lǚxíng?
> Míngnián nǐ yào dào nǎlǐ cyù lyǔsíng?
> **Where do you want to go traveling next year?**

年 (nián) ▸▸ N/M: year

> 例 一年有十二個月。
> Yìnián yǒu shíèrge yuè.
> Yìnián yǒu shíhèrge yuè.

＊
生日 (shēngrì / shēngrìh)：birthday

There are twelve months in a year.

去年 (qùnián / cyùnián) ▸ ADV/N (TW): last year

今年 (jīnnián) ▸ ADV/N (TW): this year

新年 (xīnnián / sīnnián) ▸ ADV/N (TW): new year

⑤ 旅行 (lǔxíng / lyǔsíng) ▸ V/N: to travel, to take a trip

例 坐火車很有意思，所以我喜歡坐火車去旅行。
Zuò huǒchē hěn yǒu yìsi, suǒyǐ wǒ xǐhuān zuò huǒchē qù lǔxíng.
Zuò huǒchē hěn yǒu yìsih, suǒyǐ wǒ sǐhuān zuò huǒchē cyù lyǔsíng.
Taking a train is quite interesting, so I enjoy traveling by train.

旅館 (lǔguǎn / lyǔguǎn) ▸ N: hotel, inn（M: 家 jiā）

行 (xíng / síng) ▸ SV: to be OK, to be permitted

例 今天我很忙，明天去，行不行？
Jīntiān wǒ hěnmáng, míngtiān qù, xíng bùxíng?
Jīntiān wǒ hěnmáng, míngtiān cyù, síng bùsíng?
I'm busy today. Would it be OK to go tomorrow?

⑥ 冬天 (dōngtiān) ▸ ADV/N (TW): winter, wintertime

例 英國冬天的天氣怎麼樣？
Yīngguó dōngtiānde tiānqì zěnmeyàng?
Yīngguó dōngtiānde tiāncì zěnmeyàng?
What's the winter weather like in Britain?

⑦ 春天 (chūntiān) ▸ ADV/N (TW): spring, springtime

例 明年春天我要去法國學法文。
Míngnián chūntiān wǒ yào qù Fǎguó xué Fǎwén.
Míngnián chūntiān wǒ yào cyù Fǎguó syué Fǎwún.
I want to go to France next spring to study French.

8 下雨 (xiàyǔ / siàyǔ) ▶ VO: to rain

例 外面下雨下得很大，我們等一下回去吧。

Wàimiàn xiàyǔ xià de hěndà, wǒmen děngyíxià huíqù ba.

Wàimiàn siàyǔ sià de hěndà, wǒmen děngyísià huéicyù ba.

It's raining heavily outside. Let's go back in a bit.

雨 (yǔ) ▶ N: rain（M: 場 chǎng）

9 應該 (yīnggāi) ▶ AV: should, ought to

例 你每天應該念三個鐘頭的書。

Nǐ měitiān yīnggāi niàn sānge-zhōngtóu-de shū.

Nǐ měitiān yīnggāi niàn sānge-jhōngtóu-de shū.

You should study every day for three hours.

該 (gāi) ▶ AV: should

10 夏天 (xiàtiān / siàtiān) ▶ ADV/N (TW): summer, summertime

例 夏天去歐洲旅行的人最多。

Xiàtiān qù Ōuzhōu lǚxíngde rén zuì duō.

Siàtiān cyù Ōujhōu lyǔsíngde rén zuèi duō.

Summertime is when the most people travel to Europe.

11 最近 (zuìjìn / zuèijìn) ▶ ADV: recently, lately

例 最近這裡天氣不好，常下大雨。

Zuìjìn zhèlǐ tiānqì bùhǎo, cháng xià dàyǔ.

Zuèijìn jhèlǐ tiāncì bùhǎo, cháng sià dàyǔ.

Lately the weather here hasn't been good. It's rained heavily often.

12 看到 (kàndào) ▶ V: to see

例 你是什麼時候看到他的？

Nǐ shì shénme shíhòu kàndào tā de?

Nǐ shìh shénme shíhhòu kàndào tā de?

When did you see him?

13 星期 (xīngqí / sīngcí) ▸ N: week（禮拜 lǐbài）

例 他在台北學了三個星期中文了，他說學中文不太難。

Tā zài Táiběi xuéle sānge xīngqí Zhōngwén le, tā shuō xué Zhōngwén bútàinán.

Tā zài Táiběi syuéle sānge sīngcí Jhōngwún le, tā shuō syué Jhōngwún bútàinán.

He has studied Chinese in Taipei for three weeks and says learning Chinese isn't too difficult.

期 (qí / cí) ▸ M: measure word for school semesters

學期 (xuéqí / syuécí) ▸ N/M: semester

14 剛 (gāng) ▸ ADV: just, recently

例 那個學生剛從英國來。

Nèige xuéshēng gāng cóng Yīngguó lái.

Nèige syuéshēng gāng cóng Yīngguó lái.

That student just came from England.

剛剛 (gānggāng) ▸ ADV (TW): just now

例 爸爸剛剛從公司回來，還沒吃晚飯呢。

Bàba gānggāng cóng gōngsī huílái, hái méi chī wǎnfàn ne.

Bàba gānggāng cóng gōngsīh huéilái, hái méi chīh wǎnfàn ne.

Father has just now come back from work and hasn't eaten dinner yet.

15 考試 (kǎoshì / kǎoshìh) ▸ VO/N: to take a test; test, exam

例 老師說明天要考試。

Lǎoshī shuō míngtiān yào kǎoshì.

Lǎoshīh shuō míngtiān yào kǎoshìh.

The teacher said we have a test tomorrow.

例 昨天的考試難不難？

Zuótiān de kǎoshì nánbùnán?

Zuótiān de kǎoshìh nánbùnán?

Is yesterday's tset difficult (or not)?

考 (kǎo) ▸▸ V: to test

例 我明天要考英文。

Wǒ míngtiān yào kǎo Yīngwén.

Wǒ míngtiān yào kǎo Yīngwún.

Tomorrow I have an English test.

試 (shì / shìh) ▸▸ V: to try

試試看 (shìshìkàn / shìhshìhkàn) ▸▸ IE: to try and see

例 這枝筆很好，你試試看。

Zhèizhī bǐ hěn hǎo, nǐ shìshìkàn.

Jhèijhīh bǐ hěn hǎo, nǐ shìhshìhkàn.

This pen is very good. Try it.

口試 (kǒushì / kǒushìh) ▸▸ N: oral test

筆試 (bǐshì / bǐshìh) ▸▸ N: written test

---

16 怎麼辦 (zěnmebàn)

▸▸ IE: What now? What am I supposed to do now? What happens now?

例 這裡不能停車，怎麼辦？

Zhèlǐ bùnéng tíngchē, zěnmebàn?

Jhèlǐ bùnéng tíngchē, zěnmebàn?

(We) can't park here. Now what?

辦 (bàn) ▸▸ V: to handle, to manage

例 這件事，你辦得很好。

Zhèijiàn shì, nǐ bànde hěn hǎo.

Jhèijiàn shìh, nǐ bànde hěn hǎo.

You handled this affair very well.

(17) 著急 (zhāojí / jhāojí) ▸▸ SV: to be nervous, anxious

例 因為錢不夠，所以他很著急。

Yīnwèi qián búgòu, suǒyǐ tā hěn zhāojí.

Yīnwèi cián búgòu, suǒyǐ tā hěn jhāojí.

Because (his) money was not enough, he was very anxious.

急 (jí) ▸▸ SV: to be anxious, to be in a rush

例 時間還早呢，急什麼？

Shíjiān hái zǎo ne, jí shénme?

Shíhjiān hái zǎo ne, jí shénme?

It's still early. What are you in a rush for?

SUPPLEMENTARY VOCABULARY

(18) 秋天 (qiūtiān / ciōutiān) ▸▸ ADV/N (TW): autumn, fall

(19) 季節 (jìjié) ▸▸ N: season

例 在一年裡，你最喜歡哪個季節？

Zài yìnián lǐ, nǐ zuì xǐhuān něige jìjié?

Zài yìnián lǐ, nǐ zuèi sǐhuān něige jìjié?

Which season of the year do you like best?

季 (jì) ▸▸ N/M: season

例 一年有四季。

Yìnián yǒu sìjì.

Yìnián yǒu sìhjì.

One year has four seasons.

春季 (chūnjì) ▸▸ ADV/N (TW): spring

夏季 (xiàjì / siàjì) ▸▸ ADV/N (TW): summer

秋季 (qiūjì / ciōují) ▸ ADV/N (TW): autumn, fall

冬季 (dōngjì) ▸ ADV/N (TW): winter

雨季 (yǔjì) ▸ ADV/N (TW): rainy season, monsoon season

節 (jié) ▸ N: festival

節日 (jiérì / jiérìh) ▸ N: holiday

春節 (Chūnjié) ▸ N: Spring Festival (Chinese New Year)

中秋節 (Zhōngqiūjié / Jhōngciōujié) ▸ N: Mid-Autumn Festival

20 時間 (shíjiān / shíhjiān) ▸ N: time

例 我很忙，沒有時間看電視。
Wǒ hěn máng, méiyǒu shíjiān kàn diànshì.
Wǒ hěn máng, méiyǒu shíhjiān kàn diànshìh.
I'm very busy; I don't have time to watch TV.

21 風景 (fēngjǐng / fōngjǐng) ▸ N: scenery, view, landscape

例 她說那裡秋天的風景很美。
Tā shuō nàlǐ qiūtiānde fēngjǐng hěn měi.
Tā shuō nàlǐ ciōutiānde fōngjǐng hěn měi.
She said the fall scenery is very pretty there.

22 號 (hào) ▸ M: measure word for numbers and dates

例 今年的中秋節是幾月幾號？
Jīnnián de Zhōngqiūjié shì jǐyuè jǐhào?
Jīnnián de Jhōngciōujié shìh jǐyuè jǐhào?
What date (month and day) is the Mid-Autumn Festival this year?

23 好幾 (hǎojǐ) ▸ ADV-NU: quite a few

例 我有好幾個法國朋友，他們都愛吃中
國菜。

Wǒ yǒu hǎo jǐge Fǎguó péngyǒu, tāmen dōu àichī Zhōngguó cài.

Wǒ yǒu hǎo jǐge Fǎguó péngyǒu, tāmen dōu àichīh Jhōngguó cài.

I have quite a few French friends. They all love to eat Chinese food.

24　住ㄓㄨˋ (zhù / jhù) ▶▶ V: to stay at, to live, to reside

例　我ㄨˇ的ㄜ日ㄖˋ本ㄅㄣˇ朋ㄆㄥˊ友ㄧㄡˇ在ㄗㄞˋ台ㄊㄞˊ灣ㄨㄢ住ㄓㄨˋ了ㄌㄜ十ㄕˊ年ㄋㄧㄢˊ了ㄌㄜ，中ㄓㄨㄥ文ㄨㄣˊ說ㄕㄨㄛ得ㄉㄜ很ㄏㄣˇ好ㄏㄠˇ。

Wǒde Rìběn péngyǒu zài Táiwān zhùle shínián le, Zhōngwén shuōde hěnhǎo.

Wǒde Rìhběn péngyǒu zài Táiwān jhùle shíhnián le, Jhōngwún shuōde hěnhǎo.

My Japanese friend has lived in Taiwan for ten years and speaks Chinese very well.

SYNTAX PRACTICE

1 Time Expressions with Year, Month, Day, and Week

Ⅰ. "Time When" with Year, Month, Day, and Week

A. 年 The Year

一千九百年／一九○○年	1900
一千八百零五年／一八○五年	1805
一千九百九十年／一九九○年	1990
兩千年／二○○○年	2000
兩千零七年／二○○七年	2007
去年	last year
今年	this year
明年	next year
哪年？	which year?

B. 月 The Month

一月	January
二月	February
三月	March
四月	April
五月	May
六月	June
七月	July
八月	August
九月	September
十月	October
十一月	November
十二月	December
幾月？	which month (of the 12)?
上（個）月	last month
這（個）月	this month
下（個）月	next month
哪（個）月？	which month?

C. 號 The Day

一號	first
二號	second
十號	tenth
十五號	fifteenth
三十一號	thirty first
幾號？	which day (of the 31)?
昨天	yesterday
今天	today
明天	tomorrow

哪天？	which day?

D. 星期 The Week

星期天／星期日	Sunday
星期一	Monday
星期二	Tuesday
星期三	Wednesday
星期四	Thursday
星期五	Friday
星期六	Saturday
星期幾？	which day (of the 7 in a week)?
上（個）星期	last week
這（個）星期	this week
下（個）星期	next week
哪（個）星期	which week?

II. "Time Span" with Year, Month, Day, and Week

A. 年 Year (s)

半年	half a year
一年	one year
一年半	one and a half years
一年多	more than one but less than two years
兩、三年	two or three years
十幾年	more than ten years (11-19 years)
幾年？	how many years?

B. 月 Month (s)

半個月	half a month

一個月	one month
兩個半月	two and a half months
三個多月	more than three but less than four months
五、六個月	five or six months
幾個月？	how many months?

C. 星期 Week (s)

一（個）星期	one week
兩個多星期	more than two but less than three weeks
三、四（個）星期	three or four weeks
幾（個）星期？	how many weeks?

D. 天 Day (s)

半天	half a day
一天	one day
一天半	one and a half days
一天多	more than one but less than two days
七、八天	seven or eight days
二十幾天	more than twenty days (21-29 days)
幾天？	how many days?

2 Single and Double 了 with Quantified Objects

When the object is quantified, 了 can be used after the verb or placed both after the verb and at the end of the sentence.

Ⅰ. Single 了 with Quantified Objects

When 了 is used only once in the sentence, after the verb, it indicates that the action was completed at some certain time in the past.

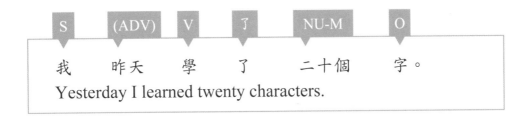

我　昨天　學　了　二十個　字。
Yesterday I learned twenty characters.

II. Double 了 with Quantified Objects

When 了 occurs both after the verb and at the end of the sentence, it means that a certain quantified action has so far already been completed.

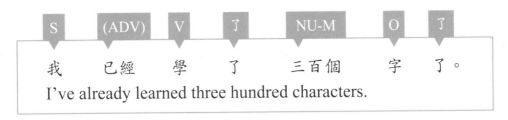

我　已經　學　了　三百個　字　了。
I've already learned three hundred characters.

1. a. 我上星期買了三本書。

   b. 我已經看了兩本了。

2. a. 你昨天晚上喝了幾杯酒？

   b. 你已經喝了三杯酒了，你還要喝嗎？

3. a. 這本書，上個月我念了四課。

   b. 這個月我們已經念了三課了。

4. a. 他去年買了一輛汽車。

   b. 他已經買了一輛汽車了，為什麼還要買一輛？

5. a. 我一共給了他二十塊錢，請他去買一點吃的東西。

   b. 我已經給了他二十塊錢了，還不夠嗎？

Insert the given phrases using the proper sentence pattern.

A. ① 我昨天喝咖啡了。（兩杯）

② 她那天晚上唱歌了。（三首ㄕㄡˇ (shǒu)）

③ 他上個月買照相機了。（一個）

④ 我們剛剛說話了。（很多）

B. ① 我寫字。（已經一百個）

② 我們念書。（已經十一課）

③ 她唱歌。（已經好幾首）

④ 她買衣服。（已經很多）

3 Single and Double 了 with Time Span

A. When 了 is used only once in the clause or sentence, after the verb, it indicates that the action went on for some time at some certain time in the past.

B. If 了 occurs both after the verb and at the end of the clause or sentence, it means that the action has so far already been going on for some time.

I .

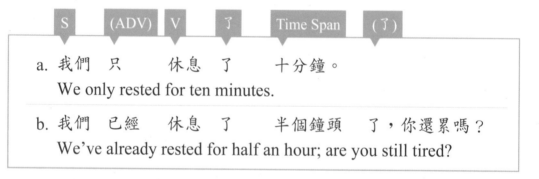

S	(ADV)	V	了	Time Span	(了)
a. 我們	只	休息	了	十分鐘。	

We only rested for ten minutes.

b. 我們	已經	休息	了	半個鐘頭	了，你還累嗎？

We've already rested for half an hour; are you still tired?

1. a. 他等了十分鐘，就走了。

   b. 我已經等了一個鐘頭了。

2. a. 去年，他在這裡住了半年。

   b. 我已經在這裡住了半年了。

3. a. 我們走了二十分鐘，就到了。

　　b. 我們已經走了二十分鐘了，還沒到嗎？

4. a. 他回來了一個星期，就走了。

　　b. 他已經回來了一個星期了。

II.

1. a. 昨天我上了五個鐘頭的課。

　　b. 今天我已經上了三個鐘頭的課了。

2. a. 去年夏天我做了兩個月的事。

　　b. 我已經做了十年的事了。

3. a. 昨天我畫了一天的畫。

　　b. 你畫了一天的畫了，休息一會兒吧。

III.

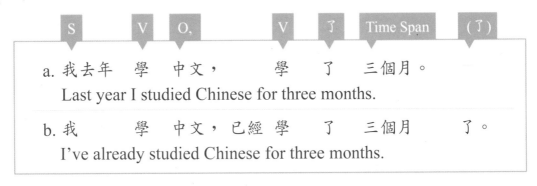

1. a. 昨天我開車，開了六個鐘頭。

　　b. 我開車，已經開了六年了。

2. a. 昨天你看電視，看了幾個鐘頭？

　　b. 他看電視，已經看了好幾個鐘頭了。

3. a. 去年我在中國教英文，教了六個多月。

　　b. 我教英文，教了十幾年了。

Insert the given words using the proper sentence pattern

A.

　　1 去年夏天，我到紐約去了　　　　（十天）

　　2 昨天我學日文了。　　　　　　　（兩個鐘頭）

　　3 上個月他上課了。　　　　　　　（二十天）

　　4 今天早上我們跳舞了。　　　　　（一個鐘頭）

B.

　　1 孩子在外面玩兒。　　　　　　　（已經半天）

　　2 我學英文。　　　　　　　　　　（已經四個月）

　　3 他們說話。　　　　　　　　　　（已經半個鐘頭）

　　4 你們跳舞，不累嗎？　　　　　　（已經三個鐘頭）

APPLICATION ACTIVITIES

1 Each student uses "last year," "last month," "last week," or "yesterday" to describe an activity that went on up to a certain point in the past.

e.g. 我去年教了八個月的英文。

Last year I taught eight months of English.

我昨天寫了一百多個字。

Yesterday I wrote more than 100 characters.

2 Each student describes an activity that has been in progress up to the present.

e.g. 我在這個大學已經念了半年多了
I've already studied at this university over half a year.

這本書，我已經念了十二課了。
I've already read 12 chapters of this book.

3 Situations

1. Use a vacation that a student has taken as a conversation topic to practice sentence patterns.

2. A teacher and his/her students discuss test material, the test date, and the testing method.

3. **Two students use the four seasons as a conversation topic.**

📖 **NOTES**

1

When "time when" expressions such as date, the day of the week, etc. are used as a predicate, the verb 是 can be omitted.

e.g. 明天（是）幾號？　　What's the date tomorrow?

今天（是）星期五。　Today is Friday.

2

In Chinese, when talking about dates, addresses, etc., terms with a larger scope always precede those with a smaller scope, and 的 need not be inserted between numbers or time words.

e.g. 二〇一六年十二月二十二號早上八點鐘
8:00 a.m. December 22nd, 2016

今天早上　　　　　this morning

東三路三十號　30, East 3rd Rd.

3

When telling the day of the week, 禮拜 can be substituted for 星期, but 星期 is the more commonly used in written form.

e.g. 星期五　　Friday

禮拜五　　Friday

4 半天 can mean either "half day" or "a long time."

e.g. 我星期六只做半天的事。
I only work half a day on Saturday.

我說了半天，他還是不懂。
I talked to him for a long time, but he still didn't understand.

5 一天 can mean either "a day" or "an entire day."

e.g. 他只能來一天。
He can only come for a day.

今天我玩了一天，現在很想睡覺。
I played all day today and now I really want to go to sleep.

Note that 一 can sometimes have the meaning of "whole."

e.g. 他們一家人都很忙。
Their whole family is very busy.

6 好 can be used as an adverb.

e.g. 我來了好幾天了。
I've been here for quite a few days.

外面有好多人。
There are a lot of people outside.

今天好熱啊！
It's really hot today!

Note that 好 has been used for emphasis.

INDEX I

GRAMMATICAL TERMS

語ㄩˇ法ㄈㄚˇ術ㄕㄨˋ語ㄩˇ

本書的詞類標記參考耶魯大學（Yale University）1996年出版的 *Dictionary of Spoken Chinese*。

標記	英文名稱	中文名稱	詞類特徵	範例
ADV	Adverb	副詞	修飾動詞或副詞，出現於動詞或副詞之前。	很、剛、明天、大概
AT	Attributive	定語	修飾名詞，以「定語＋的」的形式出現於名詞之前。	錯、男、單身、彩色
AV	Auxiliary Verb	助動詞	修飾或補充主要動詞的意義，出現於主要動詞之前。	能、要、可以、應該
BF	Bound Form	黏著形式	本身無法獨立成詞，需和其他成分搭配，組成一個詞。	包「子」、花「兒」、北「部」、好「極了」
CONJ	Conjunction	連詞	連接名詞或句子。	跟、和、可是、而且
CV	Coverb	動介詞	出現於名詞之前，修飾後面所接的動詞，功能和介詞相當。	從、在、把、關於
DC	Directional Compound	趨向複合詞	表示動作的方向，由趨向動詞和表示趨向的結果複合詞尾（RE）組成。	進來、出去、打開、脫下來
DEM	Demonstrative Pronoun	指示代詞	指稱特定對象的名詞性成分，可出現於量詞或「數詞＋量詞」的組合之前。	這、第、每、另外
V	Verb	動詞	用來表示動作或事件，能單獨成為謂語（predicate），也能接賓語或補語。	吃、看、介紹、覺得
I	Interjection	嘆詞	表示說話者的感覺或情緒。	嗯、哇、哦、哎呀

320

標記	英文名稱	中文名稱	詞類特徵	範例
IE	**Idiomatic Expression**	慣用表達	表示特殊的意義和用法，出現於特定的情境，如問候、祝賀或表示禮貌等。	對不起、好久不見、大驚小怪、吃喝玩樂
M	**Measure**	量詞	表示單位或分類的名詞性成分，後面通常接名詞。	個、本、張、件
N	**Noun**	名詞	表示具體或抽象的事物。	書、年、商店、圖書館
NU	**Number**	數詞	表示計算和測量數量的名詞。	五、百、一些、多少
ON	**Onomatopoetic Term**	擬聲詞	模仿自然聲音的詞。	噓
P	**Particle**	助詞	表示語法意義，本身無法單獨出現。	嗎、呢、了、著
PN	**Pronoun**	代詞	表示已提過的名詞，後面接「的」可組成所有格。	我、他、您、他們
PT	**Pattern**	句型	在句中具有固定搭配形式的成分，表示特定意義。	越…越…、動不動就…、只要…就…、不但…而且…
PW	**Place Word**	處所詞	表示地點的名詞，也可作為副詞。	這裡、外面、附近、當中
QW	**Question Word**	疑問詞	表示疑問的詞。	哪、誰、多少、怎麼
RC	**Resultative Compound**	結果複合詞	表示動作或狀態的結果，由動詞或狀態動詞和結果複合詞尾（RE）組成，中間通常可插入「～得～」和「～不～」。	打開、打破、受不了、背下來
RE	**Resultative Ending**	結果複合詞尾	表示動作結果的動詞性成分。	完、著、光、飽
SV	**Stative Verb**	狀態動詞	表示主語性質或狀態的動詞性成分，可受程度副詞（如「很」）修飾。	高、怕、方便、希望
TW	**Time Word**	時間詞	表示時間的名詞，也可作為副詞。	剛剛、上午、從前、後來
VO	**Verb-Object Compound**	動賓複合詞	經常互相搭配而形成一個動詞的動賓組合。	生氣、開車、上課、走路

INDEX II

WORD LISTS
詞ˊ彙ㄏㄨㄟˋ列ㄌㄧㄝˋ表ㄅㄧㄠ

		degree.	7
Déguó	德國(德国)	N: Germany, German	3
děng	等(等)	V: to wait 11	
Déwén / Déwún	德文(德文)	N: the German language	3
dì	地(地)	N: the earth, land, soil	9
diǎn	點(点)	M/N: o'clock; point, dot	11
diàn	店(店)	N/BF: store, shop	9
diǎn zhōng / jhōng	點(鐘) (点(钟))	M: o'clock	11
diànshì / diànshìh	電視(电视)	N: television, TV, TV set	3
diànshìjī / diànshìhjī	電視機 (电视机)	N: television set	6
diànyǐng	電影(电影)	N: movie	3
dìdi	弟弟(弟弟)	N: younger brother	5
dìfāng	地方(地方)	N: place	9
dǐxià / dǐsià	底下(底下)	N (PW): underneath, below, beneath	9
dǒng	懂(懂)	V: to know, to understand	3
dōngjì	冬季(冬季)	ADV/N (TW): winter	12
dōngtiān	冬天(冬天)	ADV/N (TW): winter	12
dōngxī / dōngsī	東西(东西)	N: thing	3
dōu	都(都)	ADV: all, both	3
duì / duèi	對(对)	SV: to be correct, right	5
duìbùqǐ / duèibùcǐ	對不起 (对不起)	IE: I'm sorry, excuse me	11
duō	多(多)	SV: many, more	4
duōshǎo	多少(多少)	NU (QW): how much, how many	4

E

ér	兒(儿)	BF: son	5
èr	二(二)	NU: two	4
érzi / érzih	兒子(儿子)	N: son	5

gōngchē	公車(公车)	N: city bus	10
gōngchēzhàn / gōngchējhàn	公車站(公车站)	N: bus stand, bus stop	11
gōnggòngqìchē / gōnggòngcìchē	公共汽車(公共汽车)	N: city bus	10
gōngsī / gōngsīh	公司(公司)	N: company	11
gǒu	狗(狗)	N: dog	5
gòu	夠(够)	SV: to be enough	6
guì / guèi	貴(贵)	SV: to be expensive	3
guìxìng / guèisìng	貴姓(贵姓)	IE: May I know your last name?	1
guó	國(国)	N: country, nation	1
guò	過(过)	V: to pass	11
guójiā	國家(国家)	N: nation, country	12

H

hái	還(还)	ADV: still, yet, also	7
háihǎo	還好(还好)	IE: OK, not bab, passable, tolerable	10
háishì / háishìh	還是(还是)	CONJ: or	5
háizi / háizih	孩子(孩子)	N: child	5
hǎo	好(好)	SV: to be good / well	1
		ADV: very, quite, so	2
hàn / hé	和 / (和)	CONJ: and, together with	4
hào	號(号)	M: measure word for numbers and dates	12
hǎojǐ	好幾(好几)	ADV-NU: quite a few	12
hǎojiǔbújiàn / hǎojiǒubújiàn	好久不見(好久不见)	IE: Long time no see.	2
hǎokàn	好看(好看)	SV: to be good-looking	3
hǎotīng	好聽(好听)	SV: to be nice to listen, pleasant-sounding	7
hē	喝(喝)	V: to drink	7
hěn	很(很)	ADV: very	2
hòu	後(后)	N: after, behind	9
hòumiàn	後面(后面)	N (PW): behind, back	9

jiào	覺（觉）	N: sleep	11
jiāoshū	教書（教书）	VO: to teach	7
jié	節（节）	N: festival	12
jiějie	姐姐/姊姊（姐姐/姊姊）	N: older sister	5
jiérì / jiérìh	節日（节日）	N: holiday	12
jiéyùn	捷運（捷运）	N: metro, rapid transit	10
jìjié	季節（季节）	N: season	12
jìn	近（近）	SV: to be near	9
jīnnián	今年（今年）	ADV/N (TW): this year	12
jīntiān	今天（今天）	ADV/N (TW): today	10
jiǔ / jiǒu	久（久）	SV: to be a long time	2
jiǔ / jiǒu	九（九）	NU: nine	4
jiǔ / jiǒu	酒（酒）	N: wine or liquor	7
jiù / jiòu	舊（旧）	SV: to be old, to be used	6
jiù / jiòu	就（就）	ADV: the very (exactly), only	8
		ADV: then, right away	11
juéde / jyuéde	覺得（觉得）	V: to feel, to think	6

K

kāi	開（开）	V: to drive, to open, to turn on	10
kāichē	開車（开车）	VO: to drive (a car)	10
kàn	看（看）	V: to watch, to read, to look at	3
kàndào	看到（看到）	V: to see	12
kànjiàn	看見（看见）	V: to see	10
kǎo	考（考）	V: to test	12
kǎoshì / kǎoshìh	考試（考试）	VO/N: to take a test; test, exam	12
kè	課（课）	N/M: class; measure word for lessons	11
kè	刻（刻）	M: a quarter of an hour	11
kěshì / kěshìh	可是（可是）	CONJ: but	3
kètīng	客廳（客厅）	N: living room	9
kěyǐ	可以（可以）	AV: can, may, be permitted, O.K.	7

M

ma	嗎 (吗)	P: a question particle	1
mǎi	買 (买)	V: to buy	3
mài	賣 (卖)	V: to sell	6
māma	媽媽 (妈妈)	N: mother	5
màn	慢 (慢)	SV/ADV: to be slow; slowly	7
máng	忙 (忙)	SV: to be busy	2
māo	貓 (猫)	N: cat	5
máo	毛 (毛)	M: dime, ten cents	4
mǎshàng	馬上 (马上)	ADV: immediately	11
méi	沒 (没)	ADV: not (have)	3
měi	美 (美)	SV: to be beautiful	8
měi	每 (每)	DEM: every	11
Měiguó	美國 (美国)	N: U.S.A., America	1
Měiguórén	美國人 (美国人)	N: American	1
mèimei	妹妹 (妹妹)	N: younger sister	5
méiwèntí / méiwùntí	沒問題 (没问题)	IE: no problem	11
men	們 (们)	BF: used after pronouns 我，你，他 or certain nouns denoting a group of persons	2
mén	門 (门)	N: door, gate	11
ménkǒu	門口 (门口)	N: entrance, doorway	11
miàn	面 (面)	N: surface, side	9
míngtiān	明天 (明天)	ADV/N (TW): tomorrow	10
míngnián	明年 (明年)	ADV/N (TW): next year	12
míngzì / míngzìh míngzi / míngzih	名字 / (名字)	N: full name, first name, given name	1
mǔqīn / mǔcīn	母親 (母亲)	N: mother	8

N

O

| òu | 噢ㄡˋ（噢） | I: Oh! | 8 |
| Ōuzhōu / Ōujhōu | 歐洲ㄡ ㄓㄡ（欧洲） | N: Europe | 12 |

P

pángbiān	旁邊ㄆㄤˊ ㄅㄧㄢ（旁边）	N (PW): beside	9
péngyǒu	朋友ㄆㄥˊ ㄧㄡˇ（朋友）	N: friend	5
piányí	便宜ㄆㄧㄢˊ ㄧˊ（便宜）	SV: to be cheap	6
piào	票ㄆㄧㄠˋ（票）	N: ticket	10

Q

qī / cī	七ㄑㄧ（七）	NU: seven	4
qí / cí	期ㄑㄧˊ（期）	M: measure word for school semesters	12
qiān / ciān	千ㄑㄧㄢ（千）	NU: thousand	6
qián / cián	錢ㄑㄧㄢˊ（钱）	N: money	4
qián / cián	前ㄑㄧㄢˊ（前）	N: front, forward, before	9
qiánmiàn / ciánmiàn	前面ㄑㄧㄢˊ ㄇㄧㄢˋ（前面）	N (PW): front, ahead	9
qìchē / cìchē	汽車ㄑㄧˋ ㄔㄜ（汽车）	N: automobile, car	3
qǐchuáng / cǐchuáng	起床ㄑㄧˇ ㄔㄨㄤˊ（起床）	VO: to get up	11
qǐng / cǐng	請ㄑㄧㄥˇ（请）	V: to invite; to request (please...)	4
qǐngwèn / cǐngwùn	請問ㄑㄧㄥˇ ㄨㄣˋ（请问）	V: excuse me, may I ask?	6
qǐngzuò / cǐngzuò	請坐ㄑㄧㄥˇ ㄗㄨㄛˋ（请坐）	IE: sit down, please, have a seat	10
qiūjì / ciōujì	秋季ㄑㄧㄡ ㄐㄧˋ（秋季）	ADV/N (TW): autumn, fall	12
qiūtiān / ciōutiān	秋天ㄑㄧㄡ ㄊㄧㄢ（秋天）	ADV/N (TW): autumn, fall	12
qù / cyù	去ㄑㄩˋ（去）	V: to go	2
qùnián / cyùnián	去年ㄑㄩˋ ㄋㄧㄢˊ（去年）	ADV/N (TW): last year	12

shū	書ㄕㄨ (书)	N: book	3
shūdiàn	書ㄕㄨ店ㄉㄧㄢˋ (书店)	N: bookstore	9
shūfǎ	書ㄕㄨ法ㄈㄚˇ (书法)	N: calligraphy	8
shūfáng	書ㄕㄨ房ㄈㄤˊ (书房)	N: study	9
shuǐ / shuěi	水ㄕㄨㄟˇ (水)	N: water	8
shuì / shuèi	睡ㄕㄨㄟˋ (睡)	V: to sleep	11
shuìjiào / shuèijiào	睡ㄕㄨㄟˋ覺ㄐㄧㄠˋ (睡觉)	VO: to sleep	11
shuō	說ㄕㄨㄛ (说)	V: to speak, to say	7
shuōhuà	說ㄕㄨㄛ話ㄏㄨㄚˋ (说话)	NO: to speak, to say, to talk (words)	7
shūzhuō / shūjhuō	書ㄕㄨ桌ㄓㄨㄛ (书桌)	N: desk	9
sì / sìh	四ㄙˋ (四)	NU: four	4
suǒ	所ㄙㄨㄛˇ (所)	M: measure word for building	9
suǒyǐ	所ㄙㄨㄛˇ以ㄧˇ (所以)	CONJ: therefore, so	8

T

tā	他ㄊㄚ (他)	PN: he, him; she, her	1
tā	她ㄊㄚ (她)	PN: she, her	1
tài	太ㄊㄞˋ (太)	ADV: too	2
tàitai	太ㄊㄞˋ太ㄊㄞ (太太)	N: Mrs., wife	2
Táiwān	臺ㄊㄞˊ / 台ㄊㄞˊ灣ㄨㄢ (台/台湾)	N: Taiwan	1
tāmen	他ㄊㄚ們ㄇㄣ˙ (他们)	PN: they, them	2
tiān	天ㄊㄧㄢ (天)	N/M: day, sky	10
tiānqì / tiāncì	天ㄊㄧㄢ氣ㄑㄧˋ (天气)	N: weather	2
tiàowǔ	跳ㄊㄧㄠˋ舞ㄨˇ (跳舞)	VO: to dance	8
tīng	聽ㄊㄧㄥ (听)	V: to listen, to hear	7
tíng	停ㄊㄧㄥˊ (停)	V: to stop	10
tíngchē	停ㄊㄧㄥˊ車ㄔㄜ (停车)	VO: to park a car	10
tīngshuō	聽ㄊㄧㄥ說ㄕㄨㄛ (听说)	IE: hear, hear it said	8
túshūguǎn	圖ㄊㄨˊ書ㄕㄨ館ㄍㄨㄢˇ (图书馆)	N: library	9

W

X

siàmiàn

xiǎng / siǎng	想ㄒㄧㄤˇ(想)	AV/V/SV: to want to, to plan to / to think / to miss	6
xiàngjī / siàngjī	相ㄒㄧㄤˋ機ㄐㄧ(相机)	N: camera	6
xiàngpiàn (siàngpiār)	相ㄒㄧㄤˋ片ㄆㄧㄢˋ(兒ㄦ)(相片(儿))	N: photograph, picture	5
xiānshēng / siānshēng	先ㄒㄧㄢ生ㄕㄥ(先生)	N: Mr., Sir, gentleman, husband	1
xiànzài / siànzài	現ㄒㄧㄢˋ在ㄗㄞˋ(现在)	ADV: now, right now	7
xiǎo / siǎo	小ㄒㄧㄠˇ(小)	SV: to be small	6
xiǎojiě / siǎojiě	小ㄒㄧㄠˇ姐ㄐㄧㄝˇ(小姐)	N: Miss	2
xiǎoxué / siǎosyué	小ㄒㄧㄠˇ學ㄒㄩㄝˊ(小学)	N: elementary school	9
xiàtiān / siàtiān	夏ㄒㄧㄚˋ天ㄊㄧㄢ(夏天)	ADV/N (TW): summer, summertime	12
xiàwǔ / siàwǔ	下ㄒㄧㄚˋ午ㄨˇ(下午)	ADV/N (TW): afternoon	10
xiàyǔ / siàyǔ	下ㄒㄧㄚˋ雨ㄩˇ(下雨)	VO: to rain	12
xiě / siě	寫ㄒㄧㄝˇ(写)	V: to write	7
xièxie / sièsie	謝ㄒㄧㄝˋ謝ㄒㄧㄝˋ(谢谢)	V: to thank, to thank you	2
xiězì / siězìh	寫ㄒㄧㄝˇ字ㄗˋ(写字)	VO: to write characters	7
xǐhuān / sǐhuān	喜ㄒㄧˇ歡ㄏㄨㄢ(喜欢)	SV/AV: to like	3
xīn / sīn	新ㄒㄧㄣ(新)	SV/ADV: to be new / newly	6
xíng / síng	行ㄒㄧㄥˊ(行)	SV: to bo OK, to be permitted	12
xìng / sìng	姓ㄒㄧㄥˋ(姓)	V/N: surname, family name, last name	1
xīngqí / sīngcí	星ㄒㄧㄥ期ㄑㄧˊ(星期)	N: week（禮ㄌㄧˇ拜ㄅㄞˋ lǐbài）	12
xīnnián / sīnnián	新ㄒㄧㄣ年ㄋㄧㄢˊ(新年)	ADV/N (TW): new year	12
xiūxí / siōusí	休ㄒㄧㄡ息ㄒㄧ(休息)	V: to rest	11
xué / syué	學ㄒㄩㄝˊ(学)	V: to study, to learn	5
xuéqí / syuécí	學ㄒㄩㄝˊ期ㄑㄧˊ(学期)	N/M: semester	12
xuéshēng / syuéshēng	學ㄒㄩㄝˊ生ㄕㄥ(学生)	N: student	5
xuéxiào / syuésiào	學ㄒㄩㄝˊ校ㄒㄧㄠˋ(学校)	N: school	6

Y

yǒuyìsi / yǒuyìsih	有意思 (有意思)	SV: to be interesting	7
yǔ	雨 (雨)	N: rain	12
yuǎn	遠 (远)	SV: to be far	9
yuè	月 (月)	N: month	12
yǔjì	雨季 (雨季)	ADV/N (TW): rainy season, monsoon season	12

Z

zài	在 (在)	ADV: indicating that action is in progress	7
		V/CV: to be (at, in, on, etc.)	9
zàijiàn	再見 (再见)	IE: Good-bye. (lit. See you again.)	2
zǎo	早 (早)	IE/SV: Good morning / to be early	2
zǎofàn	早飯 (早饭)	N: breakfast	10
zǎoshàng	早上 (早上)	ADV/N (TW): morning	10
zěnme	怎麼 (怎么)	ADV (QW): how	10
zěnmebàn	怎麼辦 (怎么办)	IE: What now? What am I supposed to do now? What happens now?	12
zěnmeyàng	怎麼樣 (怎么样)	IE: How about......? How's everything?	10
zhàn / jhàn	站 (站)	V/N: to stand; (train, bus) station	11
Zhāng / Jhāng	張 (张)	N: a common Chinese surname	2
zhāng / jhāng	張 (张)	M: a measure word for photograph, paper, table, etc.	5
zhǎo / jhǎo	找 (找)	V: to give change after a purchase	4
		V: to look for, to search, to invite (informally)	10
Zhào / Jhào	趙 (赵)	N: a common Chinese surname	2
zhào / jhào	照 (照)	VO: to photograph	6
zhāojí / jhāojí	著急 (着急)	SV: to be nervous, anxious	12
zhǎoqián / jhǎocián	找錢 (找钱)	VO: to give change to someone after a purchase	4
zhàoxiàngjī / jhàosiàngjī	照相機 (照相机)	N: camera	6
zhè / jhè	這 (这)	DEM: this	2
zhèi / jhèi	這 (这)	DEM: this	2

		(to go) by	
zuòfàn	做ㄗㄨㄛ飯ㄈㄢ（做饭）	VO: to cook	7
zuòshì / zuòshìh	做ㄗㄨㄛ事ㄕ（做事）	VO: to take care of things, to do things, to do work	7
zuótiān	昨ㄗㄨㄛ天ㄊㄧㄢ（昨天）	ADV/N (TW): yesterday	10

SYNTAX PRACTICE
語ㄩˇ法ㄈㄚˇ練ㄌㄧㄢˋ習ㄒㄧˊ

LESSON 7

I. Verb Object Compounds (VO)
II. Progressive Aspect
III. Verb Object as the Topic
IV. 好 and 難 as Adverbial Prefixes
V. Predicative Complements (Describing the Manner or the Degree of the Action)

LESSON 8

I. Nouns Modified by Clauses with 的
II. Specified Nouns Modified by Clauses with 的
III. Clausal Expressions Which Have Become Independent Nouns
IV. Conjunctions 因為……所以…… Used as Correlative Conjunctions

LESSON 9

I. Place Words
II. 在 as Main Verb (with Complement Place Word), Indicate "Y Is Located at X."
III. Existence in a Place
IV. 在 as a Coverb of Location
V. Nouns Modified by Place Expressions
VI. Distance with Coverb 離

LESSON 10

I. Coming and Going
II. The Particle 了 Indicating the Completion of the Action or of the Predicate.
III. Negation of Completed Action with 沒（有）
IV. Negated and Not Yet Completed Action with 還沒（有）……（呢）
V. Types of Questions of Completed Action
VI. 是……的 Construction Stressing Circumstances Connected with the Action of the Main Verb

LESSON 11

I. Time Expressions
II. Time of Occurrence Precedes the Verb
III. Duration of Time Goes After the Verb
IV. SV 了 O as a Dependent Clause

LESSON 12

I. Time Expressions with Year, Month, Day, and Week
II. Single and Double 了 with Quantified Objects
III. Single and Double 了 with Time Span

國家圖書館出版品預行編目(CIP)資料

新版實用視聽華語 / 王淑美等作. -- 三版. -- 臺北市：教育部, 2017.09
　　冊；　公分
ISBN 978-986-05-1196-3（第1冊：平裝附數位影音光碟）
ISBN 978-986-05-1197-0（第2冊：平裝附數位影音光碟）
ISBN 978-986-05-1198-7（第3冊：平裝附數位影音光碟）
ISBN 978-986-05-1199-4（第4冊：平裝附數位影音光碟）
ISBN 978-986-05-1200-7（第5冊：平裝附數位影音光碟）
1.漢語 2.讀本
802.86　　　　　　　　　　　　　　　　　　　　　　　105023553

《新版實用視聽華語》　（一）

作　　　者◎王淑美‧盧翠英‧陳夜寧
顧　　　問◎葉德明‧曹逢甫
主　　　編◎謝佳玲
編修委員◎王淑美‧盧翠英‧竺靜華
插　　　圖◎漢斯
封面設計◎斐類設計
排版設計◎菩薩蠻
著作財產權人◎教育部
地　　　址◎(100)台北市中正區中山南路5號
電　　　話◎(02)7736-6666
傳　　　真◎(02)3343-7994
網　　　址◎http://www.edu.tw

發 行 人◎陳秋蓉
出版發行◎正中書局股份有限公司
地　　　址◎(231)新北市新店區復興路43號4樓
電　　　話◎(02)8667-6565
傳　　　真◎(02)2218-5172
郵政劃撥◎0009914-5
網　　　址◎http://www.ccbc.com.tw
　　　　　　E-mail:service@ccbc.com.tw
門 市 部◎(231)新北市新店區復興路43號4樓
電　　　話◎(02)8667-6565
傳　　　真◎(02)2218-5172

政府出版品展售處
教育部員工消費合作社
地　　　址◎(100)台北市中正區中山南路5號
電　　　話◎(02)2356-6054
五南文化廣場
地　　　址◎(400)台中市中山路6號
電　　　話◎(04)2226-0330#20、21
國立教育資料館
地　　　址◎(106)台北市大安區和平東路一段181號
電　　　話◎(02)2351-9090#125

出版日期◎西元2017年9月三版1刷 (10779)‧西元2022年11月三版7刷
ISBN 978-986-05-1196-3
GPN 1010600025
定價／680元
◎本書保留所有權利

請掃描此圖碼以連結錄音檔。
Please scan this QR Code for direct access to the audio files.

　　如欲利用本書全部或部分內容者，須徵求著作財產權人同意或書面授權，請逕洽教育部。

版權所有‧翻印必究　　Printed in Taiwan